Das Buch

Hauptkommissar Nick Zakos ist gerade auf dem Rückweg von einem langwierigen Prozess in Athen, als seine griechische Kollegin Fani Zifou ihn kurz vor Abflug nach München auf dem Flughafen abfängt. Fani erhofft sich seine Unterstützung bei einem schwierigen Fall: Auf den griechischen Inseln ist ein Serienmörder unterwegs, und er hat es auf Ärztinnen abgesehen. Der Überzeugung ist zumindest die junge Fani – ihre Vorgesetzten sehen das anders. Zakos lässt sich überreden, schließlich verschlägt es die beiden auf die Jetset-Insel Hydra, wo die Urlauber sich gerade für die eigentümlichen Bräuche zum Osterfest versammeln. Dort begegnen sie einer Frau, die einem der Opfer so ähnlich sieht, dass Fani und Zakos sich sicher sind, sie schwebt in Lebensgefahr. Doch können sie sie auch davon überzeugen? Und werden Zakos' neu aufkeimende Gefühle für Fani ihm bei ihren Ermittlungen auch nicht im Weg stehen? Ein Wettlauf gegen die Zeit beginnt …

Die Autorin

Stella Bettermann, Tochter einer Griechin und eines Deutschen, lebt mit ihrer Familie in München, wo sie als Journalistin und Autorin arbeitet. Ihre Griechenlandbücher *Ich trink Ouzo, was trinkst du so?* und *Ich mach Party mit Sirtaki* waren *Spiegel*-Bestseller. *Griechische Gefahr* ist ihr vierter Kriminalroman in der Reihe um den Kommissar Nick Zakos.

Von der Autorin sind in unserem Hause bereits erschienen:
Griechischer Abschied · Griechische Begegnung
Griechisches Geheimnis

Stella Bettermann

GRIECHISCHE GEFAHR

Kriminalroman

Ullstein

Besuchen Sie uns im Internet:
www.ullstein-taschenbuch.de

Originalausgabe im Ullstein Taschenbuch
1. Auflage Mai 2018
© Ullstein Buchverlage GmbH, Berlin 2018
Umschlaggestaltung: zero-media.net, München
Titelabbildung: © Funkystock/mauritius images
Satz: LVD GmbH, Berlin
Gesetzt aus der Minion
Druck und Bindearbeiten: CPI books GmbH, Leck
ISBN 978-3-548-28910-6

Kapitel 1

*E*s war nicht der erste Tatort für Fani Zifou. Trotzdem war der Schock besonders groß, denn sie hatte das Opfer gekannt: Panajota Kolidi. Dr. Panajota Kolidi. Sie war die Ärztin ihres Bruders gewesen. Fani hatte ihn des Öfteren zu ihr begleitet. Alexandros war zwar fast sechzehn, doch er könnte nie alleine einen Arztbesuch absolvieren. Er benötigte dauerhafte Betreuung – zeitlich eine große Belastung für Fani und ihre Mutter. Seit Alexandros eine Tageseinrichtung für Behinderte besuchte, war der Alltag zwar einfacher geworden – auch finanziell, weil ihre Mutter nun eine Stelle in einer Hotelküche hatte annehmen können und nicht länger alles von Fanis Gehalt abhing. Doch es gab immer wieder Dinge, die außer der Reihe erledigt werden mussten. Die regelmäßigen Besuche in Dr. Kolidis orthopädischer Praxis gehörten dazu.

Wie viele andere Patienten mit Downsyndrom litt Alexandros unter Knieproblemen. Dr. Kolidi hatte ihm Rezepte für Physiotherapie ausgestellt und regelmäßig die Erfolge kontrolliert. Sie war nett gewesen, Fani hatte sie gemocht. Wenn Fani mit Alexandros im Wartezimmer saß, hatte Dr. Kolidi ihren Bruder oft vor anderen Patienten in ihr Sprechzimmer hereingebeten, sodass sie nicht zu lange warten mussten. Sie war außerdem ganz normal mit Alexandros umgegangen, was Fani sehr schätzte. Sie hasste es, wenn er wie ein kleines Kind angesprochen wurde, und das taten viele Fremde, wenn sie nett sein wollten. Fani ging es auf die Nerven – Alexandros hatte das Downsyndrom, aber er war doch kein Baby!

Die Orthopädin verhielt sich nüchtern und pragmatisch, dennoch hatte sie es vermocht, Alexandros, der auf Ärzte manchmal übertrieben ängstlich reagierte und deshalb bei Konsultationen zappelig und laut wurde, zu beruhigen – was auch an ihrer warmen, freundlichen Stimme lag. Er schien sich bei ihr zu entspannen. Einmal war er sogar auf dem Stuhl eingenickt, als er auf das Röntgen wartete. Dr. Kolidi hatte Fani angestupst, und sie hatten sich angelächelt, bevor Fani ihren dösenden Bruder vor dem schon etwas betagt wirkenden Röntgengerät weckte. Sie konnte sich noch gut an den Blick der Ärztin an jenem Tag erinnern: ein wenig amüsiert, ein wenig gerührt. In diesem Moment war eine besondere Nähe entstanden, eine freundliche Komplizenschaft zwischen der etwas burschikosen jungen Polizistin und der eleganten älteren Frau.

Als Fani nun Dr. Kolidi tot in ihrem Schlafzimmer liegen sah, schossen ihr sofort Tränen in die Augen. Sie wandte sich ab und presste die Faust vor den Mund. Zum Glück beachteten die Kollegen von der Spurensicherung sie kaum, was sie normalerweise ziemlich ärgerte. Heute jedoch war sie froh darum.

Erst nach einer Weile versiegten ihre Tränen, und Fani schaffte es, näher zu treten und sich der Leiche zuzuwenden. Der Körper der Toten war sonderbar neben ihrem Bett drapiert: der Oberkörper nackt, die Arme auf der weißen, von einem Blumenmuster durchwirkten Decke ausgestreckt. Das Gesicht war nicht zu erkennen – es lag auf der Decke. Fani war froh darüber. Auch so fand sie den Anblick der Toten entwürdigend. Fani sah die welke Haut am nackten Rücken der Frau, die seitlich sichtbaren schlaffen weißen Brüste, das rotblonde lange Haar, verklebt von Blut. Am Hinterkopf konnte man den schwarz-grauen Haaransatz erkennen. Fani schämte sich, die Ärztin so zu sehen, fast als habe sie, die Polizistin, sich unrechtmäßig eingeschlichen wie ein kranker Voyeur. Krampfhaft versuchte sie, sich das Bild der lebendigen Dr. Kolidi vor ihr geistiges Auge zurückzuholen – ihre souveräne Art, die Lachfältchen um die strahlenden Augen, ihre jugendlich wirkende Gestalt, gekleidet in lockere Leinensachen unter dem salopp offen stehenden gestärkten Ärztekittel. Es schien nichts mit der leblosen Frau vor ihr gemein zu haben. Fani kam es vor, als hätte der Täter der Toten mehr geraubt als nur das Leben. Alles, was sie gewesen war, schien plötzlich reduziert auf diesen sonderbar arrangierten schlaffen Körper.

»Sieht aus, als würde sie sich verbeugen. Oder beten!« Das war die Stimme ihres Chefs Tsambis Jannakis, die immer etwas kratzig klang von den unzähligen Zigaretten, die er rauchte. Ein angebrochenes Päckchen davon steckte in seinem himmelblauen Hemd, dessen Knöpfe so weit offen standen, dass der Ansatz dunkler Brusthaare und ein Goldkreuz an einer Kette sichtbar wurde, das so aussah, als hätte es sich in den Brusthaaren verfangen.

Er hatte sich verspätet, eigentlich war das immer der Fall. Wenn er sich herabließ, einen Tatort aufzusuchen, war die Arbeit in der Regel zum großen Teil schon getan. Dann hatte Fani bereits jede Ecke mehrfach abfotografiert und jedes auffällige oder interessante Detail sorgfältig notiert, während der alte Forensiker Ioannis gemeinsam mit seinem Team stumm neben ihr her arbeitete. Ioannis richtete nie das Wort an Fani und besprach sich ausschließlich mit Jannakis.

Auch jetzt steckten die beiden Männer sofort die Köpfe zusammen, als gehörte Fani gar nicht dazu. Sie kannte das schon, aber es ärgerte sie trotzdem. Sie würde Ioannis' Erkenntnisse später dem Bericht entnehmen müssen.

Schließlich – sie war mit ihrer Bestandsaufnahme noch kaum fertig – beschlossen die beiden Männer, dass es Zeit sei, die Leiche abtransportieren zu lassen.

»Das Leben besteht schließlich nicht nur aus Arbeit, stimmt's, Ioannis?«, fragte Jannakis. Der andere stieß ein bekräftigendes Lachen aus, als handle es sich bei dieser eher banalen Bemerkung um einen äußerst gelungenen Witz.

»Schleimer!«, dachte Fani. Ioannis' meckerndes Lachen ging ihr auf die Nerven. Es klang wie ein alter Ziegenbock, dachte sie. Er sah auch so aus, mit seinem eingefallenen Gesicht und dem langen stoppeligen Kinn.

»Natürlich, heute ist ja deine Jubiläumsfeier!«, sagte der Spurenexperte zu Kommissar Jannakis, als er seinen Heiterkeitsanfall beendet hatte. »Ich habe meiner Frau schon gesagt, dass ich heute später komme. Wann geht's denn los? Und vor allem – was gibt's zu essen?«

»Mein Sohn hat gestern Abend noch dreihundert Souvlakia mariniert«, antwortete Jannakis stolz und reckte seinen stattlichen Bauch vor, als wollte er seine Liebe zu fettigen Fleischgerichten zusätzlich bekräftigen. »Exakt dreihundert Stück, so hat er sie beim Metzger bestellt. Wenn man dreißig Jahre im Dienst ist, darf man sich nicht lumpen lassen!« Er gluckste selbstgefällig. »Du weißt ja, mein Ältester ist Koch.

Seine Marinade ist berühmt. Geheimrezept! Ich sage dir, Ioannis – das sind die besten Souvlakia der Welt!«

Schon beim Gedanken an Grillfleisch drehte sich Fani fast der Magen um, und sie wäre am liebsten nach draußen gegangen, wo die Luft kühl und erfrischend war, trotz des strahlenden Sonnenscheins. Am Morgen hatte es heftig geregnet, und nach wie vor war es windig. Hier aber, im Schlafzimmer der Toten, war die Luft stickig und dumpf.

Dennoch wäre Fani nie hinausgerannt, denn das hätte bedeutet, Schwäche zu zeigen, und das kam nicht infrage. Also rang sie die aufkommende Übelkeit nieder und schlug einen geschäftsmäßigen Ton an.

»Chef«, sagte sie, »bevor wir Schluss machen, wollte ich noch was mit Ihnen besprechen: Ich würde gern noch heute ein paar Eckdaten nach Athen schicken – die Meinung der Kollegen dort wäre sicher aufschlussreich für uns, ich finde …«

»Athen?!«, knurrt Jannakis, deutlich ungehalten. »Wie kommst du denn auf so was? Was geht Athen unser Fall an?«

»Nun ja, genau genommen ist es ja nicht nur ein Fall – es sind zwei«, erwiderte sie. »Anna Maltetsou passt doch ebenfalls ins Muster, das ist offensichtlich, außerdem …«

»Oha – ein Muster! Hört, hört!«, unterbrach Jannakis. »Da geht dir wohl die Fantasie durch – oder was sagt dir, dass es sich um ein, ähem, Muster handelt?«

Ioannis' Assistent, ein dürrer junger Mann mit randloser Brille und stets etwas fettig wirkendem dünnem Haar, lachte auf – er schien es zu genießen, dass zur Abwechslung mal jemand anderes vorgeführt wurde als er, den Ioannis regelmäßig abkanzelte.

Fani ignorierte ihn und versuchte, möglichst ruhig zu bleiben. Sie hatte dies über die Jahre immer wieder trainiert. Nur nicht herausplatzen mit überstürzten Argumenten, mit Emotionen. Nur keine Angriffsfläche bieten. Gelassenheit zeigen. Trotz Jannakis' arrogantem, herabsetzendem Tonfall. Trotz Joannis' abschätzigem Blick, dem unsolidarischen Assistenten mit seinem schadenfrohen Gegrinse. Trotz des Anblicks der toten Frau, die Fani so geschätzt und, ja, bewundert hatte. Bloß ruhig bleiben!

Als sie weitersprach, war ihr ihre Empörung kaum anzumerken. Stattdessen klang ihre Stimme fest und sogar ein wenig von oben herab.

»Dazu braucht man nicht viel Fantasie«, sagte sie. »Die Überschneidungen sind offensichtlich: zwei Frauen, ermordet im Zeitraum von vier Wochen, beide erschossen, beide nackt, beide alleinstehend, beide in sonderbarer Haltung am Bett liegend!«

»Leichen sehen immer sonderbar aus – das lernst auch du noch!«, gab Jannakis zum Besten. Ioannis gab wieder ein meckerndes Kichern von sich, auch der Gehilfe stimmte erneut ein.

Fanis Unwohlsein verstärkte sich, außerdem verspürte sie einen Stich in der Schläfengegend. Wenn sie sich ärgerte oder gestresst war, peinigten sie heftige Kopfschmerzen, die nur durch die Einnahme starker Schmerztabletten nachließen. Heute war sie sowohl gestresst als auch verärgert – der Tag war einfach nicht auszuhalten. Wenn wenigstens Paraskewi anwesend gewesen wäre, Ioannis' Kollegin und gleichzeitig der einzige sympathische Mensch im ganzen Kommissariat Rhodos. Ioannis war ohne Paraskewi an seiner Seite kaum zu ertragen, er war der Allerschlimmste von allen Kollegen hier, keiner konnte ihn ausstehen – bis auf Jannakis. Vielleicht, weil sie sich irgendwie ähnlich waren. Im Grunde war Jannakis ein fast ebenso schlimmer Kotzbrocken wie Ioannis selbst, dachte Fani.

»Außerdem: Dass alleinstehende Frauen öfter mal nackt ermordet werden, liegt in der Natur der Dinge«, fuhr Jannakis nun fort. »Und das ist KEINE frauenfeindliche Meinung, darauf lege ich gesonderten Wert.«

Fani schnaubte genervt, was Jannakis geflissentlich überhörte.

»Nein, das ist mein Ernst. Ist doch ganz logisch: Wenn ein Ehemann im Bett der Frau gelegen hätte, ein Beschützer, dann wäre sie sicher nicht ermordet worden, schon gar nicht nackt. Nein, dann hätte es vielleicht gar keinen Mord gegeben!«

»Oder zwei!«, konterte Fani kühl. »Sie UND der Ehemann!«

Jannakis lachte leise auf.

»Auch wieder wahr. Kluges Mädchen!«, sagte er anerkennend. Doch Fani freute sich nicht, im Gegenteil. Sie hasste es, wenn Jannakis sich gönnerhaft gab.

»Nackt oder nicht – jedenfalls ist das erste Opfer, Anna Maltetsou, nicht vergewaltigt worden«, wandte sie ein, auch um das Thema zu wechseln »Und diese Tote auch nicht, soweit ich das erkennen kann. Oder?«

Letztere Frage war an Ioannis gerichtet.

»Woher soll ich das wissen? Bin ich Gerichtsmediziner?«, blaffte dieser.

»Komm schon, hilf unserer jungen, ambitionierten Kollegin doch mal weiter!«, kam ihr Chef ihr zu Hilfe.

Ioannis tat, als sei es eine Zumutung, ganz normal seinen Job zu machen und ihr einfach die verlangte Auskunft zu geben. Aber auch dazu blieb Fani ruhig. Vollkommen ruhig. Jedenfalls äußerlich.

»Nein, soweit ich das beurteilen kann – keine Anzeichen von Vergewaltigung!«, brummelte Ioannis schließlich mit schleppender Stimme. »Auch sonst keine Anzeichen von äußerlicher Gewaltanwendung, soweit man das von unserer Warte aus beurteilen kann.« Er klang, als verlange ihm diese Aussage größte Anstrengung ab.

»Sehe ich auch so!«, meine Jannakis.

Fani nickte. »Also haben wir zwei Frauen, die nackt waren, aber nicht vergewaltigt wurden, und die in sonderbarer Haltung aufgefunden wurden ...«, fasste sie zusammen.

»Halt, halt – das wissen wir nicht. Wir wissen nicht wirklich, wie diese Maltetsou dalag!«, gab Jannakis zu bedenken. »Die Putzfrau hat die Leiche ja durch das halbe Haus geschleppt!«

Tatsächlich war es eine Art Haushälterin gewesen. Sie hatte sich als Lebensretterin versucht und sich bemüht, der Ermordeten mit Wiederbelebungsmaßnahmen zu helfen. Dabei hatte sie Spuren zerstört und den Fundort der Toten verändert. Doch am Tag darauf hatte sie ausgesagt, dass die Tote am Bett gekauert habe. Als würde sie beten. Das waren ihre Worte gewesen. Konnte Jannakis sich denn gar nicht mehr daran erinnern? Drehte es sich in seinem Kopf eigentlich nur noch um diese bescheuerte Jubiläumsparty?

Dreißig Jahre Polizeidienst, mein Gott! Als Jannakis als Polizist anfing, war Fani noch nicht einmal geboren. Und wenn es nach ihr gegangen wäre, könnte er mittlerweile auch ruhig in Rente gehen und endlich Platz machen für Leute, die noch nicht die innere Kündigung eingereicht hatten, junge, engagierte Leute – so wie sie.

»Außerdem war diese Maltetsou vollkommen nackt«, fuhr Jannakis nun fort. »Diese hier ist nur oben ohne.«

»Ja aber …«, setzte Fani an.

»Kein Ja aber«, fiel er ihr ins Wort. »Außer an dem Fakt, dass beide allein lebten, sehe ich hier keine Ähnlichkeiten, also nichts, was auf irgendein Muster hinweist. Diese Frauen sind doch vollkommen unterschiedlich, diese heute ist um die fünfzig, dürr und …«, er kniff die Augen zusammen und musterte die Leiche mit kritischem Blick, »… offenbar recht groß, eine Bohnenstange. Die Maltetsou dagegen war fünfzehn Jahre jünger, pummelig …«

»Sie ist auch Ärztin!«, schoss es aus Fani heraus. »Genau wie Anna Maltetsou!«

»Ach was?!«, machte Jannakis, plötzlich ganz ernst.

»Sie hat eine Praxis in der Altstadt. Orthopädie!«

»Ach was!«, wiederholte Jannakis. »Sieh einer an! Und die andere, war die nicht auch Orthopädin?«

»Nein, HNO – also Hals Nasen Ohren«, sprudelte es aus Fani heraus.

»Trotzdem – komisch ist das schon, da gebe ich dir recht!«, stimmte Jannakis zu. »Zwei erschossene Ärztinnen – kann das ein Zufall sein?«

»Kaum«, sagte Ioannis. »Das ist wahrscheinlich eine Folge des maroden Gesundheitssystems. Unsere Ärzte behandeln bereits so mies, dass die Patienten anfangen, sie zu ermorden!« Er stimmte wieder sein meckerndes Lachen an. Doch Jannakis stieg nicht ein, diesmal nicht. Er stand reglos im Raum, die stämmigen, schwarz bewachsenen Arme in die Seite gestemmt, und blickte die Tote an, als sehe er sie nun zum ersten Mal.

»Ioannis, dreh die Leiche mal ein Stück zur Seite«, sagte er schließlich. »Was ist denn da mit dem Reißverschluss?!« Er deutete auf Panajota Kolidis linke Seite.

»Der ist kaputt, das habe ich schon gesehen. Steht nachher alles im Bericht!«

»Kaputt – wie kaputt?«

»Na, eben kaputt!«, meinte Ioannis, angesichts der Anweisung auf einen Schlag wieder mufflig wie eh und je. »Die ersten zwei Zentimeter sind offen, aber dann hat der Stoff sich verklemmt!«

»Also ging er gar nicht auf!«, sprudelte es aus Fani heraus. »Das ist der Grund, warum sie nicht vollständig nackt ist! Der Täter wollte sie ja vielleicht ganz entkleiden. Oder er befahl ihr, sich auszuziehen. Aber es klappte nicht, denn der Reißverschluss war kaputt!«

Jannakis nickte langsam und bedächtig.

»Ja, könnte schon sein«, sagte er. »Na gut, jetzt warten wir erst mal auf das ballistische Gutachten. Ob es sich um ein und dieselbe Waffe handelt. Wenn das der Fall ist, dann hast du ihn ja sowieso, deinen Zusammenhang! Warten wir ab. Jetzt muss ich endlich los, sonst steigt die Party ohne mich!«

Fani nickte und rang sich ein Lächeln ab – das erste Mal, dass ihr das heute gelang.

»Viel Spaß, Chef, ich komme bald nach! Ich sehe mich nur noch eine Weile um«, sagte sie.

»Mach nicht so lang, Mädchen«, sagte Jannakis, und nun klang seine Stimme plötzlich freundlicher, regelrecht ein wenig väterlich. »Du schuftest immer so viel – du fällst noch mal um. Und dürr wirst du auch. Steht dir nicht! Steht dir überhaupt nicht!«

»Ich beeile mich!«, sagte Fani. »Versprochen!« Selbst wenn er nett sein wollte, schaffte Jannakis es, sie zu degradieren. Besonders, wenn er nett sein wollte, dachte Fani ungehalten. Sie war doch kein kleines Kind!

Tatsächlich hatte sie nicht vor, so bald zu gehen – nach Ioannis' Aufbruch wollte sie alles ganz in Ruhe inspizieren, den Inhalt der Schubladen, die Sachen im Kleiderschrank, in der Küche und im Badezimmer. Sie wollte alles richtig machen, nichts übersehen. Sie hatte das Gefühl, dass sie es Dr. Kolidi schuldig war.

*

Wenn er es recht bedachte, wirkten die griechischen Kollegen immer etwas mehr auf Zack als die zu Hause in Deutschland, dachte Hauptkommissar Nick Zakos, als er den Trupp Beamter entdeckte, wie sie mit großen Schritten die Abflughalle durchmaßen. Oder kam ihm das als Außenstehendem nur so vor?

Denn ein Außenstehender war er – daran gab es nichts zu rütteln. Zakos war zwar halber Grieche und hatte von daher andere Einblicke in die lokalen Gegebenheiten als ein Tourist. Besonders, seit er auch immer öfter beruflich im Heimatland seines Vaters zum Einsatz kam und hier bereits in so manchem Mordfall ermittelt hatte. Doch da er in München aufgewachsen war und dort nach wie vor lebte, fühlte er sich in Griechenland immer auch gleichzeitig ein wenig wie ein Besucher. Dinge, die hier ganz normal waren, kamen ihm besonders vor.

Erst kurz vorher hatte Zakos schmunzeln müssen, als er beobachtete, wie sich zwei Freunde draußen vor dem Flughafen vor einer der automatischen Türen – da, wo die Raucher standen – zur Begrüßung in die Arme fielen und sich abküssten. Der eine der Männer nahm den Kopf des anderen dazu fest in beide Hände, und dann hörte man es regelrecht schmatzen.

In München nahmen sich Männer auch mal freundschaftlich zur Begrüßung in den Arm, allerdings eher die jüngeren. Aber schmatzende Küsse – nein!

Man sollte meinen, dass die Gepflogenheiten innerhalb Europas sich ähnelten, und in vielen Dingen war das auch so. Die Unterschiede allerdings zeigten sich ganz besonders in den kleinen Details des Alltagslebens, fand Zakos. Woran sein fremder Blick zum Beispiel hier immer wieder Anstoß nahm, war der extrem großzügige Umgang mit Plastiktüten. Er hatte davon gehört, dass diese demnächst bezahlt werden mussten – so wie in Deutschland. Aber noch wurden einem die Dinger im Supermarkt regelrecht hinterhergeworfen. Selbst am Airport wurde man nicht verschont. Sogar das Sandwich, das er gerade erstanden hatte, wurde ihm in einem Tütchen ausgehändigt. Dabei war es in Plastik eingeschweißt.

Zakos hatte das Brötchen wieder aus der Tüte gepackt und diese der Verkäuferin zurückgegeben, was aber keineswegs dazu geführt hatte, dass Müll gespart wurde, denn die Verkäuferin legte die Plastiktüte nicht etwa zurück, sondern warf sie hinter dem Tresen in den Abfalleimer. Klar, Zakos hätte sich das eigentlich denken können. Schließlich hatte er den Plastikbeutel mit seinen Händen berührt, er war also verunreinigt – jedenfalls in griechischen Augen. In solchen Dingen herrschte hier ein viel größeres Hygienebewusstsein als in Deutschland. Noch so ein Unterschied!

Nun saß er da, an seinem Gate, kaute an dem Sandwich und beobachtete die Menschen, als sein Blick auf die blau gekleideten, breitschultrigen griechischen Beamten fiel. Sie sahen absolut ehrfurchterregend aus. Kein Vergleich zu den Münchner Kollegen – auch wenn er dies zu Hause im Kommissariat in der Ettstraße nicht verlauten lassen würde. Aber trotzdem war es so!

Ganz sicher lag's an der Uniform – die waldgrünen Sachen der Münchner Uniformierten hatten immer so etwas von Verkehrspolizei. Nein, diese Kerle hier wirkten da schon um einiges gefährlicher in ihrer dunklen Kampfmontur mit Cargohosen und schweren Stiefeln. Da wusste man gleich, was Sache war. Ihr Auftauchen hier an seinem Abflugs-Gate fand Zakos allerdings fast etwas beunruhigend – heutzutage fühlte man sich an Flughäfen ja automatisch immer ein wenig besorgt. Wen oder was die Männer wohl suchten?

Sie suchten ihn. Das wurde ihm im nächsten Moment klar. Die Männer marschierten mit großen Schritten direkt auf ihn zu.

»Mitkommen«, tönte der Anführer, ein Hüne mit schwarzen Augenbrauen, so dick und so entschlossen zusammengezogen, dass es einem allein davon schon hätte Angst werden können.

»Ich?«, fragte Zakos und blickte sich im Aufstehen unsicher um, als könnte die Aufforderung an jemand anderen gerichtet sein. Aber er war gemeint, keine Frage.

»Was ist denn passiert?!«

Just in diesem Moment ertönte das gedämpfte *Kling*, das den Start des Boardings ankündigte, und eine weibliche Stimme gab am Mikrofon im typischen Singsang die Einstiegsmodalitäten bekannt – »Passagiere mit den Sitznummern von …« Zakos nahm das alles nur noch am Rande wahr, ebenso wie die Köpfe der Mitreisenden, die sich nun nach ihm umdrehten und ihn mit ihren Blicken musterten – neugierig, erschrocken, ängstlich, manche auch unverhohlen schadenfroh.

»Das kann nur ein Missverständnis sein«, stammelte Zakos weiter und kam sich komisch vor. »Wollen Sie meinen Pass sehen? Oder meinen Dienstausweis …?«

»Mitkommen!«, wiederholte der Mann lediglich und umschloss Zakos' Unterarm mit hartem Griff, sodass ihm das halb verzehrte Sandwich aus der Hand und auf den Boden fiel. Zakos verstand, dass jede Form von Protest jetzt gerade unvernünftig war. Zumindest, wenn er nicht im nächsten Moment mit verdrehtem Arm bäuchlings auf dem Boden landen wollte – den Hünen mit den dicken Brauen über sich. Er nickte also stumm, machte eine fragende Bewegung zu seiner Reisetasche hin, die vor ihm auf dem Boden stand, und hob sie auf ein Zeichen des Polizisten schließlich auf. Dann nahmen die vier Zakos in ihre Mitte und geleiteten ihn durch das Spalier der anderen Fluggäste, die vor ihnen zurückwichen, als gelte es, sich vor einer hochinfektiösen Krankheit zu schützen.

So führten die Männer ihn über nicht enden wollende Gänge entlang weiterer Gates, vereinzelter Imbissshops, Cafés und Zeitschriftenläden, dann zurück durch den Security-Check – immer weiter fort von seinem Flug.

Er war beruflich in Griechenland gewesen – mehr oder minder. Vor knapp einem Jahr hatte er in einem Fall ermittelt, in dem es unter anderem um mafiöse Geschäfte einer Reederei ging. Seine Stiefmutter war als Anwältin in die Sache verwickelt gewesen, Dora, die Frau, die Zakos' Vater Konstantinos nach der Scheidung von Zakos' deutscher Mutter geheiratet hatte. Dora war fälschlicherweise eines Mordes bezichtigt worden. Zakos hatte Wochen in Griechenland an der Sache gearbeitet. Nun sollte er bei einem Gerichtsverfahren aussagen, denn ein paar Handlanger der besagten Reederei waren des Mordes an einem Staatsanwalt angeklagt. Die Sache verursachte ein großes Medienecho, alle griechischen Zeitungen und TV-Sender berichteten. Die Verhandlung aber mutierte zur Mühsal, denn Zakos' Anhörung wurde immer wieder verschoben, darum verbrachte er viel Zeit auf harten Bänken im und vor dem Gerichtsgebäude und war genervt.

Doch auch nach seiner Aussage stellte sich kein Gefühl von Befriedigung ein. Zum einen war noch lange kein endgültiger Abschluss der Angelegenheit in Sicht – so etwas konnte Monate dauern, mindestens. Und zum anderen durfte bezweifelt werden, dass die wirklich Schuldigen jemals zur Rechenschaft gezogen würden. Zum derzeitigen Stand konnte man schon froh sein, wenn wenigstens die gedungenen Mörder überführt würden, denn zur großen Frustration der Anklage waren einige der Beweismittel einem Schwelbrand zum Opfer gefallen. Zakos glaubte nicht, dass es sich dabei um einen Zufall handelte. Aber das machte die Sache erst recht enttäuschend und hoffnungslos.

Normalerweise hätte er die Zeit in Athen für Besuche bei seinem Vater Konstantinos genutzt. Zakos hatte den Vater einige Jahre aus den Augen verloren gehabt, doch in der letzten Zeit hatten sie sich wieder angenähert, und auch das Verhältnis zu Dora war gut. In Zakos' Jugend hatten sie sich gar nicht verstanden, was damals sicherlich auch an ihm selbst gelegen hatte. Er war auf die neue Frau des Vaters eifersüchtig gewesen, ebenso wie auf die beiden Kinder von Dora und Konstantinos, Vasso und Philippos. Mittlerweile genoss Zakos aber die Zeit mit dem griechischen Teil der Familie, er besuchte sie mehrmals im Jahr. Doch nun waren alle verreist, zu einem Jugendfreund von Konstantinos in die USA. Zakos war also zumeist nichts anderes übrig geblieben, als allein durch die Stadt zu streifen. Wenigstens ab und zu hatte ein griechischer Kollege, Alexis, Zeit auf ein Bier gefunden, die restliche Zeit hatte Zakos sich gelangweilt und die Tage bis zu seiner Rückkehr nach

München gezählt. Er hatte regelrechtes Heimweh – nicht so sehr nach seinem Zuhause, diesem winzigen, eher unwohnlichen Apartment, in dem er seit seiner Trennung von seiner Lebensgefährtin Sarah wohnte, aber umso mehr nach seinem dreijährigen Sohn Elias.

Sarah und er waren bereits auseinandergegangen, als Elias noch nicht mal laufen konnte. Es hatte einfach nicht gepasst zwischen ihnen, der dauernde Streit hatte Zakos genervt und ausgelaugt. Er war froh gewesen, als es vorbei war, doch er hing sehr an seinem Sohn. Gleichzeitig hatte er fast ständig ein schlechtes Gewissen Elias gegenüber, weil er grundsätzlich zu wenig Zeit für ihn hatte. Der Kleine lebte bei Sarah und verbrachte jedes zweite Wochenende bei Zakos – manchmal auch Nachmittage unter der Woche und ab und zu auch Urlaube. Normalerweise jedenfalls.

Doch was war im Leben eines Hauptkommissars schon normal? Wenn Zakos intensiv in einem Fall drinsteckte, blieb für Privates kaum Zeit. Und nun war Zakos schon seit bald zwei Wochen hier, dabei sollte er ursprünglich nur ein paar Tage bleiben. Doch jetzt freute er sich auf eine entspannte Zeit zu Hause mit dem Kind. Er hatte in München noch ein paar Tage frei, die wollte er genießen.

Er freute sich überhaupt auf München, auf seine Freunde dort. In ein paar Tagen fand die Geburtstagsfeier seines besten Freundes Mimis in dessen Taverne statt, ein Riesenfest sollte es werden. Und Zakos freute sich sogar auf die Arbeit, besonders auf seinen Kollegen Albrecht, mit dem er sich bestens verstand. Er wollte wirklich endlich heim! Doch nun, während er durch ewige Flughafengänge geleitet wurde, fragte er sich, ob er seinen München-Flug überhaupt noch kriegen würde – und was das alles sollte! Es konnte sich ja wohl nur um ein Missverständnis handeln. Auf Fragen hin schwiegen ihn die griechischen Polizisten allerdings nur an. Er konnte sich einfach keinen Reim darauf machen, was überhaupt los war.

Schließlich näherten sie sich einem kleinen Stehcafé im Eingangsbereich des Flughafens, und da sah er sie: Fani. Er traute seinen Augen kaum.

Sie war es tatsächlich. Sie hatte einen bedruckten Kaffeebecher aus Pappe vor sich stehen und trug eine riesige, runde Sonnenbrille, mit der sie ein wenig wie eine Fliege in einem Comic aussah. Als sie an ihren Tisch traten, zog sie die Brille ab und lächelte ihn unsicher an.

»Auftrag erledigt!«, tönte der Riese, der ihn abgeführt hatte, während seine drei Kollegen nun eine entspannte Haltung einnahmen und Zigaretten herumgehen ließen, die sie, vollkommen ungerührt vom allgemein herrschenden Rauchverbot, schließlich auch anzündeten. Schließlich sprach der Anführer – der Riese mit den dicken Brauen – ihn an: »Du hättest mal deinen Gesichtsausdruck sehen sollen – wie ein Lamm auf dem Weg zur Schlachtbank!« Das Lachen des Mannes klang mindestens so einschüchternd wie zuvor sein grimmiger Gesichtsausdruck – es war so dröhnend, dass es regelrecht in den Ohren schmerzte.

»Nichts für ungut!«, tönte er schließlich und schlug Zakos mit einer Riesenpranke auf die Schulter, sodass dieser ein Stück einknickte. »Aber Madame wollte nun mal dringend mit dir sprechen und bat uns, dich abzuholen – und ich war ihr noch einen Gefallen schuldig. Stimmt's, Fani?«

Sie nickte, dann streckte sie sich, um den Kerl auf beide Wangen zu küssen, während er sich seinerseits ein großes Stück zu ihr hinunterbeugen musste.

»Danke, Michalaki«, sagte sie. »Man sieht sich – spätestens, wenn diese unschöne Sache geklärt ist.«

»Abgemacht« sagte er, und dann waren die vier mit ihren Zigaretten nach draußen an die Luft verschwunden, und Zakos stand da und starrte Fani an.

»Was ist denn passiert?!«, fragte er, und er spürte, wie sein Gesicht heiß wurde. Ihr Anblick jagte seinen Puls hoch.

Schmal war sie geworden, das vormals runde Gesicht wirkte nun spitzer; außerdem sah sie müde aus, mit dunklen Schatten unter den Augen und blassen Lippen, die nun ins Zittern gerieten, während die großen schwarzen Augen sich mit Tränen füllten. Er fand sie fast noch schöner als früher. Zakos breitete die Arme aus, und sie sank schluchzend hinein wie ein Kind.

Sie weinte und weinte, es war wie ein Wolkenbruch.

Zwei Jahre lang hatte er sie nicht mehr gesehen, und sie waren nicht im Guten auseinandergegangen: Fani war an einem Morgen im Streit aus seinem Hotelzimmer verschwunden, nachdem sie herausgefunden hatte, dass er zu Hause in München nicht nur eine feste Beziehung, sondern auch noch ein Kind hatte – damals war er noch mit Sarah liiert gewesen. Zakos hatte irgendwie nie den richtigen Moment gefunden, um Fani das zu gestehen – wahrscheinlich war er einfach zu feige gewesen, wie er sich mittlerweile eingestand.

Bis vor Kurzem hatte Funkstille zwischen ihnen geherrscht. Im vergangenen Jahr hatte sie sich dann plötzlich bei ihm gemeldet: eine nüchterne E-Mail mit einer beruflichen Anfrage, die sie im Auftrag ihres Chefs Tsambis Jannakis an ihn gerichtet hatte. Danach hatte es noch weitere, ebenfalls betont sachliche Mails gegeben.

Und nun, urplötzlich, lag sie schluchzend in seinen Armen!

Ganz unvermittelt, nach so langer Zeit. Er konnte es fast nicht glauben, es haute ihn vollkommen um – wie jedes Mal, wenn er ihr begegnete. Diese Wirkung hatte sie auf ihn. Er stand einfach nur da, die Nase in ihr Haar versenkt, und spürte, wie ihre Schultern zitterten und seine weiße Hemdbrust nass wurde von ihren Tränen. Er gab sinnfreie, beruhigende Laute von sich, während in einem anderen Kosmos gerade sein München-Flug zum letzten Mal ausgerufen wurde. Sie roch noch genau so wie damals, ein warmer Geruch wie von Zimt und sonnenbeschienener Haut.

Erst nach einer Ewigkeit wagte er es, sie so sanft wie nur möglich anzusprechen.

»Was ist denn passiert – es wird doch niemand gestorben sein?«

Noch im selben Moment bereute er die Wortwahl. Was, wenn wirklich jemand verstorben war? Hoffentlich kein nahes Familienmitglied ...

Sie entwand sich seiner Umarmung, bis sie ihn anblicken konnte, und bedachte ihn mit einem schiefen Lächeln. Dann seufzte sie tief.

»Natürlich, was dachtest du denn, worum wir uns den ganzen Tag kümmern müssen?«, erwiderte sie. »Etwa um Taschendiebstähle? Nein, um Mord natürlich. Zwei Frauen allein auf Rhodos – und nun ist noch eine auf Kreta dazugekommen, und ich könnte wetten, diese Fälle hängen zusammen!«

Zakos fühlte sich wie vor den Kopf gestoßen.

»Du willst mir nicht sagen, dass es hier einfach nur um einen Fall geht? Und deswegen brichst du in Tränen aus?!«

»Tut mit leid«, sagte sie und wand sich ein bisschen. »Es ist mir ja selbst total peinlich! Ich war einfach so angespannt.

Aber du ahnst ja gar nicht, welchen Widerständen ich ausgesetzt bin! Jannakis will partout nicht einsehen, wie alles zusammenhängt, es ist einfach ...«

»Fani, verdammt – bist du eigentlich verrückt geworden?«, brach es aus Zakos heraus. Seine Stimmung war von einer Sekunde auf die andere umgeschlagen. Er war empört. Es ging gar nicht um einen persönlichen Schicksalsschlag oder irgendein schwerwiegendes persönliches Problem. Es ging überhaupt nicht um sie.

Und es ging auch überhaupt nicht um – ihn. Sondern einfach nur um einen Fall. Sekundenschnell schlug sein Glück über ihr Wiedersehen in Enttäuschung und Wut um.

»Du lässt mich hierherbringen, nur weil du einen FALL lösen musst? Ich muss auch Fälle lösen, dauernd! Das gehört zum Beruf dazu, falls dir das nicht aufgefallen sein sollte! Verdammt, ich hab meinen Flug nach Hause wegen dir verpasst!«

»Ja«, sagte sie, etwas blass um die Nase, »Schon. Aber du hättest ja nicht herauskommen müssen!«

»ICH HÄTTE NICHT HERAUSKOMMEN MÜSSEN?!« Nun schrie Zakos regelrecht, sodass Vorbeigehende sich nach ihm umdrehten. »Und wie hätte ich das schaffen sollen?! Ich wurde ja regelrecht abgeführt!«

»Ach, Blödsinn, ich habe Michalaki einfach nur gesagt, er soll dich bitten, ob du ...«

»BITTEN?!«, tönte Zakos. »Der Typ und seine drei Kumpane haben mich praktisch vom Sitz gezerrt. Das war eine VERHAFTUNG, keine BITTE, im nächsten Moment hätte der Kerl vielleicht sogar seine Waffe gezogen oder sonst was getan!«

»Michalaki?«, meinte Fani, etwas spöttisch. »Der ist das reinste Riesenbaby – total harmlos!«

»Das sieht man ihm allerdings wirklich nicht an!«, erwiderte Zakos, nun ruhiger. Er musste an Elias denken.

Noch vor einer guten halben Stunde hatte er ihn angerufen und mit ihm besprochen, wie sie den Abend verbringen würden. Beziehungsweise: Elias hatte darüber gesprochen. Elias hatte eine feste Vorstellung davon, wie dieser Abend ablaufen sollte – welches Buch Zakos vorlesen sollte, was sie spielen könnten, was Zakos kochen sollte, nämlich Pfannkuchen. Er hatte stets ganz konkrete Vorstellungen, wenn es um die Treffen mit seinem Vater ging, er wollte mit ihm immer möglichst viel erleben, vielleicht als Ausgleich dafür, dass er ihn zu oft vermisste. Wenn Zakos heute nicht rechtzeitig in München ankam, solange Elias noch wach war, würde es bittere Tränen geben.

Die Sehnsucht nach dem Kind und die Traurigkeit darüber, seinen Sohn wohl wieder einmal enttäuschen zu müssen, breiteten sich als schmerzhaftes Ziehen in ihm aus, stärker, als die Freude über das Wiedersehen mit Fani gewesen war, stärker auch als die Wut.

Doch vielleicht könnte er es noch schaffen! Er blickte auf die Uhr. Wenn er einen Platz auf einem der nächsten Flieger ergattern könnte, würde es klappen. Dann könnte er seinen Sohn wenigstens noch selbst zu Bett bringen, wenigstens das!

Eine gute halbe Stunde später war klar, dass Zakos München heute nicht mehr erreichen würde – und in den nächsten Tagen auch nicht. Das Osterfest stand bevor, diesmal fielen die griechisch-orthodoxen Feiertage auch noch mit denen in Deutschland zusammen. Flüge waren bereits seit Wochen ausgebucht. Die hilfsbereite junge Frau am Schalter hatte alle Möglichkeiten mit ihm durchgespielt, aber es half alles nichts!

Mittlerweile empfand Zakos – gar nichts mehr. Das Wechselbad der Gefühle in der vergangenen Stunde hatte ihn zermürbt. Denn es war nur eine Stunde gewesen, nicht länger. In dieser Zeitspanne war er von seinem Gate abgeführt worden und hatte Fani wiedergesehen. Er hatte erkannt, dass ihr Anblick und ihre Anwesenheit ihm immer noch Herzklopfen verursachten. Gleich darauf war er aber zu der enttäuschenden Erkenntnis gelangt, dass sie ihn nicht um seiner selbst willen, sondern nur wegen eines Kriminalfalles am Abflug gehindert hatte.

Kurz darauf hatte er erfahren, dass er es die nächsten Tage nicht mehr nach München zu seinem Sohn schaffen würde, beim besten Willen nicht. Stattdessen hockte er nun hier, immer noch in Athen. Es war alles ein bisschen viel auf einmal gewesen. Er wollte sich hinsetzen, durchatmen, einen Schluck Wasser trinken.

Gute fünfzehn Minuten später saßen sie immer noch schweigend auf einer Bank, und Zakos starrte vor sich hin, ohne die Reisenden, die sich zu ihren Abflugschaltern bewegten und Rollkoffer hinter sich herzogen, wirklich wahrzunehmen. Fani hockte ziemlich kleinlaut neben ihm. Schließlich blickte er zu ihr hinüber und sah, dass sie schon wieder den Tränen nahe war. Aber diesmal hatte er kein Mitleid.

»Woher wusstest du überhaupt, dass ich hier bin?«, brummte er. Er musste sich Mühe geben, einigermaßen freundlich zu klingen.

»Ich hab mit Alexis Ekonomidis telefoniert«, antwortete Fani. Alexis war der Athener Kollege, mit dem Zakos in der vergangenen Woche ein paarmal aus gewesen war. Sie kannten sich durch eine frühere Zusammenarbeit, aber Zakos wunderte sich, dass Fani und der Athener Kommissar in Kontakt standen. Bei ersten gemeinsamen Treffen hatten sie sich nicht gerade gemocht.

»Alexis sagte, wenn ich mich beeile, dann erwische ich dich noch!«

»Er hat dir aber sicher nicht gesagt, dass du mich mit Polizeigewalt vom Gate zerren lassen sollst!«, stieß Zakos hervor.

»Nein, hat er nicht!«, bekräftigte Fani, nun mit Trotz in der Stimme. »Aber er sagte, du hilfst mir bestimmt, so gut du kannst, weil ich dich auch schon unterstützt habe, so gut es ging. Ich habe damals vor zwei Jahren alles andere abgesagt und sogar meinen Urlaub dafür verwendet.«

Sie blickte ihn nun geradeheraus an. »Alles nur, um für dich da zu sein und dich mit deinem Fall nicht alleinzulassen!«

Zakos seufzte tief. Das stimmte natürlich! Sie hatte damals alles stehen und liegen lassen und war mit ihm von Rhodos nach Athen gereist, um ihm zu helfen und mit ihm gemeinsam einen Mordverdächtigen aufzuspüren. Sie hatte es auch deswegen getan, weil sie damals eine Affäre gehabt hatten. Aber das schmälerte ihren Einsatz ja nicht – sie war für ihn da gewesen, als er sie gebraucht hatte. Und wie hatte er es ihr gedankt?

Es war ihm peinlich, aber Tatsache war, das er nicht ehrlich zu Fani gewesen war und sie hintergangen hatte. Schon richtig, er war ihr was schuldig – Alexis hatte ganz recht.

»Na gut«, lenkte er ein. »Worum geht es überhaupt?«

»Heißt das, du hilfst mir doch?«, fragte sie, und ihre Stimme klang plötzlich eine Oktave höher.

Er nickte.

Im nächsten Moment war sie aufgesprungen und hatte ihn am Arm gepackt.

»Dann müssen wir uns beeilen, wir müssen einen Flug nach Kreta kriegen«, sprudelte sie heraus. »Ich hab Plätze optioniert. Ich erzähle dir alles unterwegs!«

Kapitel 2

Im Flugzeug wurde es Fani übel. Sie musste sich nicht übergeben, doch ihr Gesicht wurde blass und ihre Lippen zitterten. Sie blickte starr vor sich hin, schnappte sich die kleine weiße Papiertüte und war nicht ansprechbar. Nach der Landung verschwand sie auf der Damentoilette in der Ankunftshalle und kam nicht mehr heraus.

Zakos wusste immer noch nicht, an welchem Fall sie überhaupt arbeitete und wie er ihr dabei helfen konnte. Er hockte eine halbe Ewigkeit auf der unbequemen Metallsitzbank und fragte sich, wie viel Zeit er an diesem merkwürdigen Tag wohl noch an Flughäfen verbringen müsste – langsam hatte er genug davon.

Als er schließlich überlegte, in der Damentoilette nach dem Rechten zu sehen, kam sie doch endlich aus der Tür. Sie hatte sich zurechtgemacht: Der feuchte Haaransatz zeugte davon, dass sie sich das Gesicht gewaschen hatte, außerdem war sie nun geschminkt, mit roten Wangen und dickem Gloss auf den Lippen. Ihre etwas abgewetzte schwarze Lederjacke hatte sie ausgezogen und sie über die Umhängetasche gehängt. Darunter kam ein rot-schwarz kariertes Hemd zum Vorschein – es war stickig hier, ganz anders als in dem von der Klimaanlage unterkühlten Athener Airport.

»Wir müssen uns beeilen«, sagte Fani. »Wir werden abgeholt. Das hat Jannakis organisiert, immerhin. Sonst würden wir wohl erst dann ankommen, wenn die Kollegen schon gar nicht mehr da sind!« Sie stürmte an ihm vorbei nach draußen, und er hetzte ihr hinterher.

Vor dem Gebäude wehte ein angenehmer Frühlingswind. Fanny sog die Luft ein und lächelte. »Jetzt geht's mir hundert Prozent besser«, sagte sie, und dann: »Ah, da drüben steht wohl unser Wagen!« Sie deutete auf ein in kurzer Entfernung wartendes Polizeifahrzeug und machte dessen Chauffeur – einem uniformierten Kollegen – ein Zeichen.

»Was war überhaupt los? Ich dachte, du wirst nie seekrank?«, wunderte sich Zakos. Er erinnerte sich, dass Fani stets damit geprahlt hatte, wenn sie sich einmal gemeinsam an Bord einer Fähre befunden hatten. »Sag bloß, du hast Flugangst. Warum hast du denn nichts gesagt …?«

»Blödsinn!«, gab Fani zurück. Es klang etwas zu heftig, um wahr zu sein. »Ich hatte keine Angst. Und jetzt komm endlich!«

Er blickte sie zweifelnd an. Sie schien ganz schön unter Strom zu stehen. Im Wagen verlor sie keine Zeit, holte ihr Handy heraus und tippte darauf herum.

»So, ich zeige dir jetzt zwei Tatorte«, erklärte sie in sehr sachlichem Ton. »Beides Aufnahmen aus Rhodos – ein guter Monat Zeitabstand. Hier ist die erste Tote, Anna Maltetsou, eine Hals-Nasen-Ohren-Ärztin, umgebracht in ihrer Wohnung. Wenn du runterscrollst, siehst du Mordfall Nummer zwei. Ebenfalls Ärztin, Orthopädin, Panajota Kolidi. Vergleich die beiden Toten, und sag mir, ob dir was auffällt!« Es klang nicht wie eine Bitte, sondern wie ein Befehl.

Zakos starrte Fani an. So kannte er sie gar nicht. Regelrecht ruppig kam sie ihm vor. »Seine« Fani war sanfter und auch ein wenig unsicher gewesen. Anlehnungsbedürftig. Die junge Frau, die nun neben ihm saß, wirkte nicht, als brauche sie Hilfe – dabei hatte sie doch seine Hilfe eingefordert!

»Was ist?«, fragte sie, schon wieder ungeduldig. »Wir haben nicht ewig Zeit!«

Bald darauf war Zakos die Bilder mit ihr durchgegangen. Geduldig hatte er die beiden Schlafzimmer, in denen die Frauen ermordet worden waren, miteinander verglichen. Eines davon war etwas verspielt, mit einem gerüschten Überwurf und vielen Kissen auf dem Bett – das Zimmer der Hals-Nasen-Ohren-Ärztin. Das andere war eher schlicht und zweckmäßig eingerichtet mit dunklen Holzmöbeln und teuer wirkenden Lampen aus Messing und Milchglas – Panajota Kolidis Schlafzimmer. Er hatte sich zeigen lassen, wie die beiden Toten dagelegen hatten, anhand Fotos vom Tatort und einer Skizze, die die Haushälterin der ermordeten Orthopädin angefertigt hatte. Er hatte sich Akten und Gutachten vorlesen lassen, weil diese auf Griechisch abgefasst waren – und Zakos tat sich mit der griechischen Schrift einigermaßen schwer.

Schließlich hatte er private Fotos der beiden Frauen betrachtet, die Fani in den Wohnungen und aus Alben von dort abfotografiert hatte. Anna Maltetsou, die Jüngere, war pausbäckig, mit kurzem Haar und zusammengezogenen dunklen Augenbrauen, als beurteile sie das Leben stets kritisch. Das andere Opfer, Panajota Kolidi, wirkte freundlicher – eine Frau Mitte oder Ende fünfzig, die früher schön gewesen sein musste und es auf eine erwachsene Weise immer noch war, mit humorvollem Zwinkern in den Augen und einem vollen Mund.

Er fand, dass sie sympathisch ausgesehen hatte. Doch Fani wollte etwas anderes hören.

»Ja, ja – aber was fällt dir sonst noch auf?«, bestürmte sie ihn. »Was verbindet die beiden Frauen?«

»Außer ihrem Beruf – nicht viel!«, erwiderte er. »Zwei vollkommen unterschiedliche Frauen.«

Fanis Mund verzog sich ärgerlich. »Aber das stimmt doch überhaupt nicht!«, rief sie aus. »Siehst du nicht die Überschneidungen? Sie waren nicht nur beide Ärztinnen, sie lebten auch beide auf Rhodos, genauer in Rhodos-Stadt. Sie betrieben dort auch jeweils ihre Praxis. Alle beide wurden im Schlafzimmer ermordet, aber nicht vergewaltigt. Sonderbar, oder? Außerdem lebten beide allein.«

»Wieso eigentlich?«, unterbrach Zakos sie. »Hatten sie denn keine Familie, keine Ehemänner, Freunde oder so?« Noch während er den Satz aussprach, merkte er, dass sich ihr Gesicht erneut unzufrieden verzog. Offenbar konnte er es ihr heute nicht recht machen. »Ich meine nur so – ich dachte, in Griechenland funktionieren die familiären Bande noch. Zumindest auf einer Insel wie Rhodos …« Es klang fast wie ein Rechtfertigungsversuch – so sehr verunsicherte ihn die neue, taffe Fani.

»Wo lebst du eigentlich?«, fiel sie ihm wieder ins Wort. »Darf denn eine Frau hier nicht allein und selbstbestimmt ihr Leben führen, wie überall sonst auf der Welt auch?«

»Natürlich, Fani, aber darum geht es jetzt doch gar nicht«, erwiderte er. »Ich sollte dir lediglich sagen, was mir einfällt. Brainstorming eben. Da ist jeder Gedanke erlaubt.«

»Ja, aber muss jeder Gedanke, den ihr Männer äußert, frauenfeindlich sein?« gab sie zurück, heftiger als angemessen, wie er fand.

»Ich bin nicht ›ihr Männer‹«, entgegnete Zakos und gab sich Mühe, ruhig zu bleiben. Was brachte es, sich jetzt zu allem Überfluss auch noch zu streiten? »Ich bin lediglich ein einzelner Mann, und zwar einer, der seinen dreijährigen Sohn vernachlässigt, um den er sich gern in diesem Moment kümmern würde. Und das, um seiner Ex-Freundin – also dir – bei der Arbeit zu helfen. Und die ihn zum Dank dafür auch noch anfährt!«

»Entschuldige!«, sagte sie erschrocken – als habe die Heftigkeit ihrer Reaktion sie selbst überrascht.

»Wirklich, es tut mir leid!« Sie legte ihm beschwichtigend die Hand auf den Arm. »Ich bin einfach ein bisschen mit den Nerven durch. Natürlich ist jede Äußerung okay. Im Prinzip jedenfalls. Es ist nur so: Ich habe mir in letzter Zeit zu viele Machosprüche anhören müssen – ich flippe mittlerweile schon bei der kleinsten Kleinigkeit aus!«

»Jannakis!«, sagte Zakos. Es war weniger eine Frage als eine Feststellung. Er kannte Fanis etwas derben Chef und seine Eigenheiten. »Nimm ihn doch einfach nicht ernst! Der kann nun mal nicht aus seiner Haut. Aber an sich hat er einen guten Kern.«

»Er nervt aber trotzdem!«, konterte Fani. »Und bezüglich des guten Kerns bin ich mir gar nicht sicher. Außerdem: Aus der Distanz mag er ja ganz originell sein, aber ich muss ihn tagein, tagaus ertragen – da vergeht einem das Lachen! All seine blöden Kommentare! Und dann das ständige Gequalme, die geschmacklosen Witze. Er macht mir wirklich das Leben schwer. Ständig muss ich bei ihm um meine Position kämpfen, als wäre ich immer noch eine kleine Anfängerin.«

»So sieht er dich nicht!«, widersprach Zakos. »Wenn er mit mir spricht, dann schwärmt er regelrecht von dir. Außerdem: Er hat dich doch seinerzeit extra zu sich nach Rhodos geholt!«

»Pah! Wahrscheinlich wollte er eine Art Sekretärin aus mir machen!«, sagte sie.

Zakos lachte. Fani mit ihrer sperrigen Art wäre die Letzte, die sich für einen Sekretärinnen-Job empfehlen würde.

»Doch, das ist mein Ernst: Er will mich degradieren, für ihn bin ich eben einfach nur – sein Mädchen. Darum versucht er zum Beispiel jeden Tag, mich dazu zu bringen, auf meinem Arbeitsweg Kaffee für die Abteilung mitzubringen. Ja – wer bin ich denn?«

»Oje!«, meinte Zakos.

»Aber ehrlich gesagt ist er nicht der Einzige, der mir auf die Nerven fällt. Eigentlich sind die meisten der Kollegen eine Zumutung – einer, Valantis, hält sich für unwiderstehlich und ist der Meinung, alle Frauen fliegen auf ihn. Dabei ist er uralt und hässlich wie die Nacht, wenn du mich fragst. Dann gibt es da noch Sakis, der hat mal seine geschiedene Frau verprügelt – das weiß die ganze Stadt. Macht ihn nicht gerade zum Sympathieträger. Der Schlimmste ist aber Ioannis von der Spurensicherung, der behandelt einen wie einen Fußabstreifer, nur weil man eine Frau ist ...«

»Stopp, halt – das gilt nicht nur für Frauen. Ioannis ist zu allen gleich ekelhaft«, warf Zakos ein, der bereits mit Ioannis zusammengearbeitet hatte.

»Ja, stimmt«, sagte Fani. »Aber du hattest nur einmal mit ihm zu tun. Mich quält dieser Mann ständig. Mit ganz normalen Kommissaren oder gar Kommissarsanwärterinnen wie mit mir kommuniziert der gar nicht, nur mit Jannakis höchstpersönlich. Außerdem beschwert er sich ständig über alles und jeden, und zwar schriftlich, adressiert an den Polizeipräsidenten. Dieser Kotzbrocken! Kein Wunder, das Paraskewi, seine Kollegin, in den vorzeitigen Ruhestand gegangen ist!«

»Und wen bekommt ihr stattdessen?«

»Dreimal darfst du raten ...«, erwiderte sie, nur um dann selbst die Antwort zu geben. »Natürlich niemanden, wie immer! Es wird irgendwie nie jemand ersetzt, der in Rente geht, nie! So kommt es einem jedenfalls vor. Die Sparmaßnahmen, du weißt ja. In der Spurensicherung hilft nun jemand aus, der gar nicht die nötige Ausbildung hat, eine Art Assistent für Ioannis. Der Mann tut nicht viel mehr, als die kleinen Plastiktütchen zu tragen!«

Zakos lachte. »Verstehe!«, sagte er. »Und du musst gegen die Typen ankämpfen und fühlst dich ganz allein auf weiter Flur!«

»Du sagst es!«, seufzte sie. »Deswegen sind meine Nerven derzeit ein bisschen strapaziert. Ich brauche einfach ...«

»... Erholung?«, fiel Zakos ihr ins Wort.

»Hilfe für meinen Fall«, beendete Fani ihren Satz. »Kompetente Hilfe. Also, weiter: Sag mir endlich, was du von den beiden Mordfällen hältst!«

»Zuerst müsste ich mehr erfahren«, beschwichtigte er sie. »Mit welcher Waffe wurden die beiden denn erschossen?«

»Tja – und da wären wir bereits beim ersten Problem«, erwiderte sie zögerlich.

»Du willst mir jetzt nicht sagen, dass sie gar nicht mit ein und derselben Waffe umgebracht wurden, oder?«, fragte Zakos, aber Fani nickte.

»Dann könnten doch aber auch zwei Täter am Werk gewesen sein ... Oder habt ihr DNA gefunden, die auf einen einzelnen Täter hinweisen, irgendwelche Spuren?«

Sie schüttelte den Kopf. »Nein, der Täter ist beide Male

äußerst vorsichtig vorgegangen – allein dies ist schon als Gemeinsamkeit zu werten, finde ich. Ich gehe von einem Psychopathen aus, einem Serienkiller. Dass er allein lebende Frauen sucht, die auch noch den gleichen Beruf ausüben, spricht auch für meine Theorie. Und dann diese sonderbare Stellung der Toten ...«

»Nun gut, aber bezüglich der Stellung der ersten Frau gibt es ja nur eine Zeichnung, wenn ich dich richtig verstanden habe«, wandte Zakos ein. »Hm. Wie sieht es mit der Einschussstelle aus?«

»Fast exakt gleich«, sagte Fani etwas schnell. »Knapp oberhalb der Brust bei der HNO, nur wenige Zentimeter entfernt bei Panajota Kolidi.«

»Wie viele Zentimeter genau, das wüsste ich gern«, sagte Zakos. »Zeig mir noch mal die Bilder.«

Eine Weile herrschte Ruhe, während Fani noch mal in der Galerie ihres Smartphones auf die Suche nach den entsprechenden Fotos ging. Zuerst fand sie solche von Panajota Kolidi in der Pathologie. Die Einschussstelle befand sich links am Körper kurz unterhalb des Schlüsselbeins. Es dauerte eine Weile, dann war sie endlich zu Anna Maltetsou gelangt, ebenfalls Aufnahmen aus der Pathologie. Der tödliche Schuss hatte auch hier die linke Seite des Oberkörpers getroffen, in diesem Fall allerdings war er mitten ins Herz gegangen.

»Siehst du, fast gleich«, sagte Fani, wieder etwas eilig, und griff nach ihrem Telefon. »Nur etwa zehn Zentimeter tiefer.«

»Was schon mal gar nicht so wenig ist! Außerdem sind das eher fünfzehn als zehn Zentimeter. Das ist nicht wirklich exakt dieselbe Stelle«, gab Zakos zu bedenken, und dann: »Schau mich nicht so vorwurfsvoll an! Ich argumentiere nur mit den üblichen Einwänden. Oder willst du mir sagen, dass Jannakis das anders macht?«

Bei der Erwähnung seines Namens machte sie nur eine wegwerfende Handbewegung und wollte etwas einwenden, aber Zakos war noch nicht fertig.

»Du hast also den Eindruck, dass die beiden Fälle zusammenhängen – aber Jannakis sieht das anders, stimmt's?«

Fani nickte. »Aber er sieht es nur anders, weil – na ja, weil er anderer Meinung als ich sein WILL, wenn du verstehst, was ich meine. Es muss einfach immer alles besser wissen. Er ist ja der Erfahrene, ich nur das Küken, das dank seiner Gnade auch ermitteln darf. Dabei ist die Wahrheit eine ganz andere: Er ist mit den Jahren träge geworden. Er wird langsam alt und müde, die Arbeit hat ihn aufgerieben, er engagiert sich nicht mehr so wie früher. Dann wiederum scheint er plötzlich eifersüchtig zu sein auf Leute wie mich, die noch mehr Energie haben – und versucht mich dann auszubremsen. So erkläre ich es mir!«

»Verstehe«, meinte Zakos nachdenklich. Es erschien ihm durchaus logisch, wie Fani den Kollegen analysierte. Jannakis war keiner, der stets vernünftig und reflektiert agierte. Er war ein absoluter Bauchmensch, manchmal auch aufbrausend, ungerecht, boshaft. Dann plötzlich wieder ganz herzlich. Dass er auf eine solche Weise auf ambitionierte junge Kollegen reagierte, war gut vorstellbar.

»Jannakis sagt, ich würde spinnen, die Fälle hätten gar nichts miteinander zu tun. Er behauptet, ich hätte zu viele US-Serien gesehen«, fuhr Fani fort. »Wir seien nicht bei CSI Miami oder so, sondern in Griechenland – und da gäbe es nur selten Serienmörder.«

»Na ja – ich persönlich habe nur einmal von einem gelesen – ein Lastwagenfahrer, in den Neunzigern, oder?«

Sie nickte. »Es gab schon noch mehr, besonders in jüngerer Zeit. Aber er war der berühmteste. Antonis Daglis, *The Athens Ripper* – so wurde er genannt. Drei Morde konnten ihm nachgewiesen werden. Wahrscheinlich waren es mehr. Er hatte es auf Prostituierte abgesehen.«

Zakos nickte nachdenklich. Die Vorstellung, ein Serienkiller habe es im Gegensatz zum *Athens Ripper* ausgerechnet auf Insel-Ärztinnen abgesehen, kam ihn denn doch etwas skurril vor, aber er sagte erst mal nichts – er wollte Fani nicht schon wieder gegen sich aufbringen.

Eine Weile saßen sie schweigend nebeneinander und blickten hinaus in die Landschaft. Von der Schnellstraße aus war gerade eine kleine türkisfarbene Bucht zu erkennen, gesäumt von Tamarisken und ein paar Palmen, die sich sanft im Wind wiegten. Der Sandstreifen war goldgelb und wirkte vom Auto aus vollkommen sauber und unberührt, kein Mensch war zu sehen. Zakos verspürte den jähen Impuls, anhalten zu lassen und sich in das frische Meerwasser zu stürzen, nur ganz kurz, um einen klaren Kopf zu bekommen. Doch dafür war nun ja keine Zeit, außerdem war die Wassertemperatur höchstwahrscheinlich noch viel zu niedrig, jetzt, im April.

»Fani, seien wir ehrlich – das alles muss doch nicht auf einen Serienkiller hinweisen! Es kann auch eine ganz andere Erklärung geben, wenn zwei Frauen am selben Ort ermordet werden. Oder besser gesagt: tausende Erklärungen: eine Familiensache zum Beispiel, irgendeine Beziehungstat oder so etwas. Kannten die zwei sich denn, standen sie in irgendeinem Zusammenhang zueinander?«

»Nicht, dass wir wüssten«, erläuterte Fani mit etwas säuerlichem Gesichtsausdruck. Sie nahm ihm seine Zweifel an ihrer Theorie offenbar übel. »Sie kannten sich wohl oberflächlich.

Höchstwahrscheinlich kennen sich die meisten Ärzte in Rhodos-Stadt irgendwie, weil sie sich mitunter gegenseitig an Patienten weiterempfehlen und auf diese Weise zusammenarbeiten.«

»Und das war hier also der Fall?«

»Sicher wissen wir das noch nicht. Jedenfalls haben wir in Anna Maltetsous Praxisregister die Telefonnummer von Panajota Kolidi gefunden – beziehungsweise eine Visitenkarte, die ins Register geklebt worden war. Die Sprechstundenhilfe von Anna Maltetsou wusste nicht, ob die beiden Frauen sich überhaupt persönlich kannten und ob sie sich untereinander austauschten. Wenn, dann nur selten – die Bereiche Orthopädie und HNO haben ja nicht besonders viel miteinander zu tun, es gäbe also wenig Anknüpfungspunkte. Panajota Kolidi beschäftigte keine Sprechstundenhilfe, sie arbeitete anscheinend lieber alleine, deshalb gibt es niemanden, den wir fragen könnten.«

»Aber in so einem kleinen Ort wie Rhodos – sind da nicht alle irgendwie miteinander verbandelt? Oder sogar verwandt?«, insistierte Zakos.

»Es ist ja kein Dorf. In Rhodos-Stadt leben fast sechzigtausend Menschen!« Sie klang fast beleidigt. »Da ist doch nicht jeder verwandt und verschwägert. Anna Maltetsou hatte ohnehin keine Verwandten auf der Insel. Sie stammt ursprünglich aus Kavala, einer Kleinstadt im Norden, und kam als junge Ärztin vor rund zehn Jahren wegen einer Assistenzstelle an das Krankenhaus von Rhodos. Sie hat ihre Praxis erst seit drei Jahren. Schien ganz gut zu laufen – sie war wohl eine gute Ärztin!«

»Was wisst ihr über ihr Privatleben?«, fragte Zakos nach.

»Dass sie keines hatte! Sagt zumindest die Sprechstundenhilfe«, erwiderte Fani. »Sie interessierte sich hauptsächlich für ihren Beruf und sonst kaum für etwas.«

Zakos zog die Augenbrauen zusammen. Er glaubte nicht so recht an die Theorie, dass manche Menschen ausschließlich für ihren Beruf lebten. Seiner Erfahrung nach steckte hinter dieser Behauptung zumeist irgendwas ganz anderes – ein skurriles Hobby, das man nicht mit der Öffentlichkeit teilen wollte. Oder irgendeine sexuelle Besessenheit, Perversionen, Fetische, vielleicht eine extrem intensiv genutzte Mitgliedschaft bei Tinder oder in einem Swingerklub. Aber ob seine Theorien auf Griechenland anwendbar waren? Er wusste es nicht. Er wusste nicht mal, ob es Swingerklubs hier überhaupt gab.

»Was wisst ihr über die andere Frau, die Orthopädin?«, fuhr er schließlich fort.

»Dr. Kolidi hatte als junge Frau die Praxis ihres Vaters übernommen, es handelt sich um eine alteingesessene Familie. Ihrer Mutter gehörte früher eine große Fischkonservenfabrik. Existiert aber nicht mehr. Die Eltern sind tot, der einzige Bruder ebenfalls.«

»Was mich besonders interessieren würde, ist, ob die Frauen verheiratet waren, eine Beziehung hatten – solche Dinge«, sagte Zakos.

»Das ist es ja eben! Beide brauchten und wollten keine!«, erklärte Fani. »Das ist eine der großen Gemeinsamkeiten.« Sie klang fast ein bisschen begeistert.

Zakos seufzte.

»Fani, mich überzeugt das alles nicht so. Du willst unbedingt einen Zusammenhang herstellen zwischen den Frauen, weil sie beide denselben Beruf hatten und alleinstehend waren. Dabei gibt es selten etwas auf der Welt, worüber die Menschen so häufig lügen wie über ihren Beziehungsstatus.«

Fani wirkte unverhohlen genervt. Doch er ließ sich nicht beirren.

»Vielleicht waren sie in Wahrheit überhaupt nicht glücklich darüber, alleine zu sein – auch wenn sie vor der Putzfrau oder der Nachbarin so taten. Vielleicht haben sie sich jeden Abend deswegen die Augen ausgeweint. Oder vielleicht waren sie gar nicht allein, sondern hatten einen heimlichen Geliebten – zum Beispiel einen verheirateten Mann. Das könnte auch ein Grund sein, warum man sich als alleinstehend ausgibt. Kommt gar nicht so selten vor. Vielleicht war es sogar derselbe verheiratete Mann ...«

»Ein und derselbe? Das glaubst du doch nicht allen Ernstes!«, protestierte Fani. »Die beiden Frauen hatten einen Altersunterschied von zwanzig Jahren!«

»Na und? Das heißt gar nichts. Da hätten wir dann auch gleich ein Motiv beziehungsweise zwei Hauptverdächtige: den Mann, der Angst hat, seine Ehefrau könnte von den Geliebten erfahren. Und die Ehefrau selbst, die vielleicht bereits von ihnen weiß und sie aus dem Weg räumen will.«

»Wer bist du – Jannakis' illegitimer Sohn?«, fragte Fani mit schneidendem Spott in der Stimme. »Das war fast wortwörtlich seine Theorie!«

Zakos musste lachen. »Dachte ich's mir doch!«, sagte er.

»Da ist aber nichts dran!«, insistierte sie. »Wir haben nichts über einen Geliebten herausgefunden. Bei keiner der Frauen. Da war einfach nichts! Anna Maltetsou schien während ihrer Jahre auf Rhodos nicht eine einzige Beziehung gehabt zu haben, die war offenbar regelrecht asexuell. Wir wissen nur von einem Jugendfreund, damals in Kavala. Das war noch zur Schulzeit. Nein, über sie gibt es nur berufliche Daten. Neben der Arbeit in der Praxis erstellte sie viele Gutachten und engagierte sich in der Kassenärztlichen Vereinigung. In ihrer Freizeit las sie historische Romane und Krimis, die sie danach entsorgte, und schaute Serien im Fernsehen. Sie mochte Reisen und nahm oft an organisierten Gruppenreisen in ferne Länder teil – im vergangenen Jahr beispielsweise war sie im Iran, im Jahr davor in Ägypten. Außerdem besuchte sie jahrelang mehrfach jährlich eine alte Studienfreundin in London, doch das brach vor gut zwei Jahren ab. Seither war sie nie wieder in London gewesen.«

»Komisch. Vielleicht haben die sich gestritten?«

»Gut möglich. Oder sie hatte London irgendwann satt. Wir haben mit der Freundin in London noch nicht gesprochen, sie ist derzeit verreist.«

Zakos nickte. Fani hatte gut recherchiert, das tat sie immer.

»Aber nun weiter: Zweimal im Jahr besuchte die Maltetsou ihre Eltern, immer an Ostern und Weihnachten«, fuhr Fani fort. »Das Verhältnis zur Schwester war enger, die kam mehrmals im Jahr mit ihren beiden Kindern nach Rhodos. Fotos der Kinder – also den beiden Neffen der Toten – stehen in der Praxis auf dem Schreibtisch. In der Wohnung gab's auch welche, gerahmt im Gang. So, das wär's – mehr weiß ich nicht über Anna Maltetsou!«

»Und die andere Tote? Was gibt es über sie?«

»Sie war geschieden – der Ex-Mann lebt nicht mehr, ist vor ein paar Jahren an einem Herzinfarkt gestorben, aber da wohnten sie schon seit Jahren nicht mehr unter einem Dach. Sie hat einen Sohn aus dieser Ehe, der in Athen lebt – er ist 29, unverheiratet, ein Bauingenieur.«

»Seither keine Beziehungen?«

Fani schüttelte den Kopf.

»Zumindest wissen wir von keiner. Es hieß, sie habe die Nase voll von Beziehungen gehabt, der Ehemann war nämlich untreu gewesen. Aber sie war wohl alles andere als unglücklich mit ihrem Leben – das sagen alle unsere Informanten. Sie hatte einen großen Freundeskreis, kochte gern und lud oft Leute zum Essen ein in ihr großes Haus in einem Vorort von Rhodos-Stadt. Sie ging auch gerne aus, abends nach der Praxis aß sie fast immer auswärts. Sie gehörte einem Komitee zur Erhaltung antiker Kunst auf Rhodos an, es gab eine Kollekte und so weiter. An dem Abend, an dem sie ermordet wurde, war sie mit ein paar Leuten aus dem Komitee in einer Crêperie gewesen. Sie hatte das Lokal als Erste verlassen, weil sie erkältet war. Sie wollte sich hinlegen und sich auskurieren, hatten die anderen ausgesagt. Der Mörder wartete im Schlafzimmer auf sie.«

Fani wirkte plötzlich, als würde sie gleich in Tränen ausbrechen, und Zakos merkte, wie sehr ihr die beiden Fälle und der Widerstand der Kollegen doch zusetzten. Er verspürte den Impuls, sie an sich zu ziehen, so wie vor ein paar Stunden im Flughafengebäude in Athen. Doch im nächsten Moment zog sich bereits wieder die Maske souveräner Geschäftigkeit über ihr Gesicht, und er wich zurück.

»Wie ist der Mörder denn hineingekommen?«, fragte er schließlich.

»Er?«, sagte sie und grinste. »Du denkst also auch, es war ein und derselbe Täter?«

Zakos schüttelte den Kopf. »Er – der Mörder von Panajota Kolidi. Das meinte ich.«

»Schon gut!«, sagte sie, und diesmal lächelte sie dabei »In beiden Fällen wurde offenbar eingebrochen. Was nicht schwer war«, berichtete Fani. »In Panajota Kolidis Haus musste der Mörder dazu nur die alten Fensterläden aufdrücken. Das trockene Holz splitterte anscheinend ganz leicht. Auf der Hinterseite des Hauses befand sich ein großer Garten – niemand hat ihn gesehen oder gehört. Bei Anna Maltetsou kletterte er – also Maltetsous Mörder – einfach auf den Balkon in ersten Stock und hebelte von unten die Glastür auf.«

»Und niemand hat die Schüsse bemerkt?«

Fani schüttelte den Kopf.

»Und nun gibt es noch diese dritte Frau hier auf Kreta – was wisst ihr über sie?«, fragte Zakos, doch in diesem Moment bog der Fahrer von der Schnellstraße auf einen schmalen Weg. Er brachte den Wagen zum Stehen und drehte sich nach ihnen um.

»Hier ist es«, sagte er. »Die Hotelanlage. Soll ich Kommissar Fotakis anrufen?«

»Nicht nötig! Wir finden ihn schon!«, sagte Fani und stieg aus. Da läutete ihr Telefon.

»The Boss höchstpersönlich!«, sagte sie, bevor sie sich das Handy ans Ohr presste.

»Ja, Chef, wir sind jetzt da. Er ist auch dabei!« Sie warf einen kurzen Blick auf Zakos. »Ja, natürlich, er ist sofort mitgekommen. Er ist auch der Meinung, da könnte ein Zusammenhang bestehen!«

Sie zwinkerte Zakos zu. Dabei hatte er gar keine Theorien geäußert, dazu war er noch nicht ausreichend involviert.

Und dann, mit einem Mal, wurde ihm klar, warum Fani ihn unbedingt dabeihaben wollte: Sie brauchte ihn, um sich gegen Jannakis durchzusetzen! Tsambis Jannakis hielt große Stücke auf ihn. Wenn er, Zakos, überzeugt von der Serientäter-Theorie wäre, dann würde das Fanis Engagement in diese Richtung absolut legitimieren. Das war es. Das wollte sie von ihm.

Sie war im Gespräch mit Jannakis ein paar Schritte die Straße entlanggewandert, in den Schatten eines weißen Oleanderbaumes, sodass er das Gespräch nicht verfolgen konnte. Ab und an nickte sie. Einmal blickte sie zu ihm herüber und lächelte. Aber es war nicht ein Lächeln, wie er es sich gewünscht hätte – das Lächeln, mit dem sie ihn früher bedacht hatte, dieses Strahlen aus tiefstem Herzen. Sondern nur ein kleines, mechanisches Gesichtverziehen. Es machte ihn traurig. Früher waren sie sich so nah gewesen, zumindest eine gewisse Zeit. Plötzlich wünschte er sich mit aller Macht, dies wäre wieder der Fall.

Es war schon merkwürdig: Monatelang, ja sogar Jahre hatte er Fanis Existenz mehr oder minder verdrängt. Und nun war er gekränkt, weil sie sich nicht mehr so nahe waren? Das war doch Blödsinn! Er musste sich zusammenreißen. Er spürte doch selbst, dass sie miteinander nicht mehr so warm waren, und das war nach der langen Zeit wahrscheinlich auch ganz normal.

Andererseits: Warum war er dann überhaupt mit ihr nach Kreta geflogen? Im Moment wünschte er, er hätte es nicht getan. Zakos stand da, die Arme verschränkt, und schüttelte über sich selbst und die ganze Situation den Kopf.

Inzwischen hatte Fani das Gespräch beendet und kehrte zurück. »Ganz herzliche Grüße von Jannakis! Er ist froh, dass du mit im Boot bist!«

Sie schien nicht zu bemerken, in welch sonderbarer und verwirrter Stimmung Zakos war. Die Arbeit nahm sie vollkommen gefangen.

»Er hat uns bei den Kollegen hier angekündigt. Ich frage mich nur, warum keine Polizei zu sehen ist.«

Sie blickten sich im Eingangsbereich des Hotels um. Es gab einen kleinen Garten am Eingang, aber auf der Straße standen keine Einsatzfahrzeuge. Auch drinnen in der Hotelhalle war kaum ein Mensch zu sehen – nur eine Putzfrau im blauen Kittel, die mit Eifer die niedrigen Glastischchen bei einer hellbraunen Ledersitzgruppe polierte, und das Empfangspersonal an der Rezeption.

Zakos' und Fanis Schuhe quietschten leise auf dem glatt polierten Sandsteinfußboden, als sie die Empfangshalle durchschritten und dann den Rezeptionistinnen – zwei Frauen in dunkelblauen Blazern, beide stark geschminkt – ihre Ausweise zeigten. Die jüngere geleitete sie schließlich durch das Hotel in die Grünanlagen, vorbei an zweistöckigen Bungalows aus Naturstein, die in ihrer Bauweise traditionellen griechischen Häusern nachempfunden waren. Sie standen in kleinen Grüppchen angeordnet rund um kleine Pools, die Zakos einigermaßen sinnlos vorkamen, weil sie zu klein erschienen, um darin richtig schwimmen zu können. Nur ein älteres Paar sonnte sich in Liegestühlen neben einem der Pools – komplett angezogen, wegen des kühlen Winds. Ein Trupp Gärtner war zugange, morsche Äste und überschüssige Palmwedel zu entfernen. Ihre Motorsägen verursachten einen Höllenlärm. Jede Menge Krach machten auch die beiden Männer, die die Steinböden mit Schleifgeräten bearbeiteten, zudem wirbelten sie noch eine Menge Staub auf. Zakos blickte sich zu den Leuten am Pool um, die sich trotz des Getöses nicht regten. Sie schienen taub zu sein.

Die Polizeifahrzeuge waren bei einer Art Lieferanteneingang geparkt. Von hier aus ging es durch eine kleine Allee – wieder weißer Oleander – zu einem niedrigen Gebäude im hinteren Bereich des Grundstücks, und hier herrschte nun das gewohnte geschäftige Treiben, wie es für die Arbeit an Tatorten üblich war: Spurensicherung, uniformierte Polizeibeamte sowie einige betriebsame Kollegen in Zivil, fast alle noch mit Plastikhüllen über den Schuhen, dazu das abgehackte Geräusch von Gesprächsfetzen und Anweisungen, die über Funk gegeben wurden.

Der zuständige Kommissar stellte sich als Stathis Fotakis vor, ein Mittvierziger mit wachen hellbraunen Augen, der einen auffälligen roten Baumwollpullover trug. Er schien auf sie gewartet zu haben, schüttelte eifrig ihre Hände, stellte Kollegen vor, erkundigte sich nach ihrer Herreise. Die Tote allerdings war bereits abtransportiert worden.

»Wir konnten sie ja nicht stundenlang liegen lassen«, sagte Fotakis entschuldigend. »Aber wenn ihr wollt, könnt ihr sie später in der Pathologie sehen. Und wir zeigen euch jetzt den Tatort – das Team von der Spurensicherung ist noch hier und führt euch gemeinsam mit mir herum. Danach setzen wir uns zusammen, und ihr berichtet uns über die Rhodos-Fälle.«

Fani nickte, und Fotakis geleitete sie zum Gebäude. Bereits vor der Eingangstür gab es blutige Fußabdrücke auf dem hellen Sandstein. Sie stammten von mehreren Urhebern: kleine gerillte Abdrücke wie von Flipflops, außerdem Spuren von Sneakers – eine große Größe, also Männerschuhe – und sogar ein paar Abdrücke von bloßen Füßen.

»Hier war ganz schön was los, bis sich das Personal endlich dazu aufraffen konnte, die Polizei zu rufen«, erklärte Kommissar Fotakis, der Zakos' Blick gefolgt war. »Alle möglichen Leute sind rein- und rausgelaufen. Schlecht für die Spurensicherung, sehr schlecht!«

Erst an der Tür war Folie ausgelegt, die Zakos und Fani nun hinter dem Kommissar aus Kreta betraten. Die blutigen Spuren darunter waren immer noch zu erkennen. Die beiden folgten den Abdrücken ein Stück den Gang entlang bis zur ersten offen stehenden Tür.

Als Zakos in den Raum hineinblickte, entfuhr ihm unwillkürlich ein zischendes Geräusch. Er empfand es immer wieder wie einen Schock, solch große Mengen Blut zu sehen. Und hier war das Blut oder Spritzer davon überall – an den Wänden, sogar an der Decke. Am Fußboden nahe der Tür war der Steinbelag an manchen Stellen komplett von Blut bedeckt.

Zuerst standen sie nur da und sahen sich um, und selbst Fani vergaß, die Taffe vorzuspielen, und schwieg, überwältigt von dem Schrecken des Anblicks, dem Wissen über das Verbrechen, das hier vor Kurzem stattgefunden hatte. Erst nach einer Weile gelang Zakos eine Art innerlicher Bestandsaufnahme: Es handelte sich wohl um eine Art Umkleideraum, schlauchförmig, recht niedrig. Die schlichte Inneneinrichtung stand in krassem Gegensatz zum übrigen Interieur des eleganten Hotels. Sie bestand lediglich aus drei älteren Metallspinden, einem kleinen Campingtisch, einem Waschbecken inklusive Spiegel darüber und zwei niedrigen Stapeln weißer Plastikstühle. Auf einem waren Kleidungsstücke ausgebreitet – Jeans und eine hellblaue Bluse mit schmalen weißen Streifen.

Ein richtiges Fenster gab es in diesem Raum nicht, nur eine Art Oberlicht, ein schmales Rechteck im Flachdach. Darin sah man einen Streifen Himmel mit eilig wandernden weißen Wolken, Ahnung einer heilen Welt, die an der Tür dieses Raums ihre Grenze gefunden hatte. Für die Frau, die hier ihr Leben hatte lassen müssen, hatte es keinen Fluchtweg gegeben, keine Chance zu entkommen, nur schmale Wände und beklemmende Enge. Der Gedanke war bedrückend.

Zakos drehte sich um, denn er wollte nach Fani sehen, wie es ihr damit ging – und war überrascht. Fani hatte den Schock vom erstmaligen Anblick des Tatorts bereits überwunden. Sie scannte den Raum mit ihren Blicken von links nach rechts und hatte die Nase krausgezogen, als würde sie eine Fährte aufnehmen. Sie wirkte sonderbar lebendig und aufmerksam, fast erregt.

Plötzlich fühlte er sich ihr ganz und gar fremd. Wer war überhaupt dieses junge Ding, das er seit fast zwei Jahren kaum gesprochen hatte? Was wollte sie wirklich von ihm? Sie sah nicht aus, als käme sie nicht auch ohne ihn zurecht.

Er verspürte Erleichterung, als sie den Raum schließlich wieder verlassen konnten. Kommissar Fotakis und zwei weitere Kommissare sowie zwei Forensiker setzten sich mit ihnen ein paar Meter entfernt von einem Pool an einen Mosaiksteintisch. Sie atmeten den Chlorgeruch ein und lauschten dem Rauschen der Palmen, die mit ihren Wipfeln ein Dach über ihnen formten. Endlich war es ruhig. Fotakis hatte in einem Wutanfall all die Handwerker und Gärtner und Putzleute angewiesen zu pausieren, und Zakos war froh darüber. Der Krach war ihm gewaltig auf die Nerven gegangen, außerdem fand er es unpassend, so zu tun, als sei das in diesem Hotel ein ganz normaler Tag in der Vorsaison. Ein Kellner brachte ein Tablett mit kalten Getränken und richtete dabei Grüße von der Hotelleitung aus, dann ging es mit der Besprechung los.

»Die Tote hieß Evgenia Jentskova, Jenny genannt«, begann Fotakis. Zakos fiel auf, dass er den Spitznamen typisch griechisch aussprach – Tsenni.

»Bulgarischstämmige Griechin aus Heraklion. Sie war siebenundzwanzig Jahre alt und seit zwei Jahren in der Saison hier im Beautycenter tätig.«

»Sie war keine Ärztin?«, fragte Fani verblüfft.

»Ärztin? Nein, sie war Masseurin im Wellnesscenter des Hotels. Der Tatort war die Umkleidekabine ihres Arbeitsplatzes.«

»Nun, ich dachte ... es hieß doch, ihr hättet einen Mordfall, der an die beiden auf Rhodos erinnerte«, stammelte Fani.

»Ach so, jetzt verstehe ich!«, erklärte der Kollege. »Nein, Ärztin war sie nicht – aber ansonsten passt der Fall zu euren Toten, deswegen haben wir euch gleich informiert. Die Überschneidungen sind folgende: Auch unsere Frau hier wurde erschossen, auch sie war nackt. Auch diesmal keine Anzeichen von Vergewaltigung – zumindest, soweit sich das in dieser Kürze eruieren ließ.«

Fani nickte und griff zu einer kleinen Flasche Orangenlimonade, die sie dann gedankenverloren in ihrer Hand hielt, statt sich ein Glas zu füllen.

»Erschossen wurde Tsenni offenbar gestern nach ihrem Dienst, als sie sich umziehen wollte. Die Arbeitskleidung hat sie fallen lassen«, fuhr Fotakis fort. »Wenn ihr wollt, könnt ihr euch die Sachen später ansehen, die Forensik hat alles bereits in Tütchen verpackt.«

Der ältere der beiden Spurentechniker, ein grauhaariger Mann, der Zakos entfernt an Fanis unsympathischen Kollegen Ioannis erinnerte, nickte. Währenddessen griff auch Fotakis bei den Getränken zu, nahm sich ein stilles Wasser, setzte die Flasche an und trank sie in einem Zug aus. Erst dann fuhr er fort.

»Es gab zwei Schüsse: Der erste Einschuss liegt knapp unterhalb der Brust – die Forensik sagt jedenfalls, dies sei der erste Schuss gewesen – und dann in den Hals. Deswegen gibt es besonders viel Blut und überall die weit reichenden Spritzer. Es war der zweite Schuss, der sie umgebracht hat.

»Hat jemand etwas gehört?«, fragte Zakos.

»Wie denn, bei dem Krach hier den ganzen Tag?«, seufzte der Kollege. »Gestern liefen hier ebenfalls Instandhaltungsarbeiten, man bereitet alles für die Saison vor. Nein, niemand hat etwas bemerkt, niemand hat was gesehen. Die Tote lag über Nacht unbemerkt in dieser Umkleide. Erst heute früh wurde sie von der Tagschicht gefunden.«

»Keine Ärztin!«, wiederholte Fani. Diesmal klang sie nachdenklich – als wäre sie mit den Gedanken ganz weit weg. Ihre Orangenlimonade war auch immer noch unberührt. »Und sie war nur nackt, weil sie gerade dabei war, sich umzuziehen – nicht, weil der Mörder sie dazu gezwungen hätte. War ihr Körper in irgendeiner Weise sonderbar arrangiert?«, hakte sie schließlich nach.

»Sieht nicht so aus!«, sagte Fotakis und suchte auf seinem Telefon nach einem Foto, das er ihnen zeigte. Die Frau lag seitlich und mit leicht angewinkelten Beinen auf dem Boden, ihr glattes, langes Haar verdeckte ihr Gesicht. »Für mich wirkt das keinesfalls nach einer arrangierten Position – wie ist euer Eindruck?«

Der ältere Forensiker schüttelte den Kopf, der jüngere, ein rundlicher Mann mit sehr heller Haut, ergriff das Wort. »Wäre sie bewegt worden, hätte es Schleifspuren gegeben«, erläuterte er.

»Alles ganz anders als bei unseren Fällen«, fasste Fani zusammen. Sie klang enttäuscht. »Es kann also sein, dass dieser Mord gar nichts mit unseren Morden zu tun hat.«

»Ehrlich gesagt bin ich erleichtert«, bemerkte Fotakis. »Der Gedanke, dass ein Mörder von Insel zu Insel fährt, um Frauen umzubringen, war nicht besonders angenehm. Wie soll man denn solche Morde aufklären, bitte schön? Das gäbe doch ein logistisches Chaos!« Er schüttelte den Kopf und lachte leise.

Fani stimmte nicht ein. Sie pulte an dem Flaschenetikett und blickte ein wenig grimmig drein.

»Aber natürlich müssen wir erst mal alle Untersuchungen ...« Fotakis beendete seinen Satz abrupt und stöhnte: »Die schon wieder! Die hat uns heute Morgen schon genervt!«

Er meinte eine Frau im grauen Hosenanzug, die den oleandergesäumten Weg auf sie zukam.

»Oh, noch mehr Polizisten!«, rief sie aus, als sie Fani und Zakos erblickte. »Sie sind ...?«

Zakos und Fani nannten ihre Namen und schüttelten die entgegengestreckte Hand.

»Pitsou, Adrianna Pitsou«, stellte sich die Frau vor. »Ich bin hier die Geschäftsführerin. Ich wollte nur fragen: Gibt es schon eine Spur? Irgendeinen Verdacht?« Ihre Stimme klang unverhohlen panisch. »Oder müssen wir jetzt nachts Angst haben, am Morgen nicht mehr aufzuwachen, weil ein Verrückter HIER in MEINEM Haus, in MEINEM Hotel ...«

»Frau Pitsou, wir haben doch schon darüber gesprochen«, Fotakis klang plötzlich leicht erschöpft, »es gibt keine Veranlassung zur Panik, es ist doch ...«

»Aber wir HABEN Panik, und zwar alle – die Rezeptionistinnen, das Küchenpersonal, die Kellner, die Hausdamen und Zimmermädchen. Alle haben Todesangst. Jedenfalls alle, die hier im Haus wohnen – auch ich! Wenn wir wenigstens einfach nach Hause gehen könnten. Es ist das allererste Jahr, in dem wir so früh öffnen, sonst beginnen wir erst Mitte Mai. Hätten wir das bloß nicht getan, hätten wir ...«

»Schon gut, schon gut!«, setzte Fotakis ihrer Klage ein Ende.

»Wir müssen jetzt wirklich weitermachen. Sie wollen ja auch, dass der Mordfall möglicht schnell aufgeklärt wird. Und Sie können tatkräftig mithelfen! Geben Sie bitte Ihren Angestellten Bescheid, dass sich alle bereithalten, die gestern hier waren. Auch die Handwerker und Arbeiter. Wir werden umfangreiche Befragungen starten müssen. Organisierst du das, Spiros?«

Er wandte sich an einen seiner Mitarbeiter, einem Mann um die fünfundvierzig, der Frau Pitsou zunickte. Doch die Hysterie hatte sie ganz in Beschlag genommen.

»Und nachts? Was ist nachts?«, fragte sie, und ihre Stimme überschlug sich fast. »Werden Sie Leute vor unseren Zimmern postieren?«

»Wir werden eine Streife patrouillieren lassen!«, entgegnete Fotakis. »Aber mehr kann ich nicht tun!«

»Doch!«, widersprach Zakos, der plötzlich eine Idee hatte. »Wir könnten heute zu zweit bei Ihnen wohnen – wir haben ohnehin noch keine Bleibe auf der Insel«, sagte er. Auf diese Weise wären er und Fani außerdem besonders nahe dran am Personal.

»Wenn Sie im Haus bekannt geben, dass die Polizei präsent ist, fühlen sich Ihre Angestellten bestimmt sicherer. Da bin ich überzeugt!«

Adrianna Pitsou nickte.

»Das ist in jedem Fall besser als nichts«, sagte sie und brachte sogar ein Lächeln zustande. »Vielen Dank!«

»Dann wäre das geklärt«, sagte Fotakis. »Und jetzt würde ich vorschlagen, dass wir uns aufteilen: Spiros und Tassos, ihr übernehmt die Befragungen. Ich und Thanassis konzentrieren uns auf Heraklion. Ist die Familie der Toten informiert?«

Diese Frage richtete er an den Mann namens Thanassis, der allerdings den Kopf schüttelte.

»Es bleibt einem auch nichts erspart!«, seufzte Fotakis, dann wandte er sich an Fani und Zakos. »Ich schlage vor, ihr kommt mit mir. Dann könnt ihr euch später auch die Tote in der Pathologie ansehen.«

Kapitel 3

*J*enny« war eine schöne Frau gewesen. Selbst im Tod besaß sie noch eine majestätische Ausstrahlung, auch wenn jede Farbe aus den vollen Lippen und von ihren hohen Wangen gewichen war. Ihre Haut, die jetzt eine gelbliche Tönung angenommen hatte und an den Gelenken bläulich schimmerte, musste zu Lebzeiten hell und fein wie Porzellan gewesen sein. Sie war schlank, und selbst in der liegenden Position auf dem Metalltisch in der Pathologie fiel auf, wie groß sie war – der Tisch reichte gerade aus, ihre Körperlänge zu fassen. Das allerdings mochte auch am Tisch selbst liegen, dachte Zakos, denn er schien aus einer Zeit zu stammen, als die Menschen allgemein noch kleiner gewesen waren, so alt und verbeult sah er aus.

Überhaupt war die Pathologie für Zakos ein Schock. Weniger wegen der aufgebahrten Toten – die erwartete man schließlich an einem solchen Ort – als wegen des allgemeinen Zustands der Räumlichkeiten: Das Linoleum am Boden war ausgetreten und brüchig, sodass darunter dunkle Stellen sichtbar wurden, und auf den Ablagen seitlich im Raum stapelten sich Berge von Unterlagen, die nachlässig in Heftern,

Ordnern und in Kartons gesammelt wurden. Er warf Fani einen verwunderten Blick zu, doch sie reagierte nicht, daher ging er davon aus, dass dieses Chaos hier wohl Normalität war. Im zehnten Jahr der Krise waren in solchen Einrichtungen sicher keine Standards zu erwarten, wie er sie gewohnt war – das war wohl klar.

Zakos war dennoch froh, dass sie sich die Tote angesehen hatten, als letzten Termin des Tages. Man bekam einen ganz anderen Eindruck als von den Fotos. Auf Bildern wäre ihnen die Sache mit der Größe der Frau vielleicht nicht aufgefallen, zumal sie ja über gar keine spezielle Akteneinsicht verfügten, und sie hätten auch nie erfahren, dass sie tätowiert war: Eine Blumenranke verlief vom rechten Rippenbogen zum Rücken. Die Tätowierung war sehr verspielt und passte daher irgendwie nicht zum übrigen Erscheinungsbild der Frau mit ihrem etwas herben Gesicht. Ob diese Details wichtig waren? Zakos wusste es nicht. Man konnte diesbezüglich nie irgendwas mit Sicherheit wissen, das hatte ihn seine Erfahrung gelehrt. Daher war es gut, immer so viele Details wie möglich zu erfahren.

Dabei hätte Fotakis sein Angebot, dass sie die Tote in der Pathologie sehen könnten, sogar beinahe revidiert – er hatte geklagt, es sei schon zu spät dafür. Die Pathologen wollten angeblich nach Hause. Man könne ihnen ja auch Fotos zusenden.

Nur solange er geglaubt hatte, ihre Fälle gehörten zusammen, war Fotakis bemüht um sie gewesen. Bei der Fahrt zurück nach Heraklion erfuhr er dann aber durch einen Anruf, dass »sein« Opfer sich kurz davor von ihrem Freund getrennt hatte – und der Ex war abgängig.

Noch im selben Moment hatte sich Fotakis von Fani und Zakos abgewandt und hatte seinen Tag umgeplant: Er übernahm die Befragung des Freundeskreises – ohne die beiden. Fani und Zakos schob er ab zu dem Kollegen Thanassis, der die traurige Nachricht der Mutter der Toten überbringen sollte. Auf diese Weise band er Fani und Zakos zwar ein – doch er hielt sie in Armeslänge auf Abstand von den eigentlichen Ermittlungsarbeiten. Er wollte wohl keine Einmischung, das konnte Zakos verstehen. Gut fand er es trotzdem nicht.

Der Termin bei der Mutter war denn auch erwartungsgemäß alles andere als angenehm: Die Frau hatte zunächst ungläubig vor sich hin gestarrt, dann war sie zusammengebrochen. Man hatte einen Notarzt rufen müssen, der sie im Krankenwagen abtransportierte. Nun befand sich nur noch eine Nachbarin in der Wohnung, und auch die war völlig aufgelöst. Dass sie sich umsahen, war der Frau egal – immerhin. Sie zeigte ihnen sogar bereitwillig, welches Jennys Zimmer war.

Der kleine Raum machte nicht wirklich den Anschein, als habe ihn die Siebenundzwanzigjährige noch oft genutzt – er sah eher aus wie ein verlassenes Kinderzimmer. Sogar ein paar Plüschtiere gab es noch auf einem kleinen Regal oberhalb eines schmalen Schreibtischs aus hell furniertem Holz. Im Schrank hingen neben einer Armada leerer Drahtkleiderbügel lediglich ein langer Strickmantel und ein paar Schals. Allerdings stand eine Tragetasche mit Wäsche, die wohl Jenny gehört hatte, auf der Ausziehcouch. Sie war gefüllt mit hellen T-Shirts und knapp geschnittener weißer sowie hautfarbener Unterwäsche, außerdem steckte noch ein Stoffbär in der Tasche. Er bestand aus billigem pinkfarbenem Samt, besaß riesige Kunststoff-Kulleraugen und ein keckes Grinsen. Sein Anblick deprimierte Zakos. Er war froh, als sie die Wohnung verlassen konnten. Der synthetische Geruch des Weichspülers, mit dem in diesem Haushalt wohl verschwenderisch umgegangen wurde, hing ihm noch lange in der Nase.

Nach dem Gang durch die Pathologie waren sie zu erschöpft gewesen, um sich zu unterhalten. Im Wagen – freundlicherweise hatte man ihnen immer noch den Fahrer zugeteilt – war Fani sogar kurz eingenickt und dabei an Zakos' Schulter gesunken. Er hatte die Nähe genossen, doch als er sich bewegte, um vorsichtig den Arm um sie zu legen, war sie aufgewacht und mit einem entschuldigenden kleinen Lächeln ein Stückchen von ihm weggerückt.

Erst im Hotelrestaurant richtete sie das erste Mal wieder das Wort an ihn. »Sie sah gar nicht aus wie jemand, der Kuscheltiere mag«, bemerkte sie.

»Hm?«, machte Zakos und blickte von der Speisekarte auf. Es gab italienische Küche, und das Angebot klang vielversprechend. Auch der Ausblick auf eine pflanzenbewachsene, illuminierte Felswand war sehr schön. Fani hatte jedoch keinen Blick dafür. Sie war damit beschäftigt, intensiv in ihr Handy zu starren. Sie hatte damit alle Privatfotos aufgenommen, die Mutter Jentskova von ihrer Tochter in der Wohnung aufgehängt hatte, und schaute sie mit akribischem Eifer durch.

»Sie wirkte so – nüchtern! Sieh mal.« Fani wischte mit dem Finger durch ihre Fotogalerie und zeigte Zakos ein Bild von Jenny, wie sie mit Freundinnen den Kopf zusammensteckte. Es stimmte schon, dachte Zakos, selbst wenn Jenny lachte, wirkte sie ein wenig streng. Oder war das Melancholie?

Unbeschwerter wirkte sie auf einem Bild als Teenager im Bikini vor einer Sandburg – damals noch ohne Tattoo – und auf einem Schnappschuss von einer Familienfeier, mit einem Kleinkind im Arm. Dann kam aber gleich wieder ein ernstes Bild, neben der Mutter auf der Akropolis in Athen.

Zakos blickt nur flüchtig auf die Fotografien. Er wollte sich an diesem Abend nicht länger mit Jenny befassen, er brauchte einfach Abstand von den Ereignissen des Tages. Er orderte eine gute Flasche Rotwein, dazu für ihn und Fani Spaghetti vongole und einen gemischten Salat mit Orangendressing. Er freute sich auf das Abendessen mit Fani und hoffte, sie würde endlich den Blick vom Smartphone heben. Doch sie war nach wie vor vollkommen absorbiert von ihrer Fotogalerie.

Statt des Weines brachte eine Kellnerin ein Tablett mit Aperitifs an den Tisch. Erst im zweiten Moment bemerkte Zakos, dass sie gar keine Kellnerin war – sondern Adrianna Pitsou, die Hotelmanagerin.

»Eine Aufmerksamkeit des Hauses«, erklärte sie. »Darf ich mich kurz dazusetzen?«

Zakos nickte, und auch Fani blickte ebenfalls endlich auf.

»Das Restaurant ist wunderschön«, sagte Fani und wies mit einer Handbewegung auf den dezent beleuchteten Raum mit seinen grauen und petrolfarbenen Sitzecken – sie hatte also doch noch etwas anderes wahrgenommen als jene Fotos in ihrer Handygalerie.

»Ja, nicht wahr?«, freute sich Adrianna Pitsou. »Klein, aber fein. Ich mag es hier viel lieber als in unserem Buffet-Restaurant – das hasse ich, weil es so unpersönlich ist. Es ist erst ab Mitte Mai geöffnet, wenn die großen Urlauberschwünge eintreffen. Na ja, wenn man ein großes Haus führt, ist das wohl nötig – *all inclusive*, Sie verstehen!«

Sie zwinkerte ihnen zu, und das erste Mal an diesem Tag war sie Zakos nicht mehr unsympathisch. Vielleicht weil die Anspannung vom Morgen von ihr abgefallen war – sie wirkte nun gar nicht mehr übermäßig verängstigt und nervös.

Überhaupt war von Angst und Panik beim Personal nichts mehr zu erkennen – vielleicht, weil nun viel zu tun war: Das Haus schien besser besetzt zu sein, als Zakos es erwartet hatte, und er fragte sich, wo sich all diese Menschen untertags versteckt haben konnten. Vielleicht waren sie unterwegs gewesen zu irgendwelchen Sehenswürdigkeiten und ahnten nichts von den düsteren Vorkommnissen hier im Haus.

Die meisten Gäste waren Paare, viele um die vierzig oder älter, außerdem gab es eine allein reisende holländische Dame, die sich von den Jahren her wohl schon im Rentenalter befand, und eine größere Gruppe sportlich wirkender Deutscher um die fünfzig, alle mit stark geröteten Gesichtern: Die Sonne knallte tagsüber erbarmungslos herunter, das hatte auch Zakos wegen des frischen Windes, der hier ständig wehte, unterschätzt und sich seinerseits schon Rötungen an Stirn und Wangen eingehandelt. Beim Aperitif begann sein Gesicht zu glühen.

»Wie gut kannten Sie eigentlich Evgenia Jentskova?«, fragte er die Managerin beiläufig.

»Es geht – sie kannte mich auf jeden Fall besser als ich sie!«, erwiderte Adrianna Pitsou. Dann lachte sie, weil Fani und Zakos sie verwundert ansahen.

»Jedenfalls kannte sie jeden Quadratzentimeter meines Rückens – jede Verspannung, jede Blockade«, klärte sie die beiden auf. »Sie war eine fantastische Masseurin. Sie hat mir auch Übungen aufgegeben, die ich aber zugegebenermaßen nicht oft genug ausgeführt habe. Auf jeden Fall war sie eine großartige Mitarbeiterin und eigentlich in einem Wellnessbetrieb wie unserem heillos unterfordert – sie war ja studierte Physiotherapeutin!«

Während Zakos gerade noch darüber staunte, dass man in

Griechenland für Krankengymnastik ein Studium absolvieren konnte, fragte Fani bereits weiter nach.

»Aber warum hat sie denn dann hier gearbeitet – und nicht in einer Praxis?«

»Warum wohl?«, gab die Hotelmanagerin zurück. »Ich spekuliere jetzt mal – ich bin keine Expertin in dem Bereich –, aber ich denke doch, dass eine eigene Praxis mit allen Unkosten, die da entstehen, schon auch ein ganz schönes Risiko sein kann. Und als angestellte Physiotherapeutin verdient man auch nicht so glänzend.«

»Aber hier verdiente sie gut?«, hakte Zakos nach.

»Nun ja ...« Jetzt klang Frau Pitsous Lachen ein wenig verlegen. »Eines weiß ich: Das Trinkgeld ist sicher großzügiger. Sonst wären die Stellen hier nicht so beliebt. Damals, als wir vor zwei Jahren eine neue Mitarbeiterin suchten, haben sich über sechzig Leute auf die Jobs in unserem Beauty-Center beworben – sogar aus Thessaloniki! Und aus Albanien!«

»Aber Sie haben sich ausgerechnet für Jenny entschieden?«

»Wie gesagt – sie war Physiotherapeutin! Und eine richtig gute! Dabei hatten wir eigentlich gar niemanden derart Qualifizierten gesucht, sondern einfach jemanden, der Masken auflegt und Schönheitsbehandlungen durchführt, auch Gesichtsmassagen zur Hautdurchblutung – solche Dinge. So wie unsere andere Mitarbeiterin, Meri. Aber Jenny war nicht nur besonders qualifiziert, sie hatte noch einen anderen Pluspunkt.«

Zakos blickte sie fragend an.

»Sie sah fantastisch aus! Diese Haut – einfach umwerfend!«, schwärmte sie. »Und dann ihre Figur! Ja, sie war ideal – eine perfekte Eigenwerbung für den Job, den sie hier ausführte!«

»Haben Sie den Freund jemals gesehen?«, fragte Fani.

»Ja, ich war mal dabei, als er sie mit dem Motorrad abgeholt hat – auch ein sehr schöner Mensch, gebaut wie ein griechischer Gott. Wer hätte gedacht, dass sich hinter dieser Fassade ein Killer verbirgt!«

»Sie wissen also, dass er verdächtigt wird?«, fragte Zakos. Dann war ja klar, warum plötzlich niemand mehr hier Angst hatte. »Was wissen Sie noch über ihn?«

»Ich weiß nur, was ich in der Küche und von einer Hausdame erfahren habe – Klatsch! Er soll ein arbeitsloser Basketballtrainer sein – ist das wahr?«

Zakos setzte eine undurchdringliche Miene auf – hauptsächlich, um zu kaschieren, dass die Hotelmanagerin besser informiert schien als er.

»Glauben Sie, dass er es getan hat?«, fragte Frau Pitsou.

»Vielleicht – vielleicht aber auch nicht!«, gab Fani zu bedenken. »Nur weil nach jemandem gefahndet wird, ist er ja noch nicht der Tat überführt. Vielleicht war es auch jemand anderes.«

»Meinen Sie?«, fragte Frau Pitsou, nun wieder im selben beunruhigten Tonfall wie am Nachmittag. »Wir sind alle davon ausgegangen, dass er der Mörder war. Eine Tat aus verschmähter Liebe. Aber wenn Sie denken, der Freund war es gar nicht ...«

Sie blickte sich in dem Restaurant um, als könnte hinter jeder Ecke ein Verbrecher hervorlugen.

»Keine Sorge – wer auch immer die Tat verübt hat, ist höchstwahrscheinlich schon über alle Berge«, beruhigte Zakos sie. »Und außerdem sind wir ja jetzt hier. Aber nun noch mal zu Evgenia ...«

»Tsenni, jeder hat Tsenni zu ihr gesagt«, korrigierte ihn Frau Pitsou. »Ehrlich gesagt kannte ich sie gar nicht so gut.

Wir haben nur miteinander geredet, wenn ich wegen meines Rückens bei ihr war ...«

»Hatte sie denn eine Freundin hier?«, insistierte Fani. »Vielleicht die Kollegin aus dem Wellnessbereich?« Sie klang nun ein wenig ungeduldig. Es war klar, dass ihr Frau Pitsou mit ihrer panischen Art auf die Nerven ging.

»Meri – nein, das war, glaub ich, nicht ihre Freundin«, erklärte die Hotelmanagerin. »Wobei ich damit nicht sagen will, dass sie Feindinnen gewesen wären – nicht, dass Sie mir das unterstellen ...«

»Ich unterstelle gar nichts«, erwiderte Fani, nun schon deutlicher genervt. »Ich wüsste nur gern, mit wem sich Tsenni gut verstanden hat. Sie arbeitete doch die ganze Saison über hier – da muss sie doch irgendwelche Freunde gehabt haben!«

Adrianna Pitsou starrte Fani einen Moment nur an, dann schien ihr etwas einzufallen.

»Ja, es gibt da eine Kellnerin aus der Poolbar – mit der habe ich sie wohl das ein oder andere Mal gesehen.«

Die Poolbar war genau genommen gar keine Poolbar, sondern befand sich im Inneren des Gebäudes. Allerdings direkt an einem der Poolbereiche, von dem sie durch eine Glasschiebetüre getrennt war. An diesem Abend gab es nur wenige Gäste, sodass die Kellnerin an der Bar hier die Einzige vom Personal war. Sie hieß Popy, hatte einen weißblond gefärbten Kurzhaarschnitt und fing sofort an zu weinen, als Zakos und Fani sie auf den Mordfall ansprachen. Doch nach einer guten Minute fasste sie sich wieder, nahm einen tiefen Zug aus ihrer E-Zigarette, die von den Ausmaßen her eher an eine ganze Schachtel denn an einen einzelnen Glimmstängel erinnerte, und pustete dicke Dampfschwaden mit Vanillegeruch in den Raum.

»Ja, wir waren Freundinnen – in der Saison auf jeden Fall«, sagte sie. »Im Winter haben wir uns nie getroffen, obwohl wir das jedes Mal verabredet haben. Aber es kam immer was dazwischen. Beziehungsweise jemand ...«

»Jennys Freund, der Basketballtrainer?«, riet Zakos.

»Ja, dieser Freund. Und davor ein anderer Freund, und noch ein paar andere«, sagte sie. »Aber im Prinzip war es jedes Mal dieselbe Sorte.«

Fani blickte sie fragend an.

»Tsenni hatte kein gutes Händchen mit Männern«, seufzte Popy. »Sie fühlte sich angezogen von besitzergreifenden Idioten, die sie schlecht behandelten. Wenn es ihr dann zu weit ging, trennte sie sich zwar jedes Mal von ihnen. Aber dann – bamm – fiel sie auf den nächsten Vollidioten herein!« Sie schüttelte den Kopf.

»Woran lag's?«, fragte Fani.

»Keine Ahnung«, schniefte Popy, riss sich dann aber am Riemen und schenkte einem griechischen Pärchen, das an die Bar kam, ein strahlendes Lächeln.

»Was wollt ihr, Kinder?«, flötete sie. Sie nahm die Bestellung entgegen, gab zu den Getränken Schälchen mit Erdnüssen aus und strahlte bis zu den Ohren. Als sie sich dann wieder Zakos und Fani zuwandte, hatte sich ihr Blick erneut verdunkelt.

»Wirklich, keine Ahnung. Vielleicht war es eine seltsame Form von Masochismus. Dabei hatte sie das doch gar nicht nötig, so wie sie aussah!«, klagte sie. »Und intelligent war sie obendrein. Sie hätte damals alles studieren können, fast alles – bei den Panellinies in ihrem Jahrgang war sie sogar gut genug für ein Medizinstudium – und für Psychologie. Aber sie wollte unbedingt Physiotherapeutin werden, das war wohl schon immer ihr Plan gewesen.«

»Und dann arbeitete sie im Hotel?«

»Na und?«, meinte Popy. »Viele, die hier arbeiten, haben eigentlich einen ganz anderen Beruf gelernt. Zwei von den Kellnern, die im letzten Jahr hier waren, sind Bauingenieure. Aktuell gibt es in der Küche eine studierte Grundschullehrerin, und unter den Gärtnern ist ein Volkswirt. Irgendwo muss man ja Geld verdienen. Tsenni wollte nicht für immer hier tätig sein, sie wollte vielleicht ins Ausland gehen, dort in ihrem Beruf arbeiten. In Deutschland, Österreich oder in der deutschsprachigen Schweiz. Deswegen lernte sie Deutsch, sie war sehr ehrgeizig. Aber sie wollte erst mal sparen, um die erste Zeit überbrücken zu können. Sie hatte noch so viel vor, sie …«

Popys Schluchzer waren wieder heftiger geworden, aber sobald Gäste an den Tresen traten, wischte sie sich erneut über die Augen und bedachte sie mit einem strahlenden Blick. Zakos und Fani ließen sich schließlich zwei Flaschen Bier geben. Zakos wollte sich gern raussetzen, also öffneten sie eine Glasschiebetür und setzten sich an den Pool.

»Was hältst du davon, wenn wir uns später in Jennys Zimmer umsehen?«, fragte Zakos. »Vielleicht haben die Kollegen, die hier waren, ja irgendwas Interessantes übersehen.«

»NATÜRLICH sehen wir uns in ihrem Zimmer um«, erwiderte Fani. »Das ist der einzige Grund, warum ich noch wach bin, obwohl mir schon fast die Augen zufallen. Aber ich finde, es muss ja nicht jeder mitbekommen, wenn wir zwei dort rumschnüffeln, wo doch die Kreter heute schon drin waren. Warten wir auf die Nacht.«

Dabei war doch schon Nacht, dachte Zakos. Jedenfalls war es schon dunkel. Er wusste allerdings, dass hier ganz andere Tageszeiten galten. 20 Uhr wurde in Griechenland beispielsweise als Nachmittag bezeichnet. Daran würde er sich nie gewöhnen!

»Warten wir also auf die Nacht!«, wiederholte er und betonte den Satz zum Spaß so, dass dieser ein wenig geheimnisvoll klang – wie in einem Thriller.

Überhaupt kam er sich heute den ganzen Tag schon vor wie in einem Film. Ein Teil von ihm hatte immer noch nicht verstanden, dass er statt in München plötzlich auf Kreta war, der südlichsten Insel Griechenlands. Mild war es hier – viel wärmer als in Athen. Im indirekten künstlichen Licht aus bodennahen Leuchten wirkte die Hotelanlage rund um einen der unvermeidlichen kleinen Pools verändert, fast ein wenig verzaubert. Dazu gluckerte das Wasser, die Palmen rauschten leise, und einen Moment lang glaubte Zakos sogar, erste Zikadengeräusche zu vernehmen. Er legte den Kopf in den Nacken und atmete tief ein. München und sein Leben dort erschienen ihm plötzlich unendlich fern, und er dachte nicht einmal mehr an Elias, sondern war auf einen Schlag unheimlich froh, hier zu sein – im Süden, in Griechenland, ganz nah neben Fani. Er wandte ihr den Kopf zu und sah sie lächelnd an, ihren hübsch geformten Hinterkopf mit dem schwarzen Haar, ihre Augen, die wie Oliven glänzten, den vollen, geschwungenen Mund, der immer näher kam, bis er ihren Atem in seinem Gesicht spürte.

»Rutsch doch mal ein Stück rüber!«, bat sie. »Ich sitze mitten im Zug und hole mir noch den Tod bei dieser Winterkälte hier!« Ganz offenbar fand Fani es hier keineswegs so mild, wie Zakos es empfand. Sie kramte in ihrer Jackentasche und zog ein zerknülltes Taschentuch hervor, in das sie sich demonstrativ schnäuzte.

»Was ist eigentlich der Grund dafür, dass wir hier draußen

sitzen müssen – du rauchst doch gar nicht mehr, oder? Aber selbst wenn du eine rauchen willst – das kannst du doch auch drinnen tun. Das Rauchverbot interessiert hier keinen Menschen, wusstest du das nicht?«

»Nein, ähm, doch. Also ich rauche wirklich immer noch nicht«, sagte Zakos, ein wenig ernüchtert. Was hatte sie bloß? Vielleicht war ihr wirklich nur kalt.

Dann hatte er eine Idee. Er trug noch seinen Baumwollpullover um die Hüften gebunden, den brauchte er gar nicht – seine Jacke war warm genug.

»Komm, ich pack dich warm ein«, sagte er und legte ihr den Pullover um. »Diese Lederjacke ist einfach viel zu dünn. Warte!«

Er rückte mit seinem Stuhl ganz dicht an sie heran und umschloss Fani mit seinen Armen.

»Gleich wird's wärmer, du wirst sehen«, sagte er. »Hier draußen ist es doch viel schöner als im Hotel, findest du nicht? Man sieht die Sterne, hört das Meer ...«

»Das ist nicht das Meer«, verbesserte ihn Fani. »Das ist die Schnellstraße nach Rethymnon.«

»Die was?«, stutzte Zakos. »Blödsinn – das ist Meeresrauschen, natürlich ist es das Meer! Da drüben ist doch das Meer!«

»Ja, ganz hinten – hinter der Schnellstraße«, korrigierte Fani. »Aber ist ja schon gut, ich sage nichts mehr!«

Eine Weile herrschte tatsächlich Schweigen. Zakos hielt Fani in den Armen, und einen Moment lang war alles wie früher. Als hätten sie die beiden Jahre einfach übersprungen. Ganz automatisch drehte er sich zu ihr, sie wandte ihm ebenfalls das Gesicht zu. Ihre Lippen berührten sich zu einem Kuss, und Zakos hatte das Gefühl, pures Glück würde seinen kompletten Körper fluten, vom Herzen bis in die Fingerspitzen. Da zog Fani sich urplötzlich zurück.

»Hör mal, für so was habe ich gerade wirklich keinen Kopf!«, knurrte sie.

Im selben Moment kam eine leichte Böe auf. Plötzlich spürte Zakos den Zugwind, über den Fani geklagt hatte, kühl in seinem Nacken, und er fröstelte.

»Sorry, tut mir echt leid, nichts gegen dich«, fuhr Fani fort. »Aber wenn ich so viel zu tun habe, dann interessiere ich mich einfach nicht für Sex.«

Zakos schluckte, er wusste nicht recht, was er sagen sollte.

»Von Sex war doch gar nicht die Rede«, stammelte er. »Ich hab doch bloß … ich dachte …«

»Ja, ja, schon gut – aber trotzdem. Im Moment kann ich mich wirklich nur auf die Arbeit konzentrieren. Ich wäre gar nicht richtig bei der Sache – wenn du verstehst, was ich meine …«

Zakos verstand gar nichts mehr. In früheren Zeiten hatte sie kein Problem damit gehabt, mit ihm zusammen zu sein, während sie einen Fall lösten. Im Gegenteil – er hatte immer eher das Gefühl gehabt, dass die Arbeit sie einander näherbrachte.

Er seufzte.

»Aber Fani, das Leben darf doch nicht nur aus dem Job bestehen«, sagte er sanft. »Es gibt ja noch andere Dinge, die kann man nicht einfach ausklammern. Sonst wäre das Leben ganz schön einsam.«

»Klar, ich weiß – Petros sagt mir das auch immer«, meinte sie. »Ich soll mich nicht so in mein Schneckenhaus zurückziehen, wenn ich angespannt bin. So könne man einfach keine Beziehung führen, bla, bla, bla. Aber so ticke ich nun mal, ich kann's auch nicht ändern …«

»Petros?«, fragte Zakos. Der Gedanke, dass sie jemand anderen haben könnte, versetzte ihm einen Stich. Aber war es nicht klar gewesen, dass so etwas irgendwann kommen musste?

Noch aber hatte er die leise Hoffnung, Petros wäre einfach nur ein guter Freund – am besten ein schwuler guter Freund.

»Petros, ist das … dein Freund? Mit dem du zusammen bist?«, fragte er.

Fani zuckte ungeduldig die Achseln. »Weißt du, Petros betreibt ein Fitnesscenter in Rhodos, er kommt auch oft erst spät raus, denn das Center hat abends lange geöffnet – an manchen Tagen sogar bis 24 Uhr. Aber es ist jetzt nicht so, dass einen diese Arbeit noch bis in den Schlaf verfolgen würde, denke ich mir, deswegen kann er das alles nicht nachvollziehen. Ich wüsste jedenfalls nicht, was einen da verfolgen sollte – etwa der Gedanke, ob die Gewichte richtig herum ins Regal geräumt wurden, oder ob das Laufband mal wieder zur Inspektion muss? Falls Laufbänder zur Inspektion müssen …« Sie kicherte.

»Wassilis kann mich da schon besser verstehen. Er ist Sozialarbeiter in einem Heim für unbegleitete minderjährige Flüchtlinge. Der nimmt auch viel mit nach Hause – immer wenn's um Menschen und ihre Schicksale geht, kann man halt nicht auf Knopfdruck abschalten. Aber Wassilis hat eine ganz andere Art, damit umzugehen, er …«

»Wer zum Teufel ist jetzt Wassilis?«, wunderte sich Zakos. »Noch ein fester Freund?«

Die Frage war gar nicht ernst gemeint gewesen. Doch nach einem Blick in Fanis Gesicht erkannte er, dass er ins Schwarze getroffen hatte.

»Nein, oder?«, sagte er ungläubig.

Sie zuckte wieder mit den Achseln.

»Und wieso nicht?«, sagte sie in betont lässigem Ton. »Wo ist das Problem?«

Zakos war baff. Er rutschte ein Stück weg von ihr, denn er musste sich erst mal sammeln und das Gehörte innerlich sortieren: Fani war vergeben. Sie hatte einen Freund. Und NOCH EINEN Freund. Sie war also sozusagen doppelt vergeben. Er fand die Vorstellung unerträglich – dieser Tag wurde ihm langsam wirklich zu viel!

»Das Problem, das Problem – so was ist doch immer ein Problem ...« meinte er – und merkte selbst, dass er nun etwas lahm klang.

»Aber wieso denn? Man muss sich eben einfach von den konventionellen Auffassungen lösen – dann ist vieles möglich«, argumentierte sie.

»Ja, aber es ist Betrug!«, sagte er – lauter, als er geplant hatte. »Ich meine, klar, jeder macht mal so einen Fehler, mir ist das ja auch damals passiert, weil ... weil ... nun ja, es war eben so. Aber ich habe es bereut, ich hätte heute alles anders gemacht, denn es ist und bleibt einfach unehrlich!«

»Nicht im Geringsten«, sagte Fani kühl. »Ich könnte außerdem niemals unehrlich sein zu jemandem, dem ich mich so nahe fühle wie Wassilis und Petros. Und ich würde niemals wollen, dass mein Leben eine einzige Lüge wird. Nein, nein – beide wissen voneinander, sonst würde das ja gar nicht funktionieren. Und es funktioniert!«

»Das glaube ich dir nicht«, brach es aus Zakos heraus. »Einer leidet immer. Vielleicht sogar alle beide!«

»Du liebe Zeit, was für althergebrachte Ansichten du doch hast!«, stöhnte sie. »Schlimmer als meine Mutter! Man merkt, dass du einer ganz anderen Generation angehörst.«

Das saß! Zakos war tatsächlich um die zehn Jahre älter als

sie. Früher allerdings hatte diese Tatsache sie keineswegs gestört, und er fand es kränkend, dass sie das ausgerechnet jetzt thematisieren musste.

Plötzlich hatte er die Gesichter zweier blutjunger Männer vor Augen, beide mit modischen Bärten, großflächigen Tattoos und riesigen Bizepsen, wie man sie bekommt, wenn man den ganzen Tag in einem Fitnesscenter Gewichte stemmte. Er stellte sich Petros und Wassilis als hochattraktive Hippster vor – mit solchen Typen konnte er natürlich nicht konkurrieren. Wenn es das war, was sie suchte! War ihm doch gleich!

»Nun ja, das ist ja alles nicht so neu, wie du denkst. Freie Liebe – der ganze Hippiequatsch. Aber das hat sich doch schon tausendmal erwiesen, dass es nicht gerade einfach ist, so was zu leben.«

»Habe ich ja nicht behauptet. Keine Beziehung ist einfach, man muss eben immer daran arbeiten – das ist bei uns auch so«, sagte sie. »Ich gebe ja durchaus zu, dass Petros mit unserem Arrangement manchmal seine Probleme hat. Ich würde auch nicht behaupten, dass es funktionieren würde, wenn beide in ein und derselben Stadt wohnen würden – was nicht der Fall ist. Aber Petros wusste genau, worauf er sich eingelassen hat. Ich war ja schon ein Jahr mit Wassilis zusammen, als Petros und ich uns kennenlernten. Natürlich ist er nicht immer erfreut, wenn ich zu Wassilis nach Athen fahre. Aber, wie gesagt – er wusste, worauf er sich einließ. Und alles Weitere ist Beziehungsarbeit.«

»Und der andere – dieser Wassilis? Hat der damit ein Problem?« Eigentlich wollte Zakos die Details gar nicht so genau wissen. Er machte nur Konversation, weil er sich nicht anmerken lassen wollte, dass er in Wahrheit noch immer von Fanis Geständnis völlig schockiert war.

»Nein, Wassilis ist ein Freigeist – ein toller Mensch!«, sagte sie. »Ich wünschte, du könntest ihn mal treffen – vielleicht auf ein Bier. Ihr würdet euch sicher sofort verstehen!«

Schon wieder tauchten innere Bilder vor Zakos auf. Er sah sich selbst, wie er eine Bierflasche ergriff und sie einem muskelbepackten Bartträger ins Gesicht kippte, dass der Bierschaum nur so herabtroff ...

Als hätte sie seine Gedanken lesen können, erschien plötzlich Popy, die Barkeeperin, und stellte ihnen zwei Flaschen Fix und ein Schälchen mit Kartoffelchips auf den Tisch.

»Die Chefin sagt, ich soll mich um euch beiden Schätzchen kümmern – aber ich mache jetzt gleich Feierabend. Das heißt aber nicht, dass ihr nicht hier sitzen bleiben könnt. Von mir aus könnt ihr es euch die ganze Nacht hier gemütlich machen«, sagte sie. »Wenn ihr noch was braucht – bedient euch einfach am Kühlschrank! Aber bitte die Glastür schließen, wenn ihr schlafen geht – sonst regnet es rein. Für heute ist noch ein Gewitter angesagt.«

Zakos bedankte sich und wünschte ihr eine gute Nacht. Dann griff er zu der Bierflasche, aber es schmeckte ihm plötzlich nicht mehr, es war viel zu kalt, und er fühlte sich nun doch langsam durchgefroren nach dem Draußensitzen in der abendlichen Frühjahrsluft. Trotzdem leerte er die Flasche zur Hälfte in einem Zug.

Sie hatten beschlossen auszuharren, bis es im Hotel ruhiger würde – Zakos fand es zu peinlich, dabei erwischt zu werden, wie sie heimlich herumschnüffelten. Weil es immer kälter wurde, gingen sie schließlich in die leere Bar und tranken sogar noch ein Bier, das Zakos ebenso wenig schmeckte wie das davor. Sie redeten über Belanglosigkeiten, dann verstummten sie ganz, und jeder blickte nur noch in sein Smartphone – Zakos las die Nachrichten auf Spiegel Online. Als es Zeit war, Jennys Zimmer zu inspizieren, war er immer noch nicht richtig aufgewärmt, sodass der Gang nach draußen sich unangenehm anfühlte.

Fani hatte bereits nach ihrer Rückkehr ins Hotel herausgefunden, wo die Angestellten untergebracht waren: in der Rückseite des Haupthauses. Es war ganz einfach hineinzukommen – sie betraten das Gebäude vom Garten aus, die Tür war unversperrt. Im Treppenhaus entschieden sie, die Treppe nach oben zu nehmen.

Auf den ersten Blick wirkte alles wie auf dem Hotelgang, in dem sie selbst untergebracht waren – allerdings weniger gepflegt. Der Wind hatte trockene Blätter und Piniennadeln hereingeweht, auch zusammengeknülltes Papier und Zigarrettenkippen. Niemand hatte sich die Mühe gemacht, hier zusammenzufegen, das ganze Stockwerk war verwahrlost. Sie schritten den Flur ab, doch nirgends gab es eine plombierte oder sonst wie gekennzeichnete Tür.

»Ich glaube, hier sind wir falsch«, sagte Fani schließlich mit gedämpfter Stimme. »Es ist alles so ruhig – hier wohnt wohl niemand.«

Zakos nickte. »Lass es uns ein Stockwerk tiefer versuchen«, schlug er vor. Doch als sie das Treppenhaus erreicht hatten und nach unten blickten, schüttelte Fani zweifelnd den Kopf.

»Also, meiner Meinung nach ist das nur ein Kellergeschoss. Es riecht auch so ...«

Auch Zakos nahm jetzt den muffigen Geruch wahr, der sich verstärkte, sobald sie die Treppe hinuntergestiegen waren.

Die Wände hier unten waren unverputzt, ein paar der Türen bestanden aus unlackiertem Sperrholz, andere waren immerhin grundiert, aber bereits angestoßen und grau. Doch es bestand kein Zweifel – hier wohnten Menschen. Vor einer der Türen standen ausgelatschte weiße Gesundheitsschuhe. Etwas weiter hatte jemand eine schmutzige Kochhose an die Klinke gehängt – bedruckt mit dem typischen schwarz-weißen Pepitamuster. Von irgendwoher erklang griechische Musik, und plötzlich vernahm Zakos ein leises Stöhnen. Er blieb abrupt stehen und ergriff Fani am Arm.

Ein paar Sekunden lang starrten sie sich erschrocken an, dann huschte ein Grinsen über Fanis Gesicht: Das Stöhnen war lauter geworden, höher. Gleichzeitig wurde ein tiefes, rhythmisches Brummen laut: ein Liebespaar!

Ausgerechnet, dachte Zakos. Die Geräusche nervten ihn, nach seiner Abfuhr bei Fani fand er es besonders peinlich, jetzt unfreiwilliger Zeuge eines Liebesakts zu werden. Er machte Fani ein Zeichen, und sie gingen weiter den Gang entlang.

Hier unten war eine Art Parallelwelt, die in krassem Gegensatz stand zu dem luxuriösen Kosmos, wie ihn durchreisende Touristen für die kurze Dauer eines Urlaubs erlebten – hier ging es realer, pragmatischer, schmutziger zu. Ein Bewohner hatte eine Batterie leerer Weinflaschen an die Wand neben seinen Eingang gestellt, ein anderer zwei Plastikhocker neben einen braunen Karton, auf dem sich ein überfüllter Aschenbecher befand. Eine Tür mit Absperrband oder Siegel gab es hier allerdings ebenso wenig wie im Stockwerk darüber.

»Was machen wir jetzt?«, wandte sich Fani an Zakos.

Er wusste es auch nicht. Eine Weile standen sie da und dachten nach. Dann hatte Zakos eine Idee.

»Wir gehen noch mal raus«, schlug er vor.

Die Fenster des Souterrains gingen auf eine Art Lichthof hinaus. Er war nur sehr schmal – viel Helligkeit drang tagsüber wohl nicht in diese Zimmer herein. Sie fanden es nicht einfach hinunterzuklettern, ohne Lärm zu machen, denn zwischen den Fensterfronten und der steil aufsteigenden Böschung zum Garten waren Kieselsteine ausgelegt. Wenn man vorsichtig war, konnte man aber daneben an einem schmalen Sockel balancieren und sich dabei fast lautlos fortbewegen.

Die beleuchteten Fenster waren kein Problem – was dort drinnen vor sich ging, konnten sie bereits aus weiterer Distanz gut sehen und sich vorbeischleichen. Schwieriger war es bei den dunklen Fenstern – Zakos und Fani konnten nicht erkennen, ob jemand sich darin befand, sie vielleicht sogar sehen und beobachten konnte.

Zakos machte Fani ein Zeichen, stehen zu bleiben. Wie sollten sie vorgehen?

Da fiel ihm auf, dass ein Teil der Fenster gekippt war. Ebendiese Fenster waren es, bei denen gleichzeitig ein Vorhang zugezogen war. Hier waren wohl Bewohner zu Hause und schliefen – sie hatten die Fenster geöffnet, um frische Luft hereinzulassen, sich gleichzeitig aber vor Blicken von draußen zu schützen.

Zakos machte Fani ein Zeichen, ihm zu folgen, und legte den Finger auf die Lippen. Vorsichtig balancierten sie an drei solchen geöffneten Fenstern vorbei.

Dann kam ein beleuchteter Abschnitt. Zakos beugte sich behutsam vor und linste hinein: Entwarnung! Der Mann, der sich in diesem Raum aufhielt, saß in einem Sessel vor dem Fernsehgerät und schlief. Das nächste Fenster war wieder vollständig dunkel, allerdings verschlossen. Zuerst blickten sie vorsichtig hinein, schließlich wurden sie immer mutiger, und Fani holte sogar ihr Handy hervor und leuchtete in den Raum.

Niemand war da, alles wirkte vollkommen unbewohnt, es gab nicht mal eine Matratze auf dem Bett, sondern nur einen Lattenrost. Nachtkästchen, ein Hocker und ein kleiner Sessel wie der, auf dem nebenan der Mann geschlafen hatte, waren in der Ecke auf dem Schreibtisch gestapelt. Zakos seufzte. Es war ziemlich beschwerlich, mucksmäuschenstill die Betoneinfriedung entlangzubalancieren und dabei die ganze Zeit auf der Hut zu sein, um nicht entdeckt zu werden. Und die Reihen der Fenster zogen sich noch das ganze Gebäude entlang.

Während er missmutig dastand und die Fensterreihen, die noch vor ihm lagen, entlangblickte, schlängelte sich Fani geschickt an ihm vorbei und machte dabei nur ein winziges klackerndes Geräusch auf dem kieselbedeckten Boden. Dann lugte sie bereits ins nächste, dunkle Fenster – und winkte ihm aufgeregt mit der Hand.

Diesmal brauchten sie nicht erst hineinzuleuchten – man erkannte es bereits im diffusen Licht der Gartenlaternen: Mitten auf dem Bett thronte ein riesiger Plüschbär. Das könnte es sein!

Kurz danach standen sie im Flur des Gebäudes vor der Tür. Von hier draußen verriet nichts, dass hier eine Frau gewohnt hatte, die erst wenige Stunden davor eines gewaltsamen Todes gestorben war. Das größere Problem für Zakos und Fani war allerdings ein anderes – wie sollten sie hier jetzt überhaupt hineinkommen? Jedes unbedachte Vorgehen würde in den Nachbarzimmern gehört werden.

Da ertönte plötzlich wieder ein lang gezogenes Stöhnen. Offenbar befand sich das dazugehörige Pärchen genau nebenan.

»Nicht schon wieder!«, flüsterte Fani. Doch dann schien sie plötzlich eine Idee zu haben.

Beim nächsten Stöhnlaut von nebenan fing sie an, sich lauthals zu beschweren. Sie packte sogar einen der Plastikhocker, die hier überall herumzustehen schienen, und pochte damit an die Wand. Und während sie lauthals fluchte, was für eine Frechheit dieser Krach doch sei und dass sie endlich schlafen wolle, trat Zakos mit einem gezielten Fußtritt in Höhe des Schlosses die Tür ein.

Fani polterte noch eine Weile vor sich hin, trabte sogar lautstark den Gang entlang, dann schlich sie aber leise zurück, und sie betraten das Zimmer.

Gleich hinter der Tür gab es noch einen weiteren Hinweis darauf, dass es sich tatsächlich um das Zimmer der Toten handelte: Ein Absperrband der Polizei lag achtlos zerknüllt auf dem Boden. Ob das die Kollegen so hinterlassen hatten? Oder hatte sich sonst irgendwer bereits Zugang zu dem Raum verschafft und hier herumgeschnüffelt? Sie wussten es nicht.

Von nebenan war nun das Kichern der Frau zu hören, dann ging das Stöhnen von Neuem los – nur unwesentlich leiser als zuvor. Ein Gutes hatte es: Die beiden Liebenden waren zu beschäftigt, um auf Nebengeräusche zu achten – Zakos und Fani mussten sich darüber keine Sorgen machen. Fani zog sogar die Vorhänge zu und knipste die Nachttischlampe neben dem Bett an.

Genau besehen war das Zimmer komfortabler, als sie angesichts des trostlosen Ganges gedacht hatten. Der Raum schien ganz neu eingerichtet zu sein mit modernen Möbeln aus hellem Naturholz und einem sauber gesaugten grauen Teppich. Alles sah geschmackvoll und modern aus – bis auf Jennys kitschige Bären und Plüschtiere. Neben dem Riesenteddy auf dem Bett waren auf dem Schreibtisch und an der kleinen Garderobe im Gang noch ein paar kleinere Exemplare dekoriert.

Zakos durchsuchte das Bad, fand aber nichts Auffälliges – Jenny hatte offensichtlich keine stärkeren Arzneimittel als Aspirin benutzt. Außerdem war sie mit Alltagsdingen recht sparsam: Zahnpasta, Haarwaschmittel und Cremes waren billige Supermarktware – zumindest soweit Zakos das beurteilen konnte. Anscheinend hatte sie aber viel Geld für Schminke ausgegeben, der Badezimmerschrank war voll mit teuren Lippenstiften und Make-up-Verpackungen, deren Markennamen sogar ihm etwas sagten: Chanel, Dior, Lancôme.

In ihrem Schrank fiel ihm auf, dass sie bezüglich ihrer Unterwäsche die Farbe Weiß bevorzugt hatte – und neben Stofftieren hatte sie offenbar High Heels gesammelt. Einige davon standen sogar im Bücherregal, wie Ausstellungsstücke arrangiert. Zakos inspizierte einige Paare und stellte fest, dass die meisten scheinbar gar nicht getragen waren.

Was sagte ihnen das? Es sagte ihnen, dass Jenny trotz ihrer Größe und ihres stattlichen Körpers eine kleinmädchenhafte Art besessen hatte (die Kuscheltiere) und dass sie ein etwas unsicherer Mensch gewesen war: Sie hatte Stöckelschuhe zwar offenbar gemocht, sich damit aber nicht in die Öffentlichkeit gewagt – wahrscheinlich weil sie so groß gewesen war.

Oder weil ihr Freund vielleicht kleiner gewesen war als sie. Das brachte ihn zum nächsten Punkt: Die Tote hatte einen Hang zu »falschen Männern« gehabt, wie ihre Freundin Popy es ausgedrückt hatte. Sie hatte sich zwar immer bald wieder getrennt, sobald es Probleme gab – doch schließlich war sie immer wieder bei dem gleichen Typ Mann gelandet.

Vielleicht war einer davon nun ihr Mörder gewesen: der Ex. Oder ein neuer Freund, von dem bisher noch niemand etwas wusste. Aber was zum Teufel hatte das mit Fanis Fällen auf Rhodos zu tun? Zakos sah einfach keinen Zusammenhang.

Das Stöhnen nebenan war mittlerweile schneller und vor allem wieder lauter geworden – besonders die Frau schien sich ins Zeug zu legen. Fani, die gerade dabei war, den Inhalt des Schreibtischs durchzugehen, schüttelte dazu den Kopf.

»Wenn der Typ auf diese Show reinfällt, ist er selbst schuld«, entfuhr es ihr plötzlich. Diesmal flüsterte sie nicht – bei der Geräuschkulisse von drüben war das kaum nötig.

Schließlich packte sie alle Ordner und Bücher wieder zurück in den Schreibtisch und wandte sich einem Körbchen auf der Tischplatte zu, das Schreibutensilien enthielt. Sie leerte alles auf den Tisch und nahm sich jeden einzelnen Gegenstand genau vor, und Zakos wunderte sich, mit welcher Akribie sie bei der Sache war.

»Ja, Jaaa. JAAA!«, stöhnte die Frau von nebenan dazu, und es klang, als läge sie genau neben ihnen.

»Ja, Jaa. JAAAAA!«, rief Fani plötzlich ebenfalls, und dann: »Schau mal!« Sie reichte Zakos einen Kugelschreiber. »Ich hab's doch gewusst. Ich hab's gewusst!« Dann sprang sie auf und fiel ihm unvermittelt um den Hals.

»Pssst!«, machte Zakos, aber es war schon zu spät – im Zimmer nebenan war es urplötzlich still geworden. »Wer ist da?«, war nun die Männerstimme zu hören.

»HIER IST DIE POLIZEI!«, trötete Fani durch den Raum, adressiert an das umtriebige Pärchen. »Aber lasst euch nicht stören – wir sind schon fertig hier!«

Kapitel 4

Beim Blick durch das Fenster des Tragflächenbootes spürte Zakos ein jähes Glücksgefühl in ihm aufsteigen: Die Insel war noch schöner, als er sie in Erinnerung hatte, das reinste Postkartenidyll: Pittoreske Steinhäuser mit roten Ziegeldächern umrundeten die kleine Hafenbucht, mittendrin überragt von einem hübschen alten Kirchturm. Davor eine kleine Ansammlung von Maultieren und Eseln – als hätte jemand sie für Fotoaufnahmen extra hier positioniert.

In den Cafés direkt am Wasser herrschte bereits um diese frühe Stunde ein reges Treiben, wobei die Szenerie aber keineswegs hektisch wirkte, im Gegenteil: Die Menschen blinzelten ganz entspannt ins helle Morgenlicht, wie sie an ihren Kaffeetassen nippten. Hier, an diesem ausgesprochen malerischen Ort, würde er Zeit mit Fani verbringen dürfen! Eine großartige Aussicht, fand er, und blickte seine Reisebegleiterin verstohlen von der Seite an.

Fani allerdings hatte für die Szenerie vor dem Fenster wortwörtlich keinen Blick übrig – sie starrte nur auf ihr Handy. Nach einem Moment allerdings schien sie zu spüren, dass Zakos sie ansah, und schenkte ihm ein kleines Lächeln, bevor sie sich aber wieder dem Mobiltelefon zuwandte und die Tastatur eifrig mit ihren Daumen bearbeitete.

Das Tragflächenboot hatte seine Geschwindigkeit gedrosselt und sich bereits gesenkt. Nun tuckerte es gemächlich an die Mole, und wie auf Kommando strömten alle Fahrgäste auf einmal mit ihren Taschen und Rucksäcken und Tüten in den Mittelgang und verharrten eingequetscht nebeneinander. Zakos fürchtete fast ein wenig, sie könnten ihn alle über den Haufen rennen, sobald der Ausstieg geöffnet würde. Fani und er hatten die Überfahrt nämlich im Eingangsbereich der Fähre verbracht, wo sie auf Zakos' Rollkoffer und Fanis Umhängetasche hockten, denn die Fährtickets waren ausverkauft gewesen.

»Sie nehmen uns trotzdem mit. Du wirst schon sehen! Wir sind die Polizei!«, hatte Fani getönt, und obwohl Zakos da so seine Zweifel gehabt hatte – sie hatte es schließlich vor Kurzem auch nicht vermocht, ihn auf einen Flug nach München zu bringen –, war es ihr gelungen, weil sie beharrlich mit ihrem Polizeiausweis gewedelt und dem Bootspersonal Gefängnisstrafen wegen Behinderung der Staatsgewalt angedroht hatte.

Schließlich war der Kapitän gerufen worden, ein etwas müde wirkender Mann, der nicht so aussah, als habe er große Lust, sich von renitenten Jungpolizistinnen stressen zu lassen. Er hatte Fani lediglich von oben herab angeschaut und dem Steward ein Handzeichen gegeben, das offenbar sein Einverständnis zeigen sollte. Doch als nun das Boot anlegte und Zakos und Fani als Erste die kurze Gangway nach draußen überquerten, machte der Steward seinerseits einer kleinen Gruppe blau uniformierter Polizisten ein Handzeichen – Zakos sah aus den Augenwinkeln, wie er den Arm hob und mit dem Finger auf ihre beiden Köpfe zeigte.

Auch hier hieß es also wieder »Mitkommen« – so ähnlich wie unlängst am Flughafen. Die Polizisten – es waren ebenso wie vor ein paar Tagen, genau vier Beamte – führten sie fort vom Menschenauflauf am Anleger, ein paar Schritte ans Ende der Bucht. Von hier fand Zakos den Blick noch grandioser. Er bewunderte, wie sich gepflegte Gässchen den Berg nach oben schlängelten, gesäumt von stattlichen alten Häusern und Villen, die allesamt wirkten, als sei die Zeit stehen geblieben, und er erinnerte sich, dass auf Hydra besonders strenger Denkmalschutz herrschte. Das wusste er noch von einem Ausflug, den er vor Jahren mit dem griechischen Teil der Familie hierher gemacht hatte. Das einzig wirklich Moderne im Ort waren die protzigen Jachten im Hafen, deren luxuriöse Pracht in krassem Gegensatz zu den romantischen Häuserfassaden stand. Oder auch nicht, denn fast kam es Zakos so vor, als würden sich diese beiden Eindrücke ganz gut ergänzen.

Allerdings war keine Zeit, nun darüber zu reflektieren – zunächst mussten die Kollegen beruhigt werden. Im Moment schrien sich alle gegenseitig an. Genauer gesagt: Fani schrie die vier Kollegen an, und die vier Kollegen schrien zurück. Wobei Zakos den Eindruck hatte, Fani stünde den anderen in nichts nach – sie schimpfte und zeterte so lautstark wie die Übrigen.

Alle waren so aufgebracht, dass Zakos, dessen Griechisch längst nicht perfekt war, gar nicht alles verstand. Erst nach einer Weile kapierte er, was überhaupt los war. Offenbar ging es um Kompetenzüberschreitungen. Von der Fähre hatte man sie wohl angekündigt und erfahren, dass die ansässige Polizei keine Ahnung hatte, wer bei ihnen ermitteln sollte und um was es überhaupt ging.

Nach einer Weile wurde das Streitgespräch allmählich etwas leiser, offenbar verloren die Beteiligten allmählich ein wenig Energie. Zakos nutzte den Moment, sich endlich vorzustellen.

»Nick Zakos aus München«, sagte er und schüttelte allen Kollegen rundum die Hand. »Tut mir sehr leid, wenn wir Kompetenzen überschritten haben. Aber ich bin Ausländer, ich kenne die Verwaltungswege hier nicht. Wir brauchen Ihre Hilfe für unseren Fall.«

Urplötzlich trat Ruhe ein, und alle musterten ihn verblüfft – sogar Fani. Sie wirkte, als sei sie verärgert darüber, dass er einen so verbindlichen Ton wählte. Doch Zakos ließ sich nicht beirren. Er setzte sein freundlichstes Lächeln auf.

»Ich hoffe, Sie können uns verzeihen – wir mussten einfach schnellstmöglich nach Hydra kommen, da war alles andere erst mal zweitrangig.«

»Aber auch bei uns müssen gewisse Dienstwege eingehalten werden«, argumentierte der älteste der Polizisten – ein Mann mit grauen, kurz geschnittenen Haaren, der sich als Demetris vorstellte. Er klang bereits ein klein wenig freundlicher.

»Natürlich müssen Sie das!«, antwortete Zakos im Brustton der Überzeugung und setzte einen Blick auf, von dem er glaubte, er wirke besonders demütig. »Ich hatte natürlich gehofft, dass Sie mir als Ausländer ein wenig Gastfreundschaft gewähren – indem Sie mich unterstützen.«

Der andere blickte einen Moment unschlüssig zwischen Zakos und den eigenen Kollegen hin und her.

»Die Sache ist nämlich diffizil. Ohne die kompetente Hilfe eines ortskundigen Experten wäre ich hier vollkommen aufgeschmissen«, fuhr Zakos fort. Er hoffte, Fani würde es fertigbringen, den Mund zu halten und ihn argumentieren zu lassen. Zum Glück hielt sie sich zurück.

Eine Weile standen sie alle unschlüssig herum, und Demetris wirkte, als wüsste er nicht recht, wie er als Nächstes reagieren sollte.

»Natürlich sind wir gastfreundlich ...«, sagte er schließlich.

Zakos versuchte, sein Lächeln noch einen Tick breiter ausfallen zu lassen.

»Na gut. Gehen wir doch einfach in unser Office und unterhalten uns in Ruhe«, schlug Demetris vor und sagte dann, an seine Leute gewandt: »Ich brauche euch jetzt nicht mehr. Wir treffen uns aber um 18 Uhr zur Vorbesprechung für die Prozession. Bis später.«

In der Polizeistation wirkte Demetris plötzlich ausgesprochen nett – ganz als hätte der aufgebrachte Wortwechsel von eben gar nicht stattgefunden. Wahrscheinlich hatte er zuvor ein wenig angegeben, um vor den Untergebenen nicht wie einer dazustehen, der es zuließ, wenn jemand sich ungestraft in seinen Kompetenzbereich einmischte. Aber dann orderte er sogar per Telefon Kaffee für sie beide, der in großen Pappbechern gebracht wurde, und drückte ihnen eine Fremdenverkehrsbroschüre des Ortes in die Hand, die Zakos mit höflichem Interesse durchblätterte. Die Insel wirkte darauf, wenn irgendwie möglich, noch schöner, als sie war – wie durch einen Instagram-Filter.

»Um was für einen Fall handelt es sich eigentlich – und wie kann ich helfen?«, fragte Demetris schließlich und beugte sich zu ihnen vor, dass der lederne Ikea-Schreibtischstuhl knarrte.

Zakos berichtete von den Mordfällen an den beiden Ärztinnen auf Rhodos und von dem dritten Mord auf Kreta.

»Und nun zeige ich Ihnen, was wir dort gefunden haben«, endete er. »Fani, kommst du mal?«

Die Angesprochene stand mit ihrem Kaffeebecher am

Fenster und blickte hinunter auf die Gasse. Auf Zakos' Aufforderung hin drehte sie sich um, holte ein verschlossenes Plastiktütchen aus ihrer Handtasche und legte es vor Demetris auf den Schreibtisch – ein wenig heftig, wie Zakos fand. Sie hatte einen ärgerlichen Zug um den Mund. Doch nun war keine Zeit, sich mit ihren Befindlichkeiten aufzuhalten, fand er.

»Ein Kugelschreiber?«, fragte Demetris. »Geht es um die Fingerabdrücke?«

Zakos schüttelte den Kopf. »Die einzigen Fingerabdrücke darauf stammen von der Ermordeten von Kreta – das ist nicht der Punkt. Nein, nein, es geht um das Logo: Mediona. Und das ist die Überschneidung: Eine der Toten auf Rhodos hatte ebenfalls Werbematerial von dieser Firma, und zwar Notizblöcke.«

Zakos hatte zunächst nicht daran geglaubt, dass dieses Detail tatsächlich von Interesse sein könnte – schließlich verteilten Pharmafirmen ihre Werbegeschenke üblicherweise großzügig in medizinischen Praxen. Fani sagte aber, das gelte vielleicht für Konzerne wie Bayer oder Pfizer, doch Mediona sei nur eine eher unbedeutende griechische Firma. Sie selbst habe sie bis unlängst nicht einmal gekannt. Da sei es doch erwähnenswert, dass zwei der drei Toten ausgerechnet von dieser Firma Werbematerial besaßen.

Und Fani hatte recht behalten. Alexis hatte von Athen aus recherchiert und herausgefunden, dass alle drei Frauen vor einigen Monaten einen Kongress der Firma Mediona auf Hydra besucht hatten. Sogar der Name der Organisatorin ließ sich über eine Sekretärin des Unternehmens eruieren – mehr allerdings nicht: Es war Gründonnerstag, und die Firmenzentrale war geschlossen.

»Darum kommen wir jetzt erst mal nicht weiter«, erklärte

Zakos. »Wir wissen aber, dass diese Frau auf Hydra und in Athen gemeldet ist, doch zu Hause in Athen geht sie nicht ans Telefon, und das Handy scheint abgeschaltet zu sein«, erläuterte er weiter. »Es ist anzunehmen, dass sie die Feiertage hier auf Hydra verbringt.« Ganz Athen war quasi ausgeflogen, um das Osterfest außerhalb der Stadt zu feiern.

»Deswegen sind wir spontan angereist, um den Seminarort zu inspizieren. Und natürlich, um möglichst die Initiatorin hier anzutreffen. Ich hoffe, Sie nehmen uns das jetzt nicht mehr übel.«

Tatsächlich hatte Fani gesagt, sie würde ganz sicher nichts an diesem Mordfall irgendwelchen verschnarchten Inselpolizisten überlassen, die sich noch nie mit größeren Herausforderungen als betrunkenen Touristen befassen mussten. Das hatte Zakos für eine ziemlich abfällige Meinung gegenüber solchen Kollegen gehalten, gerade aus Fanis Mund, die selbst noch vor wenigen Jahren auf einer sehr kleinen Insel tätig gewesen war, bevor sie den Dienst auf Rhodos begonnen hatte. Aber diesen Kommentar hatte er sich besser verkniffen.

»Natürlich wollten wir uns sofort an Sie wenden, sobald wir die Fähre verlassen hätten«, beteuerte Zakos nun. »Sie sind uns lediglich zuvorgekommen!«

Demetris lächelte, doch er wirkte immer noch etwas misstrauisch.

»Nur eine Sache müssen Sie mir noch erklären«, sagte er. »Was hat Deutschland damit zu tun? Das verstehe ich nicht!«

Zakos auch nicht – es war ihm schleierhaft, wie er eine Überleitung zu München schaffen sollte.

»Nun ja, das ist ... ehrlich gesagt ist das eine persönliche Angelegenheit«, erklärte er. »Es geht dabei um eine persönliche Freundschaft beziehungsweise eine Beziehung. Sie liegt zwar bereits längere Zeit zurück ...«

»Eine der Ermordeten?«, fragte Demetris Dimitriadis interessiert. Er war nun ganz Ohr.

»Ich darf wirklich nichts verraten«, beteuerte Zakos. »Aber es besteht auch aus München höchstes Interesse an der Aufklärung dieses Falles, das kann ich Ihnen versichern. Und deswegen bin ich hier, ich bin sozusagen spezialisiert auf die deutsch-griechische Zusammenarbeit. Ich hatte schon des Öfteren Einsätze in Griechenland. Gerade musste ich eine Aussage bezüglich des Markopoulos-Falles machen, in dem ich im vergangenen Jahr hier im Land ermittelt habe. Die Sache wurde ja in den Nachrichten ganz groß berichtet.«

»SIE waren das?«, fragte Demetris aufgeregt. »Natürlich! Der deutsche Kommissar! Ich habe Sie im Fernsehen gesehen.«

Zakos nickte. »Und nun bin ich für diese aktuellen Mordfälle freigestellt – gemeinsam mit meiner Kollegin, der die Fälle auf Rhodos unterstehen und die den Zusammenhang mit Kreta herausgefunden hat. Ich sage Ihnen – könnte sein, dass die Sache sich ausweitet!«

Demetris saugte erregt an seinem Strohhalm, sodass ein schlürfendes Geräusch laut wurde.

»Natürlich können Sie mit meiner Mitarbeit rechnen!«, sagte er dann. »Ich kenne die Organisatorin der Kongresse auf dieser Insel persönlich, jeder kennt sie hier: Nike Angelopoulou. Sie hat eine Praxis in Athen, zusätzlich kümmert sie sich hier um diese Seminare.«

»Sie ist Ärztin?«, fragte Fani, die immer noch am Fenster stand, mit alarmierter Stimme. »Eine Ärztin, die mit Mediona zu tun hat, und wir erreichen sie nicht am Telefon. Das gefällt mir nicht. Das gefällt mir gar nicht!«

Demetris blickte sie einen Moment lang verständnislos an.

»Die anderen Toten waren ebenfalls im medizinischen Bereich tätig – die Verbindung scheint Mediona zu sein!«, erläuterte Zakos.

»Ach, und jetzt denken Sie – nein! Nein, das ist unmöglich!«, sagte Demetris. »Auf keinen Fall! Ich habe Nike gerade erst am Hafen gesehen. Gestern. Oder vorgestern.« Er stutzte einen Moment.

»Warten Sie einen Moment, ich rufe sie an.«

Doch die Leitung war tot.

»Gut, dann sollten wir jetzt sofort zum Haus dieser Frau gehen. Und falls sie nicht da ist, endlich das Handy orten lassen«, drängte Fani.

»Halt, nein – das ist alles nicht nötig«, beschwichtigte Demetris sie. »Ich bin überzeugt, Nike ist wohlauf. Das hier ist eine kleine Insel, mein Gott! Wäre etwas passiert, dann wüssten wir das schon!«

Fani blickte ihn zweifelnd an.

»Ganz sicher!«, beteuerte er. »Ich finde Nike Angelopoulou für Sie. Und in der Zwischenzeit machen Sie sich auf unserer Insel eine schöne Zeit!«

»Dazu sind wir nicht hergekommen, wir …«

»Ich weiß, ich weiß«, sagte Demetris. »Trotzdem – geben Sie mir eine Stunde. Dann sitzt Nike hier bei mir im Büro auf dem Stuhl!«

Auf der Gasse fiel Fani dann über Zakos her.

»Die Sache wurde ganz groß in den Nachrichten berichtet!«, sagte sie mit höhnischer Stimme. »Du Angeber!«

»Fani …«

Aber sie ließ ihn nicht ausreden. »Ich als Ausländer kannte die Gegebenheiten nicht«, äffte sie ihn weiter nach. »Was sollte das denn!?! Es geht gar nicht um DICH als Ausländer. Es geht um MEINEN Fall. Du kannst nicht alles einfach an dich reißen!«

»Und du solltest dich ein bisschen mäßigen«, entgegnete er. »Man muss nicht immer mit dem Kopf durch die Wand! Schon mal was von Diplomatie gehört? Ist doch schließlich hier erfunden worden ...«

»Diplomatie, dass ich nicht lache!«, meinte Fani. »Das, was du da abgezogen hast, hatte nichts, aber auch rein gar nichts mit Diplomatie zu tun. Das war alles nur erstunken und erlogen. ›Privates Interesse‹ – so ein Quatsch!«

»Aber Fani! Es besteht ja tatsächlich ein privates Interesse, nämlich mein privates Interesse daran, dir zu helfen«, sagte er. »Dann mach's mir aber auch nicht so schwer. Entspann dich lieber mal. Wir könnten zum Beispiel was trinken gehen.«

»Ich will aber lieber ...«, wandte sie ein. Aber diesmal unterbrach er sie.

»Nein, stopp – jetzt machen wir mal, was ich lieber will. Und ich will, dass du dich umsiehst.« Er wies mit einer ausholenden Armbewegung auf die hübsche Hafenbucht, das rege Treiben der Menschen, das Glitzern des Meeres, das die Sonne reflektierte. »An was erinnert dich das hier?«

»Keine Ahnung – an was soll es mich denn erinnern?«, brummelte Fani.

»Na, an Pergoussa – deine Heimatinsel.«

»Überhaupt nicht!«, protestierte Fani empört. »Pergoussa ist viel bunter und lieblicher. Dieser Hafen hier sieht schroffer aus, so ablehnend irgendwie ...«

»Schroff – also ich weiß nicht«, meinte Zakos. »Ich finde es hier ganz romantisch. Wusstest du, dass Leonard Cohen mal hier gelebt hat? Wir könnten sein Haus besichtigen. Hat seine bekanntesten Lieder auf Hydra geschrieben, in den Sechziger- oder Siebzigerjahren.«

»Sagt mir nichts!«

»Na, aber dass Hydra berühmt ist, wirst du ja wohl wissen. Zum Beispiel, weil hier Autos verboten sind. Hier muss alles per Esel transportiert werden.«

Sie waren mittlerweile wieder an der Promenade angelangt, und er wies mit dem Kopf auf die kleine Herde nahe des Fährablegers.

»Aha. Ich dachte eher, die stehen hier, um den Touristen das Geld aus der Tasche zu ziehen«, erwiderte sie. »Übrigens … woher weißt du das alles?«

Er zwinkerte ihr geheimnisvoll zu.

»Verrate ich nicht – aber ich weiß noch mehr!«, sagte er. »Komm einfach mit!«

Er führte sie die Uferpromenade weiter vorbei an Bars und Andenkenläden, dann zu einer Felsenküste mit Badeplätzen. Schließlich, als der Hafen nicht mehr zu sehen war, stiegen sie die Treppen einer Festungsmauer hinunter und setzten sich in einem Restaurant an himmelblau getünchte, runde Metalltische, und Zakos bestellte Wasser, Weißwein, Salat, Oliven und Auberginendip. Alles schmeckte köstlich, und langsam verbesserte sich auch Fanis Laune. Unterzuckert war sie eigentlich immer schlecht drauf gewesen – so viel wusste Zakos noch über sie.

Als sie fertig gegessen hatten, meldete Demetris sich bei ihnen und sagte, er habe Nike gefunden. »Sie erfreut sich bester Gesundheit. Sie können sie heute um 18 Uhr bei mir im Büro kennenlernen.«

»18 Uhr!«, sagte Fani, als Zakos aufgelegt hatte. »Warum erst so spät?«

»Mein Gott, sei doch froh!«, entfuhr es Zakos. »Genieß die Aussicht, und beschwer dich nicht.« Der Ausblick reichte über tiefblaues Meer bis hinüber zum Peloponnes. Und nun wurde es auch noch richtig warm. Unter ihnen, an einem der Badeplätze in der Felswand, wurden Stimmen laut – ein paar Wagemutige waren doch tatsächlich schon um diese Jahreszeit ins Wasser gesprungen.

»Ist doch wunderschön hier«, schwärmte Zakos. »Und das Essen war auch gut.«

Sie zuckte die Schultern. Aber schließlich lächelte sie und legte die Beine hoch auf die Steinbalustrade.

»Na gut, du hattest recht«, gab sie schließlich zu. »Du hast eigentlich oft recht. Und ich bin wirklich sehr angespannt – aber ich verspreche, mich zusammenzureißen. Du weißt, dass ich normalerweise nicht so bin!«

»Passt schon«, sagte er. »Aber ich kann versuchen, dir etwas Gutes zu tun. Zum Beispiel noch mehr Wein bestellen.«

»Du willst mich abfüllen«, tadelte sie ihn lachend. »Na gut, ein Glas trinke ich noch. Aber jetzt musst du mir verraten, woher du wusstest, dass es hier so hübsch ist.«

»Ich gebe es zu – ich war schon mal auf der Insel. Aber das ist sehr lange her. Außerdem habe ich einiges über Hydra im Internet nachgelesen.«

»Daher kanntest du auch diesen Sänger – Leo …?«

»Leonard Cohen! Nein, den kannte ich schon früher – meine Mutter mochte die Musik, das lief bei uns ständig zu Hause, in meiner Kindheit. Warte!«

Er tippte auf seinem Handy herum, und kurz darauf erklangen die ersten Akkorde des Cohen-Songs »Marianne« – etwas blechern aus dem Handylautsprecher.

»Die Liebesgeschichte mit Marianne fand hier statt, genau

auf dieser Insel. Ehrlich gesagt habe ich das aber auch erst auf der Fähre gelesen.«

»Klingt ganz schön melancholisch für ein Liebeslied!«, meinte Fani.

»Nun – ich glaube, die Melancholie war das Markenzeichen von Leonard Cohen«, erklärte Zakos.

Fani runzelte die Brauen. Die Klänge aus dem Handy schienen nicht ihren Geschmack zu treffen. Aber dann schien ihr etwas einzufallen »Ich glaube, ich habe doch schon mal was von diesem Sänger gehört. Er ist doch kürzlich gestorben, das kam im Radio – ich erinnere mich. Es war eine Sendung über die Insel hier. Die Insel der Künstler, der Reichen und Schönen.«

»Das hat doch was!«

»Ja. Und zwar was Arrogantes!«, erwiderte Fani. »Arrogant wie die Inselpolizisten, die gleich durchdrehen, wenn man ihre Gefilde betritt.«

»Nun ja – du hättest ja auch einfach den Dienstweg beschreiten können und uns anmelden ...«

»Ich hätte uns schon noch angemeldet. Ich hatte ja kaum die Gelegenheit dazu, da standen sie schon alle um uns herum und machten einen Riesenstress – wegen nichts. Was denken die eigentlich, wer sie sind? Da hat wohl die Attitüde der Jachtbesitzer abgefärbt. Eine echte Angeberinsel!«

Zakos zuckte die Achseln. Er hatte das Gefühl, es wäre am besten, ihr nicht zu widersprechen. Was Inseln anging, war Fani schwierig.

»Aber trotzdem ist es ganz schön hier – das musst du zugeben«, fügte er nur noch hinzu.

»Endaxi«, sagte sie, und nun lachte sie. »Ich geb's ja schon zu!«

Die Schwimmer unten im Meer hielten es lange aus – das Wasser war offenbar wärmer, als Zakos gedacht hatte. Normalerweise hätte er es ihnen sofort nachgemacht und wäre ebenfalls reingesprungen – Zakos liebte es zu schwimmen. Doch heute war es ihm wichtiger, Fanis Anwesenheit zu genießen.

Sie hatte ihr dickes Sweatshirt ausgezogen, saß im kurzärmligen T-Shirt da und räkelte sich in der Sonne wie eine Katze. Dann schlief sie sogar eine Weile ein. Zakos hätte sie stundenlang ansehen können. Als die Strahlkraft der Sonne dann etwas nachließ, wärmten sie sich mit Milchkaffee und sprachen endlich einmal nicht über die Arbeit.

Fani spielte ihm nun auf ihrem Handy Musik vor, griechischen Punk und Reggae, danach Inselmusik, wie er sie schon einmal auf Pergoussa gehört hatte, vor langen Jahren auf einem Fest. Sie erzählte von Partys, bei denen sie Musik auflegte, riesigen Insel-Events, die sie mit Freunden organisierte und zu denen die Feierwütigen von den südlichen Inseln des Landes mit den Fähren pendelten. Er hatte gar nicht gewusst, dass sie sich überhaupt für Musik interessierte.

Er selbst erzählte von Elias, seinem Dreijährigen, von dem sie wiederum so gut wie nichts wusste, und zeigte ihr Fotos von dem Kleinen. Es wurde ein schöner Nachmittag, doch die geschenkte Zeit verstrich rasend schnell, dann mussten sie sich beeilen, um nicht zu spät zu der Besprechung im Polizeirevier zu kommen.

Zakos klemmte einen Geldschein unter ein Wasserglas, dann hasteten sie im Laufschritt zurück ins Dorf, vorbei an den Jachten, exklusiven Boutiquen und Schmuckläden, an Cafétischen, wo bereits die Feriengäste die ersten Apertitifs des Abends genossen, und schließlich die Treppen zu Demetris' Büro hinauf.

Wie versprochen war der Kollege nicht allein: Im Raum befand sich noch eine Frau, die ihm gegenüber auf dem Stuhl saß und ihnen den Rücken zuwandte. Dann drehte sie sich zu Zakos und Fani um, und Fani erstarrte.

»Tsenni!«, sagte sie. »Das gibt's doch nicht!«

Kapitel 5

»Wie bitte?«, fragte die Frau und blickte sie fragend an.

Fani schüttelte den Kopf.

»Entschuldigung!«, sagte sie. »Ich habe Sie mit jemandem verwechselt. Aber die Ähnlichkeit ist auch wirklich frappierend, nicht wahr?« Sie wandte sich an Zakos.

Der nickte stumm. Es waren dieselben hohen Wangen, der volle Mund. Die feinporige milchweiße Haut. Allerdings – das fiel ihm auf den zweiten Blick auf – diese Frau schien älter zu sein als die Physiotherapeutin auf Kreta.

»Ich dachte immer, ich sei einzigartig!« Nike Angelopoulou lachte. Ihre Stimme klang sympathisch und herzlich.

»Natürlich, Nike, das bist du eindeutig«, bestätigte Demetris. »Nike Angelopoulou ist zuständig für die Kongresse hier. Damit tut sie unserer Insel viel Gutes und hilft mit, dass alle den Winter besser überstehen und auch außerhalb des Sommers ein Auskommen haben. Von den Kongressen leben ja auch die Restaurants, die Kellner und die Hotels. Aber Nike ist auch ohne Kongresse das Herz der Insel – sie kennt alle und jeden hier. Dabei lebt sie gar nicht ausschließlich auf unserer Insel...«

»Ich führe sozusagen ein Doppelleben«, schmunzelte sie. »In Athen ist meine Praxis – und meine Wohnung ... Aber worum geht es eigentlich? Stelios sagte, Sie hätten Fragen zu Mediona?« Mit Stelios meinte sie Demetris.

Fani nickte. Sie schien sich wieder gefangen zu haben.

»Es geht um drei Frauen, die vergangenen Oktober hier Vorträge besucht haben. Wir würden gerne wissen, ob Sie sie kannten.« Sie holte ihr Handy heraus und wollte gerade die entsprechenden Fotos zeigen – da läutete das Telefon in der Handtasche von Nike Angelopoulou.

Mit einem entschuldigenden Blick in ihre Richtung nahm sie den Anruf an, hörte einen Moment zu, dann redete sie eine Weile beruhigend auf jemanden ein.

»Meine Tante«, sagte sie schließlich entschuldigend, als das Gespräch beendet war. »Sie verspürt so ein heftiges Stechen in der Brustgegend. Ich denke zwar nicht, dass es tatsächlich beunruhigend sein muss. Aber natürlich muss ich nach ihr sehen.«

»Sie praktizieren auch auf der Insel?«, interessierte sich Fani.

»Nein, eigentlich nicht. Es gibt hier ansässige Ärzte, sogar ein kleines Krankenhaus, gleich hier«, sie deutete nach draußen. »Aber wenn's um die Familie geht, muss ich natürlich höchstpersönlich ran.«

Zakos nickte. »Eine Sache verstehe ich nicht – wieso konnten wir Sie nicht telefonisch erreichen?«

»Ach so? Ja, das konnten Sie natürlich nicht wissen: Mein Sohn hat mein eigenes Handy im Meer versenkt!« Sie lachte schulterzuckend. »Fragen Sie mich nicht, wie er das geschafft hat. Er hatte es sich ausgeliehen, wegen irgendwelcher Spiele, die er auf seinem eigenen nicht runterladen konnte. Dann saß er mit Freunden an der Mole und schwups – war es weg!

Zur Strafe muss ich natürlich seines benutzen – was ihm aber relativ egal ist, denn er sagt, es sei sowieso Schrott und könne gar nichts. Aber immerhin kann man damit telefonieren!«

Fani lachte.

»Aber jetzt muss ich wirklich zu meiner Tante. Darum: Lassen Sie uns dieses Gespräch doch in zwei Stunden weiterführen – ich würde sagen, in der Pirate Bar. Die kennt hier jeder, sie liegt direkt an der Promenade, und am frühen Abend ist es dort ganz ruhig. Stelios, kommst du auch dazu?«

»Ich würde gerne – aber es ist noch einiges zu tun wegen des großen Umzugs morgen Abend, deswegen muss ich noch nach Kaminia. Aber haltet mich auf dem Laufenden!«

Nike war schon an der Tür, da drehte sie sich noch einen Moment um.

»Habt ihr schon ein Zimmer hier?«

Sie meinte natürlich Zakos und Fani.

»Na, da habt ihr jetzt aber Glück gehabt, dass wir uns kennengelernt haben – ein Freund von mir hat gerade eine Absage einer kleinen Reisegruppe bekommen. Sehr ärgerlich für ihn. Sagt ihm, dass ihr von mir kommt!« Sie erklärte noch einen Moment lang, wo das Hotel lag, dann war sie weg.

Es war tatsächlich um diese Uhrzeit recht gemütlich in der Pirate Bar – die ausländischen Inselgäste waren vermutlich alle gerade beim Essen. Im Inneren war es dunkel und fast menschenleer, doch an den Tischen draußen hatten sich ein paar Menschen unter Heizstrahlern zusammengetan. Die meisten wirkten wie Inselbewohner: Es gab einige Tische mit älteren Männern, die Kaffee oder Bier tranken, und eine große Runde junger Mädchen, Teenager, die an Softdrinks nippten und aufgeregt schnatterten. Nur ein Tisch mit einer großen französischen Familie erinnerte daran, dass man hier an einem Touristenort war.

Nike ließ auf sich warten – es war bereits vierzig Minuten nach der vereinbarten Zeit. Langsam wurde es ihnen kalt, und Zakos überlegte gerade, ob sie nach drinnen gehen oder etwas Warmes bestellen sollten, als ein Kellner, ein dürrer Brite mit halblangem grauem Haar, an ihren Tisch trat und ihnen ein Telefon entgegenstreckte.

Es war Nike. Sie lud sie zu sich nach Hause ein und erklärte ihnen den Weg. Wenige Minuten später standen sie vor einem großen Haus im Gassengewirr des Ortes und betätigten einen schweren Türklopfer aus Messing. Nike öffnete ihnen die Tür zu einem hohen Vorraum, der mit schwarz-weißen Marmorkacheln gefliest war.

»Kommen Sie schnell – hier wird nicht geheizt«, sagte sie. Sie hatte eine flauschige weiße Strickjacke um sich gewickelt und geleitete sie mit eiligen Schritten in den nächsten Raum, wo ein Kaminfeuer prasselte. Davor kauerte auf einem Sofa aus graublauem Samt ein blass wirkender Junge mit schmalem Gesicht und spielte mit seinem Nintendo.

»Mein Sohn Vironas. Er ist ein bisschen fiebrig, deswegen wollte ich ihn nicht allein lassen.«

Sie trat zu dem Jungen und fuhr ihm durch das glatte Haar. Er war vielleicht zehn oder zwölf Jahre alt, Zakos konnte das nicht gut einschätzen. Der Junge nickte ihnen flüchtig zu, dann war er auch schon wieder in das Spiel vertieft.

»Ich vermisse ihn sowieso viel zu oft. Er besucht eine britische Boarding School, sein Vater ist nämlich Engländer. Aber das Loslassen fällt mir so schwer, dass ich ihn manchmal am liebsten dort wieder abmelden und nach Hause holen würde!« Sie seufzte.

Fani nickte verständnisvoll.

»Und wie geht's der Tante?«, erkundigte sie sich.

»Meine Tante!«, stöhnte Nike und verdrehte die Augen. »Sie war früher schon ein bisschen wehleidig, aber mit der Zeit wird es immer schlimmer!«

Sie erzählte noch eine Weile, und Zakos ließ derweil den Blick im Raum schweifen. Er mochte Nikes Haus – besonders, weil es nicht ganz perfekt war: Einige der schwarz-weißen Kacheln, mit denen auch der Wohnraum gefliest war, zeigten Sprünge, die großzügig überall ausgelegten Kelims waren zum Teil schon fadenscheinig, der alte Holztisch in der Mitte des Raums war mit schwarzer Farbe bemalt, die an manchen Stellen abgesprungen war. Trotz des großzügigen Eindrucks, den das Haus vermittelte, war es schmal – der Wohnraum, in dem sie sich befanden, wirkte sogar wie ein regelrechter Schlauch. Allerdings besaßen die Räume sehr hohe Decken. Im Sommer war es hier sicher schön luftig, nun aber war es nur in unmittelbarer Nähe des Kaminfeuers richtig warm.

Wahrscheinlich trug Nike deswegen auch im Haus Straßenschuhe: goldene Sneakers – vielleicht einen Tick zu jugendlich für sie. Sie mochte Mitte, Ende dreißig sein, wirkte aber jünger. Und nun erinnerte sie ihn auch nicht mehr so stark an Jenny, die Tote aus Kreta, denn Nike hatte eine ganz andere Frisur: Ihr Haar war stark gewellt, nicht glatt wie das der Bulgarin – eine wahre Mähne aufgeplusterter Korkenzieherlocken.

»... zu guter Letzt haben wir bei den Kollegen im Krankenhaus ein EKG machen lassen. Und was soll ich sagen – es war nicht das Herz, es war der Darm, der drückte. Fastenzeit. Die Hülsenfrüchte fordern ihren Preis!«

Fani lachte.

»Aber ich halte euch auf – was wolltet ihr eigentlich besprechen?«, fragte Nike, die umstandslos zum Du übergegangen war.

Fani zog das Handy hervor und zeigte Nike die Fotos der toten Frauen auf Rhodos.

»Kennst du sie? Sie waren auf der besagten Tagung, die du im Oktober organisiert hast.«

Nike nahm sich Zeit. Schließlich schüttelte sie den Kopf.

»Ehrlich gesagt bin ich ein bisschen gesichtsblind«, erklärte sie. »Sie kommen mir schon bekannt vor – und dann auch wieder nicht. Es sind ja bis zu hundertfünfzig Besucher bei so einem Seminar. Und ich komme auch in meiner Praxis ständig mit Leuten zusammen. Da kommt man durcheinander. Tut mir wirklich leid!«

Fani nickte. Sie wirkte enttäuscht. Sie suchte in ihrer Handygalerie und hielt Nike schließlich ein Bild von Evgenia Jentskowa entgegen, ein Foto, das im Gang der Wohnung ihrer Mutter gerahmt gehangen hatte. Es zeigte Jenny am Strand.

»Jaaa, die kenne ich!«, sagte Nike sofort. »Da bin ich ganz sicher.«

»Das ist die Frau, für die wir dich gehalten haben!«, sagte Fani. »Die Frau, die dir ähnlich sieht. Deswegen kommt sie dir bekannt vor!«

»Nein! Ich sehe da keine Ähnlichkeit!«, sagte Nike und hielt das Bild Jennys noch näher vor sich. Sie klang fast ein wenig empört. »Ich finde, sie ist ein ganz anderer Typ! Und ich kenne sie wirklich – wir haben einmal zusammengesessen, abends nach einem Vortrag. Sie ist nett!«

»War!«, sagte Zakos.

Nike blickte ihn groß an. »Natürlich. Sie ist eine der Ermordeten.« Sie schauderte.

»Habt ihr schon einen Verdacht?«, fragte sie schließlich.

»Noch nicht konkret«, wich Fani aus. »Was war das für ein Essen? Wer war alles dabei?«

»Eher ein kleiner Imbiss, sozusagen. Es gab ein Catering, das die Leute von der Pirate Bar für solche Fälle für uns bereitstellen, und wir bedienten uns zusammen am Buffet. Zufällig saßen wir danach auch gemeinsam an einem Tisch und haben uns unterhalten. Sie war Physiotherapeutin, sehr nett, wie gesagt. Sie lobte die Vorträge, erzählte, dass sie sich schon lange für den Zusammenhang von Nackenverspannungen und Gehör interessiere – darum ging es nämlich bei der Fortbildung. Wir sprachen eine Weile darüber, und auch über die Traditionelle Chinesische Medizin, über ganzheitliche Heilungsansätze, solche Sachen.«

»Sprach sie auch über Privates?«

Nike dachte nach, dann fiel ihr etwas ein.

»Sie sagte, dass sie darüber nachdenkt, sich zur Osteopathin weiterbilden zu lassen, und dafür Geld spart. Ist das privat genug? An mehr erinnere ich mich nicht.«

Zakos nickte. »Wie war sie so?«

»Nett, wie gesagt. Auch recht selbstbewusst für ihr Alter – sie war ja sehr jung.«

»Sie war siebenundzwanzig«, sagte Fani.

»Wirklich? Dann sah sie jedenfalls jünger aus. Sie hatte diese sehr mädchenhafte Stimme. Sehr hoch, fast ein bisschen quietschig muss ich sagen, aber nicht unsympathisch. Das muss es gewesen sein, deswegen kam sie so jung rüber. Und sie war sehr unternehmungslustig. Sie wollte unbedingt wissen, wo sie abends auf der Insel ausgehen könnte, wo es das beste Souvlaki gibt, wo die hübscheste Bar. Und ob die Disco offen ist. Sie ist dann tatsächlich eines Abends tanzen gegangen, mit

Anna, meiner Kollegin Anna, die mit uns an jenem Abend gemeinsam am Tisch gesessen hat.«

»Interessant«, meinte Zakos. »Wie erreichen wir diese Anna?«

Plötzlich verdunkelte sich Nikes Gesichtsausdruck.

»Man kann sie nicht erreichen. Sie ist tot!«, sagte sie.

»Tot?!«, rief Fani aus. Sie klang schockiert.

»Ja, es ist schrecklich! Sie hatte sich gerade erst verlobt, die Hochzeit hätte noch diesen Sommer stattfinden sollen«, erklärte Nike bekümmert. »Sie starb bei einem Autounfall. Ein Geisterfahrer. Man geht davon aus, dass er Suizid verüben wollte. Aber warum müssen solche Leute Unschuldige mit in den Tod reißen? Ich habe das Ganze noch gar nicht verwunden. Wir haben jahrelang zusammen diese Seminare organisiert, wir waren richtige Freundinnen. Aber lasst uns von etwas anderem reden, ich …«

»Nike, wir müssen aber darüber sprechen, dringend!«, sagte Fani. »Hier geht etwas vor! Ich glaube, du bist in Gefahr!«

Nur einen Moment lang war eine Unsicherheit in Nikes Gesicht zu erahnen – sie blickte zu ihrem Sohn, ob der etwas von dem Gespräch mitbekommen haben könnte. Doch er hatte die Kopfhörerstöpsel in den Ohren und war immer noch in sein Spiel vertieft.

»Ich?«, sagte Nike schließlich, nun fast ein wenig amüsiert. »Das kann ich mir ehrlich gesagt nicht vorstellen!«

»Ich weiß, dass das alles sonderbar klingen muss, aber alle Toten hatten eine Verbindung zueinander. Und zu dir!«

»Ihr glaubt, Annas Tod hat auch damit zu tun?«, fragte Nike. »Aber wie kann das möglich sein?«

»Ich weiß es nicht!«, sagte Fani. »Das muss überprüft werden. Und das wiederum erfordert seine Zeit. Aber ich finde es wichtig, dass du extrem vorsichtig bist.«

»Ja – aber hier auf unserer kleinen Insel gibt es keine Gefahr!«, sagte Nike im Brustton der Überzeugung. Nach einem Blick auf Fanis Gesicht wurde sie unsicher. »Im Ernst – das Leben ist doch kein Kriminalroman!«

»Meines schon. Sozusagen«, erwiderte Fani. »Aber ich erzähle vielleicht einfach mal von unserem Fall, dann bist du auf dem gleichen Stand!«

Sie gab Nike eine Zusammenfassung von allem, was sie bisher wussten. »Die Gemeinsamkeiten sind folgende: »Alle Toten hatten etwas mit der Firma Mediona zu tun, alle waren auf einem Seminar hier auf Hydra. Alle Frauen waren alleinstehend«, endete sie schließlich.

»Das bin ich auch – aber das ist ja wohl kaum automatisch ein Risikofaktor, oder?«, meinte Nike.

»Normalerweise eher im Gegenteil!«, sagte Zakos. »Die meisten Morde an Frauen werden von ihren Partnern begangen.«

Nike lachte. »Na, wenn das so ist, dann bin ich ja diesbezüglich auf der sicheren Seite«, sagte sie. »Ich habe derzeit gar keinen Partner!«

»Lebt der Vater deines Sohnes auf der Insel oder in Athen?«, fragte Zakos.

»Hier! Er war mein erster Ehemann. Er ist einer der Gründe, warum wir auch so häufig herkommen – damit Vironas und sein Vater sich sehen können. Er kümmert sich sehr gut um Vironas, und wir beide verstehen uns ebenfalls, mittlerweile. Was ich von meinem zweiten Mann nicht behaupten kann!« Diesmal klang ihr Lachen etwas angestrengt.

»Aber um noch mal auf diese angebliche Gefahr zurückzukommen, in der ich schweben soll. Wieso eigentlich ich? Auf dem Seminar waren fast hundert Menschen – sind die nicht gefährdet?«

»Wegen dieser merkwürdigen Ähnlichkeit!«, sagte Fani, wie aus der Pistole geschossen. »Wenn etwas an Evgenia Jentskowa einen Impuls in unserem Täter ausgelöst hat, sie zu töten – dann könnte er diesen Impuls bei dir doch auch verspüren!«

»Das klingt alles so unheimlich, was du da sagst. Als wäre der Mörder bereits hier in der Nähe und würde uns beobachten«, sagte Nike. »Aber das ist Blödsinn – so was will ich nicht glauben. Und außerdem: Wie gesagt sehe ich selbst keine Ähnlichkeit zwischen dieser Frau und mir. Und wo, bitte, besteht eigentlich die Ähnlichkeit zu den anderen beiden Frauen?«

»Tja – daran arbeiten wir noch!«, sagte Fani ein wenig verlegen.

Nike lachte. »Verstehe. Und wie hängt Annas Tod mit all dem zusammen? Arbeitet ihr daran auch noch?«

Fani nickte. »Ich verstehe, dass das sonderbar für dich klingen muss. Zumal wir wirklich noch ziemlich im Dunkeln tappen. Es ist im Moment auch schwer, etwas zu recherchieren, auch wegen der Feiertage, wo das ganze Land sich im Ausnahmezustand befindet. Aber sobald wir das Gefühl haben, jemand ist in Gefahr, da müssen wir ihn doch warnen, wir ...«

»Wer befindet sich in Gefahr?«, meldete sich plötzlich Vironas zu Wort. Sie hatten nicht bemerkt, dass er die Ohrstöpsel herausgenommen und sich zu ihnen umgedreht hatte.

»Niemand, mein Liebling!«, sagte Nike. Sie setzte ein beruhigendes Lächeln auf. »Wir reden nur so allgemein. Aber jetzt wird es Zeit, dass wir endlich essen. Ich habe Hühnersuppe für dich gekocht – Avgolemono. Die macht dich wieder gesund.

Ihr bleibt doch auch zum Essen?«, wandte sie sich an Fani. »Dann kannst du mir noch mehr von dem Krimi erzählen, der dein Leben ist!« Sie zwinkerte.

Nike war nicht wirklich auf ein Abendessen für vier Personen vorbereitet, doch ihre Vorratskammer war gut gefüllt mit konservierten Vorspeisen – Oliven, eingelegter Feta-Käse, Büchsen-Dolmades und vieles mehr. Sie vollbrachte das Wunder, dass ihr Abendessen damit wie ein Festmahl wirkte, denn sie arrangierte die Speisen auf großen alten Porzellanplatten und servierte die Suppe aus einer bauchigen Suppenschüssel mit dickem Goldrand. Dazu tranken sie Rotwein aus hohen Gläsern, in denen sich der Schein des Feuers aus dem Kamin widerspiegelte. Als Vironas zu Bett gegangen war, zogen sie mit ihren Gläsern auf das Sofa vor dem Kamin um und plauderten noch lange. Zakos fühlte sich ausgesprochen wohl – Nike war eine wunderbare Gastgeberin, locker und unprätentiös und auf angenehme Weise interessiert an ihren Gästen und an deren Leben.

Besonders an dem von Fani. Nike war sichtlich fasziniert von Fanis Beruf und fragte sie regelrecht aus – darüber, ob sie sich einem Schießtraining unterziehen musste oder wie sie den Anblick von Ermordeten ertrug.

»Das fragst ausgerechnet du?«, wunderte sich Fani. »Du als Ärztin dürftest doch wissen, dass man sich daran gewöhnt, mit Toten konfrontiert zu werden!«

»Tut man das?«, sinnierte Nike. »Ich weiß es ehrlich gesagt nicht, weil ich als niedergelassene Ärztin eben gar nicht mehr so häufig damit konfrontiert bin. Die meisten Verstorbenen, bei denen ich gerufen werde, um einen Totenschein auszustellen, sind alt. Es ist immer traurig, wenn ein Mensch stirbt, aber in solchen Fällen ist das Ganze eine recht friedliche Sache. Mordopfer sind aber etwas ganz anderes, das kann ich mir gut vorstellen...«

Fani nickte. »Am Tatort selbst bin ich immer ganz ruhig«, erklärte sie. »Der Schock kommt später, wenn ich zu Hause bin. Dann fange ich an zu zittern, manchmal muss ich mich sogar übergeben. Es ist nicht mehr so schlimm wie am Anfang, und ich warte darauf, dass es irgendwann ganz aufhört. Aber ich bin mir nicht sicher, ob das jemals eintreten wird.«

Zakos starrte sie überrascht an. So hatte er sie gar nicht eingeschätzt. Im Gegenteil – gestern war er beinahe geschockt gewesen über ihre kühle Sachlichkeit am Tatort auf Kreta und später in der Gerichtsmedizin. Dass sie solche Nachwirkungen verspürte, hätte er nie gedacht, denn mit ihm hatte sie noch nie darüber gesprochen. Oder hatte er einfach nie die richtigen Fragen gestellt? Nike hingegen öffnete sie sich, als würden die beiden sich schon seit Jahren kennen – und nicht erst seit diesem Nachmittag.

Nach einer Weile versuchte Fani dann, Nike wieder ins Gewissen zu reden, sich um ihre Sicherheit zu kümmern.

»Keine Sorge – der Killer kommt sicher erst nach Ostern«, witzelte ihre Gastgeberin. »Die Fähren sind völlig ausgebucht.«

Doch Fani konnte darüber nicht mal lächeln. »Denk wenigstens an deinen Sohn. Schon allein wegen ihm darfst du kein Risiko eingehen«, mahnte sie.

»Natürlich, du hast vollkommen recht«, antwortete Nike, plötzlich ernüchtert. »Ich werde die Sache ernst nehmen. Aber was soll ich tun?«

»Habt ihr Verwandtschaft hier, bei der ihr unterkommen könnt?«

»Ja – die Tante!«

»Die mit den Blähungen? Lieber nicht!«, sagte Zakos.

»Der Rest der Familie wohnt gar nicht hier. Mein Vater und seine zweite Frau feiern auf Syros – sie stammt von dort. Und mein Bruder ist gerade in Kanada. Aber ich habe eine Idee – ich könnte meinen Ex-Mann bitten, eine Weile hier zu übernachten. Ich schreibe ihm gleich mal!« Sie griff zu ihrem Handy.

»Klingt gut!«, meinte Zakos.

»Ihr kennt ihn übrigens – er war es, der euch in der Pirate Bar meinen Anruf überbracht hat. Das war Paul – mein erster Mann!«

Fani war so verblüfft, dass sie vergaß, ihr Erstaunen zu überspielen.

»Ich weiß schon, ich weiß schon …«, sagte Nike, ein wenig verlegen. »Ich war sehr jung, als wir damals zusammenkamen.«

»Nein – oh Gott! Ich wollte nicht …«, stammelte Fani. »Es ist nur – wie soll ich sagen … du und er … ich wäre nicht darauf gekommen!«

»Nein, man kommt nicht drauf!«, sagte Nike. Sie nahm Fani ihre Verwunderung tatsächlich nicht übel, sie kicherte sogar, und Fani stimmte ein.

»Wie gesagt – ich war sehr jung. Und er war – und ist – Künstler! Ein Konzept, das mir damals völlig fremd war. In unserer Familie ging es immer um Erfolg, der messbar war, nachweisbar, schwarz auf weiß: Examensnoten, berufliche Abschlüsse. Werte wie Häuser, Autos, Boote. Und dann kam Paul und sagte, das alles zähle gar nicht. Mir hat das geholfen – es nahm den Druck von mir. Mir war plötzlich vollkommen egal, was mein Vater von mir forderte, ich konnte mich besser widersetzen und meinen eigenen Weg gehen. Letztlich bin ich dann tatsächlich den Weg gegangen, den er für mich vorgesehen hatte, und habe Medizin studiert – aber aus freien Stücken. Das ist ein Riesenunterschied. Diese Hilfestellung hat Paul mir gegeben. Er war damals wichtig für mich. Aber natürlich ging es auch um den Protest gegen meinen dominanten Vater.«

Fani nickte verständnisvoll.

»Am schlimmsten fand es mein Vater, dass Paul gar nicht in meinem Alter war, sondern zwanzig Jahre älter – eher seine Generation. Er ist sein exakter Gegenentwurf und hat das meinem Vater in jedem Detail gezeigt. Er lief beispielsweise den ganzen Sommer barfuß und mit nackter Brust durchs Dorf. So kam er sogar zum Essen in unser Haus. Er wollte beweisen, dass er nicht mal Schuhe und Kleidung benötige, um jemand zu sein!«

Sie lächelte und schüttelte leicht den Kopf.

»Heute läuft er immer noch manchmal mit nacktem Oberkörper durchs Dorf. Mittlerweile sieht das ehrlich gesagt recht lächerlich aus.«

»Du und ein erfolgloser Künstler – das hätte ich wirklich nicht gedacht!«, wiederholte Fani.

»Interessant, dass du ihn für erfolglos hältst«, sagte Nike.

»Tut mir leid! Er strahlt das aus!«, meinte Fani, klang aber gar nicht verlegen. »Außerdem: warum sollte er sonst in einer Bar arbeiten!«

»Und schon wieder hältst du ihn für erfolglos – das ist interessant! Dabei könnte er doch der Besitzer der Bar sein, der Chef!«

»Aber das ist nicht so, stimmt's?«, insistierte Fani.

»Nein! Das ist doch offensichtlich, oder nicht?«, erwiderte Nike. Sie war nicht sauer oder gekränkt. Im Gegenteil – sie schien recht amüsiert zu sein und begann zu kichern, und Fani stimmte ein.

»Ihr seid vielleicht hart!«, mischte sich Zakos ein. »Also, auf mich hat Paul einen ganz netten Eindruck gemacht. Auch wenn ich ihn nicht kenne und ihn nur einmal im Leben gesehen habe – ich finde, er hat nicht verdient, dass ihr über ihn lacht.«

»Nein, das hat er nicht. Natürlich nicht!«, erwiderte Nike, plötzlich ernüchtert. »Tut mir leid, ich schäme mich. Ich hätte keine Witze über ihn machen sollen. Paul ist wirklich nett! Er ist ein guter Vater, und ein Freund. Tausendmal besser als mein zweiter Mann, der in jeder Hinsicht ein echter Mistkerl war. So ist Paul nicht. Es ist nur …«

Es war Fani, die nun erneut anfing zu lachen, und Nike stimmte ein. Zakos fand das alles immer weniger komisch.

»Armer Nikos, nicht böse sein!« Fani hob den Arm und strich ihm durchs Haar. Dann wandte sie sich erklärend an ihre neue Freundin. »Er verspürt Männersolidarität, das ist klar. Er ist ja selbst ein getrennter Mann mit Kind.«

»Oh! Nur gut, dass er nicht hier in Griechenland lebt«, meinte Nike mitfühlend.

»Wieso?«, wunderte sich Zakos. »Wo ist da das Problem?«

»Ach nichts! Ich glaube, Fani und ich haben ein bisschen zu viel von dem Rotwein getrunken, entschuldige!«, sagte Nike.

»Nun sagt schon!«

Fani kicherte nur und enthielt sich. Sie wirkte nun eindeutig beschwipst.

»Nun ja, das geht jetzt natürlich nicht gegen dich!«, erklärte Nike. »Aber hier in Griechenland sind Männer mit Kindern und Verpflichtungen nicht gerade die Nummer eins auf dem Beziehungsmarkt.«

»Ist das so?«, fragte Zakos langsam. Er hatte darüber noch niemals nachgedacht. Tatsächlich war er sich nicht mal über die Existenz eines sogenannten Beziehungsmarktes klar gewesen – falls es denn tatsächlich so etwas geben sollte. Trotzdem kam er sich plötzlich ein wenig wie ein Mängelexemplar vor. Dies zeichnete sich wohl auch in seinem Gesicht ab.

»Nein, oh Gott ... wir wollten dich wirklich nicht kränken. Das ist alles Blödsinn!«, beteuerte Nike, die jetzt plötzlich untröstlich wirkte. Aber Fani setzte sogar noch nach.

»Es ist nun mal so, dass die Frauen in Griechenland heute eben gewisse Ansprüche an Männer haben. Die lassen einfach nicht mehr alles mit sich machen.«

»Was soll das denn heißen?«, fragte Zakos.

»Vergiss es – du verstehst es nicht!«, stöhnte Fani. »Ist vielleicht eine Generationsfrage!« Es klang feindselig, und Zakos fragte sich, wie und warum ihre Stimmung so plötzlich gekippt war.

»Generationsfrage – Blödsinn! Warum tust du eigentlich immer so, als gehörte ich einer ganz anderen Generation an?«, wunderte er sich. »Als wäre ich Jannakis' geistiger Bruder oder einer von deinen Kollegen auf Rhodos, die versuchen, dich zu unterdrücken und kleinzuhalten. Aber das bin ich nicht! Ich habe mit denen nichts zu tun. Ich bin auf deiner Seite, ich verbringe meine Zeit hier mit dir, um dir zu helfen.«

»Dann hilf mir! Aber behandle mich nicht, als wäre ich immer noch deine kleine Assistentin«, fauchte Fani ihn an.

Zakos war baff. »Aber – das tue ich doch überhaupt nicht!«

»Ach nein?«, meinte Fani. »Und wie du das tust! Vielleicht fällt es dir nur nicht mehr auf!«

»Ähm – wie wäre es jetzt mit einem Kaffee?«, mischte sich Nike ein. »Oder ich mache noch eine Flasche Roten auf – aber nur, wenn ihr zwei euch nicht die Augen auskratzt, sondern Frieden schließt. Am besten …«

Im selben Moment hörte man das schwere Pochen des Türklopfers: Paul. Seine Schicht war offenbar bereits beendet – es war spät.

Paul brachte kalte Luft und den Geruch einer frisch ausgedrückten Zigarette mit in den Vorraum, sein extrem schmales Gesicht wirkte müde und grau. Über dem kinnlangen, grau gesträhnten Haar trug er nun einen schweren Filzhut, eine Art Borsalino, den er mit betonter Lässigkeit auf einen Garderobenhaken warf. Zakos konnte plötzlich nachvollziehen, warum Fani und Nike ihn lächerlich fanden.

Im gleichen Moment schämte er sich. Der Mann war nicht unsympathisch, und er hatte ihm nichts getan. Er wollte sich von Nikes und Fanis Lästereien nicht anstecken lassen. Paul war Künstler – durfte er da nicht ein wenig exaltiert sein? Was wollten Fani und Nike eigentlich?

»Vielen lieben Dank, dass du gekommen bist!«, wandte Nike sich an ihren Ex-Ehemann und küsste ihn auf die Wangen. Dazu musste sie sich ein wenig herunterbeugen – sie überragte Paul um einen halben Kopf. »Auf dich ist doch immer Verlass!«

»Ich helfe gern – aber ich verstehe nicht, was los ist«, sagte er.

»Meine Freunde hier von der Polizei denken, ich brauche einen Bodyguard«, erklärte Nike. »Ich erkläre es dir später. Aber nun – wie sieht es aus: Wein oder Kaffee?«

Doch Fani und Zakos beschlossen, das Angebot abzulehnen und in ihr Hotel zu gehen.

»Na gut«, sagte Nike und umarmte die beiden sehr herzlich, wobei sie sich zu der kleinen Fani noch viel tiefer herunterbeugen musste als zuvor zu ihrem Ex.

Dann steckten die Frauen schon wieder die Köpfe zusammen, kicherten über irgendetwas und umarmten sich erneut, während Zakos und Paul in dem ungeheizten Vorraum von einem Fuß auf den anderen traten.

»Seht sie euch an, wie stark sie ist!«, sagte Nike dann zu den anderen, als sie sich aus der Umarmung lösten. Es klang, als wäre sie regelrecht stolz auf Fani, als wäre sie ihr Produkt. »Sie hat echte Muskeln an den Armen. Eine richtige Polizistin!«

Fani lächelte.

»Und morgen begleitet ihr mich zum Karfreitagsumzug«, rief Nike ihnen nach, als sie schon draußen waren. »Der ist hier auf Hydra was ganz Besonderes!«

Kapitel 6

*E*igentlich hatte Alexis Ekonomidis angekündigt, demnächst in Urlaub zu gehen. Doch als Zakos ihn nun anrief, befand er sich eindeutig im Polizeipräsidium. Zakos erkannte dies an den unverwechselbaren Hintergrundgeräuschen – dem Stimmengewirr, dem Läuten der Telefone.

»Was ist los?«, fragte Zakos. »Ich dachte, du wolltest dich ausruhen?«

»Tue ich doch! Ich ruhe mich hier aus – ich bin vollkommen entspannt!«, sagte Alexis. »Es ist nun mal jemand krank geworden, da bin ich eingesprungen.«

»Komisch – wieso wundert mich das gar nicht?«, meinte Zakos. Alexis war eigentlich fast permanent in seinem Büro. Es schien manchmal, als besäße er gar keine Wohnung.

»Hast du denn sehr viel zu tun?«, fragte Zakos vorsichtig weiter. Er wollte natürlich Alexis' Hilfe beanspruchen.

»Hab ich. Leider. Aber ich kann sicher jemanden von den jungen Kollegen bitten, dir zuzuarbeiten – seit der Verhandlung bist du schließlich eine lokale Berühmtheit, wusstest du das?« Er meinte die Verhandlung, die Thema in den TV-Nachrichten gewesen war.

»Na, dann hat die Sache ja immerhin ein Gutes: Hör zu, es geht um Folgendes ...«, sagte Zakos und gab Ekonomidis eine Zusammenfassung der Fakten, die sie in den letzten Tagen erfahren hatten.

»Und nun willst du sicherlich, dass wir alle Personen, die bei diesem Kongress waren, mal durchleuchten – stimmt's?«, folgerte Alexis aus Zakos' Bericht.

»Wäre super!«, meinte Zakos. »Zumindest mal die Namen durchlaufen lassen – ob gegen irgendwen was vorliegt. Was mich außerdem interessieren würde: Ob es bei diesem Unfall mit der Mediona-Angestellten mit rechten Dingen zugegangen ist. Ihr Name lautet Anna Voulgaropoulou.« Den Nachnamen des Unfallopfers hatte er gleich am Morgen bei Nike erfragt.

»Sie ist durch einen Zusammenstoß mit einem Geisterfahrer umgekommen. Klingt zwar zunächst nicht, als ob das mit den anderen Fällen zu tun haben könnte, aber wer weiß. Es sind in jedem Fall zu viele, die mit Mediona zu tun haben und dann plötzlich tot sind.«

»Vielleicht ist die Firma verhext ...«, witzelte Alexis.

»Huh huh – ich wusste gar nicht, dass du abergläubisch bist«, erwiderte Zakos.

»Eigentlich nicht – ist nur der Restalkohol«, meinte Alexis. »Mein Schwager hatte gestern Geburtstag – der neue Freund meiner Schwester. Mit Bier oder Wein hält der sich nicht erst auf, bei ihm gibt's grundsätzlich nur Whiskey zu trinken. Aber das hat den Vorteil, dass man am nächsten Morgen keine Kopfschmerzen hat.«

»Immerhin«, meinte Zakos, der sich wunderte, dass Alexis sogar beim Feiern noch an den nächsten Arbeitstag dachte.

»Und – wie ist es so auf Hydra?«, fragte Alexis. »Ich selbst war noch nie da, aber es soll dort ganz spektakuläre Osterbräuche geben. Ziemlich einmalig!«

»Habe ich auch gehört. Aber ich weiß noch nichts Genaueres darüber«, meinte Zakos. »Vielleicht schauen wir uns heute eine Prozession an.«

»Du bist ein Glückspilz!«, sagte Alexis. »Es ist wie immer: Du arbeitest an den spektakulärsten Orten Griechenlands, und ich verbringe meine Zeit zwischen Aktendeckeln.«

»Wer kann, der kann«, sagte Zakos. »Nein, im Ernst: In München gibt's auch viel zu viel lästigen Bürokram. Und ehrlich gesagt war es gar nicht mein Plan, Ostern auf Hydra mit einem Fall zu verbringen. Ich wollte eigentlich nach Hause zu meinem Sohn, für den ich sowieso immer viel zu wenig Zeit habe.«

»Verstehe!«, meinte Alexis. »Tut mir leid für dich. Aber betrachte es doch mal aus einer anderen Warte: Du hast einen Sohn! Da bist du schon mal weiter als ich. Ich hätte gern Familie. Aber ich habe die Hoffnung eigentlich schon aufgegeben.«

»Alexis, hör auf! Du bist doch noch jung«, sagte Zakos. Seines Wissens war der griechische Kollege kaum über dreißig. »Du hast noch alle Zeit der Welt.«

»Ja, schon – aber die Frauen heutzutage reißen sich nicht gerade um geschiedene Männer in schlecht bezahlten Berufen. Noch dazu, wenn sie beziehungsfeindliche Arbeitszeiten haben. Und Polizisten gelten hier sowieso als Brutalos und Proleten.«

Es war fast dasselbe Thema wie gestern! Zakos fragte sich, warum ihm die Beziehungsmisere der Griechen noch nie aufgefallen war. Wahrscheinlich war er zu sehr mit sich selbst und dem Zerbrechen seiner Beziehung zu Sarah, der Mutter seines Sohnes, beschäftigt gewesen.

»Komm schon – die Frauen müssten bei dir doch Schlange stehen«, tröstete er nun den Athener Kollegen. »Ein Mann mit deiner Eloquenz!« Er wollte den anderen ein wenig aufziehen – eigentlich war Alexis eher wortkarg. Dass er heute so viel über Persönliches sprach, war eine echte Ausnahme.

»Ha, ha«, machte der griechische Kommissar denn auch pflichtschuldig. »Nein, im Ernst – für eine Nacht jemanden kennenzulernen ist kein Problem. Aber auf Dauer – puh!«

»Woran hat's bei deiner geschiedenen Ehe eigentlich gehapert?«, interessierte sich Zakos. Er hatte bisher nicht gewagt nachzufragen. Als Alexis und er sich kennenlernten, hatten sie sich zunächst nicht sehr gut verstanden – und später schien die Trennung gar kein Thema mehr für den Griechen zu sein.

»Mal ganz allgemein gesagt, an der Krise!«, stieß der andere hervor. »Nein, natürlich soll man die Schuld nicht von sich weisen – wir zwei haben schon auch unseren Teil dazu beigetragen. Aber mit ein bisschen mehr Geld wären die Dinge durchaus leichter gewesen ...«

»Ach, komm schon – ich dachte immer, harte Zeiten schweißen zusammen«, entgegnete Zakos.

»Das sagen auch nur die, die noch nie harte Zeiten erlebt haben«, konterte Alexis. Plötzlich klang er gekränkt.

»Tut mir leid – ich wollte dir nicht zu nahe treten. Ich wollte nur ...« Zakos wusste nicht, wie er den Satz beenden sollte. »Alles endaxi bei dir?«

Alexis schwieg so lange, dass Zakos befürchtete, er habe das Telefon einfach abgelegt und sei davongegangen.

»Schon gut! Du konntest es ja nicht wissen!«, sagte Alexis schließlich. Es klang ruppig und ein wenig abgehackt. »Dann kann ich es dir auch gleich erzählen. Eine ganz einfache Geschichte: Sie ist Architektin und hat mit ihrem Freund ein

Büro geleitet. Dann hat sie ihn verlassen, weil wir uns kennenlernten. Damit hat sie nicht nur den Mann, sondern auch ihren Job aufgegeben. Denn wie du vielleicht weißt, liegt die Baubranche ziemlich am Boden. Sie fand keine neue Arbeit. Also machte sie sich selbstständig. Aber ihre Aufträge brachten höchstens so viel ein wie die Unkosten für das kleine Büro, das sie gemietet hatte. So ging das drei Jahre lang.«

Er schwieg wieder.

»Drei Jahre können eine lange Zeit sein, wenn man unzufrieden ist und zu wenig Geld reinkommt. Mein Gehalt ist nicht hoch, und weil wir beide nicht aus Athen stammen, hatten wir auch keinen Immobilienbesitz, sondern wir wohnten zur Miete. Für all die schönen Dinge, die man zusammen unternehmen kann, war unser Geld zu knapp. Für unsere Zukunftspläne sowieso: Was für einen Sinn hat es, Kinder zu bekommen, wenn das Geld vorne und hinten nicht reicht? Das wäre verantwortungslos! Die Firma ihres Ex-Freundes allerdings lief trotz der Krise bestens, er expandierte sogar und bekam Aufträge für Luxuswohnungen für Gäste aus den Emiraten, die sich in Glyfada ansiedeln.«

»Aus den Emiraten – erstaunlich!«, meinte Zakos.

»Auch nur für dich! In Glyfada leben haufenweise reiche Araber. Du weißt wirklich gar nichts über Griechenland!«

»Sorry. Ich wollte dich nicht unterbrechen!«, entschuldigte sich Zakos.

»Die Geschichte ist sowieso schon fertig: Langer Rede kurzer Sinn: Sie ist zu ihm zurückgegangen!«

»Das tut mir leid!«, sagte Zakos bestürzt.

»Muss es nicht, ist ja schon zwei Jahre her«, sagte Alexis. »Können wir jetzt über was anderes reden?«

»Einen Moment noch«, bat Zakos. »Ist es wahr, dass

die Griechinnen der jungen Generation so anspruchsvoll sind?«

»Das kannst du annehmen!«, seufzte Alexis. »Die zahlen der Männerwelt alles heim, was ihre Großmuttergeneration erleiden musste. Sie tun, was sie wollen! Sie sind sehr promiskuitiv. Heutzutage sind die Männer die zurückhaltenderen. Manchmal, das muss ich sagen, fühlt man sich regelrecht als Sexualobjekt!«

»Ach, komm schon, Alexis!«, sagte Zakos ungläubig.

»Doch, wirklich. Also ich beschwere mich nicht darüber, wenn ich jemandes Sexualobjekt sein soll. Aber mitunter fühlt man sich irgendwie ausgenutzt. Du bist für sie nur für eine Sache gut – aber eben nicht für ein gemeinsames Leben!«, fuhr Alexis fort.

»Aber mit irgendwem müssen all diese Frauen doch ein Leben führen, heiraten, eine Familie gründen – nicht wahr?«, wandte Zakos ein.

»Ist das so? Ich bin mir nicht sicher. Es werden sowieso nicht sonderlich viele Familien hier gegründet, wenn du mich fragst«, sagte Alexis. »Wir haben die niedrigste Geburtenrate Europas. Auch, weil es keinen Zusammenhalt gibt zwischen den Partnern – das ist meine Meinung. Die Frauen kümmern sich nur um sich, die sind eiskalt, sage ich dir. Und eine Familie gründen sie nur mit Männern, die ihnen ein Leben in absoluter Sicherheit und echtem Luxus bieten können – nicht mit solchen wie beispielsweise mir mit meinem Job. Oder wie mit dir – geschieden mit Kind und Unterhaltsverpflichtungen.«

»Ich bin gar nicht geschieden, wir waren nie verheiratet. Und meine Ex verdient besser als ich«, wandte Zakos ein.

»Ja, aber für das Kind zahlst du doch wohl Unterhalt. Na also!«, sagte Alexis. »Aber dies ist ja jetzt nur eine Bestandsaufnahme für Griechenland. In Deutschland sieht alles sicher ganz anders aus, oder?«

Zakos konnte dies nicht mit Sicherheit sagen. Er hatte für gewöhnlich viel zu viel zu tun, um sich um solche Dinge zu kümmern. Das lag natürlich auch daran, dass er Vater war – in seinem Privatleben drehte es sich oft ums Kind. Da blieb nicht mehr viel Zeit für eine Beziehung. Unlängst erst hatte eine Liaison mit der Forensikerin Laura geendet, eigentlich bevor sie so richtig begonnen hatte. Sie waren beide nur halbherzig bei der Sache gewesen, hatten sich nur selten getroffen – dann war alles irgendwie eingeschlafen. Er hatte Laura gemocht, tat das immer noch, verliebt war er allerdings nicht. Als sie dann beschlossen hatten, sich nicht mehr zu treffen, war er dennoch deprimiert gewesen – eigentlich mochte er das Alleinsein nicht und wünschte sich, wieder mit jemandem zusammen zu sein. Warum gelang es ihm nicht mehr – während Sarah, seine Ex-Partnerin, schon seit Langem wieder eine Beziehung führte? Sarah brauchte ihn jedenfalls nicht – das war klar.

Und Fani? Sie benötigte seinen beruflichen Rat, so viel stand fest. Außerdem verschaffte seine Anwesenheit ihr eine Legitimation gegenüber ihrem Chef Jannakis, in diesen Mordfällen übergreifend zu ermitteln, obwohl so gut wie niemand ihre Theorie über den Serientäter teilte. Und sonst? Lag ihr überhaupt noch etwas an ihm?

Und: Wollte er überhaupt noch, dass ihr etwas an ihm lag?

Er war sich darüber gar nicht mehr sicher. Fani war so anders geworden. Er fand die Veränderung nur teilweise positiv. Er schätzte es, dass sie selbstbewusster war, gereifter. Aber ihre Härte stieß ihn eher ab. Es war, als begreife sie das ganze Leben als Kampf. Sogar gegen ihn kämpfte sie ständig an, dabei war er doch ihr Freund! Und dann diese merkwürdige Beziehung zu den beiden Männern, von denen sie erzählt hatte. Was sollte das? Wem wollte sie damit imponieren?

Er war noch ganz in Gedanken versunken, als sie in sein Zimmer hereingeplatzt kam.

»Er war es nicht! Der Basketballtrainer ist unschuldig!«, rief sie. »Sie haben gerade angerufen!«

»Sieh an!«, sagte Zakos. »Wo hat er sich denn versteckt gehabt?«

»Angeblich hatte er sich gar nicht versteckt. Hat sich zurückgezogen mit Zelt und Angelzeug in die Wildnis, zum Fischen – ganz allein, ohne Handy, um die Trennung zu reflektieren. Sagt er. Wer weiß, ob das stimmt oder ob er einfach bei einem Freund Unterschlupf gesucht hat und den nicht verraten will – aber ist auch egal. Er ist jedenfalls unschuldig!«

»Und wieso ist das so klar?«

»Linkshänder!«, verkündete sie, als sei sie persönlich stolz auf diese Tatsache. »Das ballistische Gutachten sagt aber ganz klar: Der Mord wurde von einem Rechtshänder ausgeführt – so wie die beiden anderen Morde auch.«

»Übereinstimmungen bei der Waffe?«

Sie schüttelte den Kopf. »Alles kann man nicht haben.«

Zakos schüttelte unzufrieden den Kopf.

»Fani, du versuchst gerade, mir eine negative Nachricht als positiv zu verkaufen », rügte Zakos. »Also schon wieder eine andere Waffe?«

»Hm!«, machte sie. »Schon wieder. Aber warte einen Moment, bevor du auf mich losgehst. Es gibt tatsächlich eine Gemeinsamkeit zu dem Mord an Panajota Kolidi. Wenn du mit mir Kaffee holen gehst, erzähle ich dir auch, welche.«

»Ich geh auch mit dir Kaffee holen, wenn du's mir sofort erzählst!«

»Keine Chance! Ohne Kaffee verweigere ich jede Auskunft.« Durch die neuen Nachrichten war sie plötzlich allerbestens gelaunt – von der Missstimmung des Vorabends war nichts mehr zu spüren.

»Das ist meine Rache dafür, dass du mir nie glaubst«, meinte sie lachend.

»Was glaube ich dir denn nicht? Ich bin doch hier, weil ich dir glaube«, widersprach er noch, aber er wusste natürlich, was sie meinte: So richtig wollte er ihre Theorie über den Serienkiller nicht wahrhaben. Da ging es ihm nicht anders als all den übrigen Kollegen. Es gab einfach viel zu viele Ungereimtheiten. Dass nur ein Täter drei unterschiedliche Waffen benutzt haben sollte, war nur eine davon.

Sie holten sich einen Kaffee im Einwegbecher aus einer Konditorei, in der es wunderbar nach Backwaren duftete, und Zakos ließ die Verkäuferin noch zwei Galaktoboureko einpacken, Blätterteiggebäck, gefüllt mit Grießbrei.

»Schau mal – noch ganz warm!«, sagte er begeistert zu Fani, als sie wieder aus dem Laden getreten waren.

»Die sind immer ganz warm! Die Auslagen werden doch beheizt!« Sie lachte schon wieder. »Manchmal bist du komisch. Du weißt die normalsten Dinge nicht.«

»Stimmt. Ich komme nun mal nicht von hier. Bei uns wird Gebäck im Laden nicht warm gehalten«, sagte er ein wenig verlegen. Es war keine neue Erfahrung, dass er in Griechenland immer mal wieder ein bisschen absonderlich rüberkam. Er sprach zu gut Griechisch, um wirklich als Ausländer wahrgenommen zu werden, aber eigentlich war er das im Heimatland seines Vaters immer geblieben – er hatte ja noch nie länger hier gelebt. Und das merkte man manchmal an Kleinigkeiten des Alltags.

Sie spazierten mit ihrem Kaffee in der Hand ein paar Seitenstraßen entlang, und Fani freute sich, eine echte Schreinerei und einen kleinen Laden mit Stoffen und Nähbedarf zu sehen, in dem sich alte Damen um einen Stickkranz beugten.

»Scheint ja ein Ort mit echten Einwohnern zu sein – nicht nur ein Insel-Disneyland für Touristen und reiche Jachtbesitzer.«

»Was bitte ist ein Insel-Disneyland?«, fragte Zakos.

»Damit meine ich reine Inselurlaubsorte, die nur so aussehen, als würde es sich um schöne, idyllische Dörfer handeln, bei denen die Welt noch so ist wie vor hundert Jahren. Wenn man aber hinter die Kulissen blickt, ist das alles reine Inszenierung: Die Fischer beispielsweise fahren mit ihren Booten im Sommer längst nicht mehr auf Fischfang, das Meer ist sowieso ziemlich leer gefischt. Stattdessen bieten sie Bootsausflüge für Touristen an. Und überall gibt's das gleiche Essen, das die Urlauber eben wünschen. Zum Beispiel Dakos oder Fava. Dakos gab's aber früher nur auf Kreta, und Fava auf den Kykladen. Na ja, und nirgends gibt es mehr einen Schraubenladen oder so ein typisches Pantopolio, so einen Krämerladen, wo man früher vom Klopapier über Lebensmittel bis zum Strickzeug alles kaufen konnte, sondern es gibt Supermärkte. Und statt eines alten Kafenions, wo früher nur alte Männer saßen und Tavli spielten, gibt es jetzt Coffeeshops mit Möbeln im Shabby-Chic-Stil.«

Zakos lachte.

»Anfang Oktober wird das ganze Pseudo-Idyll dann abgebaut, und alle fahren zurück nach Athen, wo ihre Familien in Wahrheit schon seit Jahrzehnten wohnen«, fuhr Fani fort. »Zurück bleiben nur die Alten und die Bauern, die irgendwo im Hinterland ein Stück Land besitzen. Und im nächsten Mai geht das Spiel von vorne los!«

»Mag sein – aber umso schöner, dass es hier noch anders ist«, meinte Zakos. »Ist eigentlich dein Heimatdorf Pergoussa deiner Meinung nach ebenfalls ein Urlaubs-Disneyland?«

»Na klar! Momentan dürften etwa zweihundertfünfzig Menschen dort wohnen! Den Winter über ist nur ein einziges Lokal geöffnet – die Konditorei am Hafen. Alles andere ist dicht. Erst mit den Touristen kommt Leben ins Dorf.«

»Und was habt ihr den ganzen Winter über getrieben, als du noch dort gewohnt hast?«

»Als Kind waren wir ständig mit den Ziegen unterwegs. Wirklich! Mein Onkel hat eine Herde. Und wir haben Kräuter gesammelt und solche Dinge. Guck mich nicht so an. Wir waren ja nicht auf dem Mond – ich hatte schon mit sechs einen Nintendo DS!« Sie lachte.

»Und was macht man mit vierzehn, fünfzehn auf so einer Insel?«, wollte Zakos wissen.

»Autorennen«, antwortete sie. »Nachts. Das gab oft Ärger, klar, aber irgendwie haben wir's immer wieder geschafft, uns Autos zu besorgen. Es gab auch zwei abgemeldete, die standen einfach auf einem Feld herum. Eines hatte allerdings keine Türen mehr, und die Bremsen – was soll ich dir sagen? Du sitzt übrigens neben der unangefochtenen Meisterin aller Altersklassen – den Rekord konnte ich jahrelang halten, eigentlich bis ich zu alt war, um mitzumachen. Wir sind regelmäßig das ganze Hinterland abgefahren, über Serpentinenstraßen, sobald wir groß genug waren, mit den Füßen unten auf die Pedale zu kommen. Bei mir war das leider erst mit zwölf der Fall. Ach, und natürlich haben wir viel gefeiert – mein Gott, was haben wir damals gesoffen!«

»Okay. Alles klar. Klingt aufregender, als ich dachte.« Er war fast ein bisschen erschrocken.

Aber Fani grinste nur spöttisch.

Sie waren eine Steinstraße nach oben geschlendert, vorbei an stattlichen Häusern und blühenden Orangenbäumen. Der Duft war unglaublich intensiv und roch, anders als Zakos es sich vorgestellt hatte, gar nicht nach Orangen, sondern ähnlich wie Jasmin – noch etwas, was er nicht gewusst hatte! So früh im Jahr war er noch nie in Griechenland gewesen und hatte daher noch nie blühende Orangenbäume erlebt. Dass die Natur im Frühjahr grün wucherte, wusste er bereits – aber hier kam sie ihm sogar besonders üppig vor.

»Schön ist der griechische Frühling!«, schwärmte Zakos. »Merkt man in der Stadt gar nicht so! Also – was wolltest du mir erst beim Kaffee erzählen?«

Sie setzten sich auf einen sonnenbeschienenen Treppenabsatz vor einem alten, unbewohnt wirkenden Häuschen und packten die Papiertüten mit dem Gebäck aus.

»Folgendes: Die Waffe, mit der Jenny auf Kreta erschossen wurde, war sonderbar! Die Patronen, und die Hülsen natürlich, stammen von keiner gewöhnlichen Waffe, sondern vielleicht von einer Art Rarität. Eventuell einem Sammlerstück. Und nun halt dich fest: Auf Rhodos war das auch so!«

»Davon hattest du gar nichts erwähnt«, erwiderte Zakos.

»Es erschien zunächst nicht wichtig«, führte sie weiter aus. »Alles wurde ja von dieser Information überlagert, dass bei der HNO-Ärztin und bei der Orthopädin unterschiedliche Waffen zum Einsatz kamen. Jannakis' Beurteilung, dass es sich aus diesem Grund um zwei nicht zusammenhängende Morde handeln muss, beruhte auf dieser Tatsache. Und ich gebe ja auch zu, dass es sonderbar erscheint, wenn ein und derselbe

Täter jedes Mal wieder zu einer anderen Pistole greift. Schließlich wachsen die Dinger nicht auf den Bäumen!«

Zakos nickte. »Um was für Waffen hat es sich auf Rhodos denn genau gehandelt?«

»Die erste Hülse war von einer 9-mm-Luger, etwas sehr Gebräuchlichem also. Kennen wir von der Glock zum Beispiel, oder von der Walther P99. Wobei unser Kriminaltechniker meint, in diesem Fall sei sie wahrscheinlich aus einer älteren Baretta abgefeuert worden, wie sie ab 1992 bei der italienischen Polizei häufig benutzt wurde – aber frag mich nicht, welches Detail ihn zu dieser Annahme gebracht hat!«

»Und die zweite?«

»Auch eine 9-mm, aber ganz sicher aus einer anderen Waffe – und zwar aus einer, die uralt sein muss. Er meinte, es könnte zum Beispiel eine Mauser aus dem Krieg sein, und zwar – halt dich fest – nicht aus dem Zweiten, sondern aus dem Ersten Weltkrieg.«

Zakos pfiff durch die Zähne.

»Nur diese Waffe hinterlässt nämlich auf der Patrone eine bestimmte Markierung, eine Art eigentümlichen Kratzer. Der Kriminaltechniker sagt, er hätte so eine noch nie mit eigenen Augen gesehen. Aber damals im Weltkrieg gab es 150 000 Stück von der Waffe. Und ehrlich gesagt dachte ich erst, er spinnt, und die Sache mit dem Kratzer wäre einfach ein sonderbarer Zufall.«

»Aber jetzt siehst du es anders?«, fragte Zakos.

Fani nickte.

»Ja, denn unsere Tote auf Kreta wurde auch mit einer komischen Waffe getötet. Es muss eine russische PSM gewesen sein, heißt es – wahrscheinlich aus den Siebzigern. Erzähl mir jetzt nur nicht, dass es da keinen Zusammenhang gibt!«

»Ja, könnte schon sein, dass da eine Art Waffennarr am Werke ist«, erwiderte Zakos. »Aber wenn eine Bulgarin mit einer russischen Waffe umgebracht wird, dann kann auch was ganz anderes dahinterstecken. Und soweit ich weiß, wurde diese PSM nicht nur in Russland benutzt.«

Er zog sein Handy heraus und googelte.

»Da haben wir's doch: Bulgarien! Da war die ebenfalls geläufig!«, sagte er. »Da sind nun eher ganz andere Hintergründe zu vermuten – vielleicht ein politisch motivierter Mord oder eine Art Mafia-Angelegenheit? Oder irgendein familiäres Rachedrama.«

»Ach, du kannst einem aber auch wirklich die schönste Theorie vermasseln!«, sagte Fani mit gespielter Empörung. »Nein, im Ernst: Ich glaube eher an den Waffennarr! Oder eben an jemanden, der Zugang hat zu den Waffen eines Sammlers. Ganz einfach, weil die anderen Übereinstimmungen so dominieren. Wir haben immerhin vier Frauen, die die Mediona-Veranstaltungen besucht haben, im Medizinbereich tätig sind, die alleine leben, die ...«

»Wieso vier? Nike lebt!«, gab Zakos zu bedenken.

»Gott sei Dank lebt sie!«, sagte Fani. »Aber wir sind dafür verantwortlich, dass es auch so bleibt. Ich habe einfach Angst um sie. Diese sonderbare Ähnlichkeit zu Tsenni – das alles muss doch irgendwas bedeuten! Ich verstehe nur nicht, was ...«

»Du bist ganz begeistert von ihr, nicht wahr?«

Fani nickte. »Ja, ich mag sie. Du hast ja gesehen, wie sie ist. So offen. Aber auch cool. Und mir gefällt ihr Stil, zum Beispiel wie sie sich anzieht. Hast du diese Schuhe bemerkt?«

Zakos nickte.

»Ich weiß schon, dass ich bei diesem Fall zu sehr persönlich involviert bin, aber das war ich schon die ganze Zeit, von Anfang an. Weißt du, ich habe Panajota Kolidi gekannt …«

»Was? Du hast gar nichts davon erzählt!«

»Ich kannte sie nicht gut, sie war die Ärztin meines Bruders. Du hast doch meinen Bruder getroffen, nicht wahr?«

Zakos nickte. Er hatte den Bruder – und auch die Mutter – einmal kurz gesehen, und er wusste, welche Verantwortung Fani für ihre Familie trug. Sie war es, die schon in jungen Jahren für den Lebensunterhalt der beiden hatte sorgen müssen. Aber dennoch durfte die professionelle Herangehensweise an einen Fall nicht von privaten Motiven beeinflusst werden. Theoretisch.

Praktisch hing jedoch die Herangehensweise immer irgendwie davon ab, denn schließlich waren die Ermittler immer auch Menschen aus Fleisch und Blut – mit ihren Sympathien, Antipathien, Ängsten und Erfahrungen.

»Fani …«, begann er.

»Ich weiß schon, ich weiß schon!«, winkte sie ab. »Ich bin voreingenommen. Ich mochte Dr. Kolidi. Und ich mag auch Nike. Ist nun mal so, na und? Ich weiß auch nicht, ich hab mich selten mit einer Frau auf Anhieb so gut verstanden wie mit Nike. Ich habe schon auch ein paar Freundinnen, aber ehrlich gesagt komme ich normalerweise besser mit Männern klar.«

Zakos nickte. Das war keine Überraschung bei einer jungen Frau, die als Polizistin arbeitete und die ihre Jugend auf einer abgelegenen Insel offensichtlich mit illegalen Autorennen zugebracht hatte.

»Vielleicht bin ich voreingenommen. Ich mag nun mal selbstständige, interessante Frauen, sie imponieren mir mehr als Hausmütterchen. Was ist denn schon dabei? Mich motivieren die Biografien dieser Frauen erst recht, den Mörder zu finden!«

»Klar. Und mit einer Sache gebe ich dir ja auch recht – es gibt eindeutig Zusammenhänge«, sagte Zakos. »Ich bin mir nur nicht sicher, ob ich deine Theorie über den Serienkiller teile. Ich bin kein Profiler, aber wenn das ein Serienmörder sein soll, dann ein ganz sonderbarer: Der typische Serienmörder hält sich doch gar nicht so lange mit einem Opfer auf, um zu erfahren, wie autonom oder selbstständig es sich verhält.«

»Vielleicht doch. Vielleicht will er Rache nehmen an einem ganz bestimmten Typ Frau. Einem Typ, der ihn vielleicht früher verletzt hat, oder so. Oder vielleicht war die Mutter, die ihn vernachlässigt oder weggegeben hat, so ein Typ Frau. Oder die Frau, mit der sein Vater sich aus dem Staub gemacht hat, als er noch ein Kind war.«

Zakos schüttelte den Kopf.

»Kommt mir trotzdem zu speziell vor«, gab er zu bedenken. »Normalerweise sind es viel offensichtlichere Reize, die die Mordlust eines Serienkillers triggern. Prostitution. Eine bestimmte Haar- oder Hautfarbe. Solche Dinge.«

»Der Ärzteberuf könnte aber durchaus so ein Trigger sein!«, insistierte Fani und knüllte die Papiertüte, die sie nun leer gegessen hatte, zusammen.

»Jenny war aber gar keine Ärztin«, widersprach Zakos. »Sie war Physiotherapeutin. Und anscheinend wirkte sie auch bei Weitem nicht so selbstbewusst wie die anderen Frauen. Sie hatte wohl eine sehr hohe, mädchenhafte Stimme, hat Nike gesagt. Vielleicht sogar eine richtige Piepsstimme. Und dann diese ganzen lächerlichen Plüschtiere, die sie sammelte! Und sie wurde nicht in ihrem Bett aufgefunden! Wirklich, vom Schema her passt sie gar nicht zu den anderen.«

»Ich sehe das anders«, entgegnete Fani. »Tsenni war eben jünger als die anderen. Ist doch klar, dass sie da noch nicht derart etabliert sein konnte, aber der Weg zeichnete sich bereits ab: Sie war ehrgeizig, bildete sich weiter. Sie musste noch lernen, sich von Männern unabhängig zu machen. Aber da war sie auf gutem Wege, wie man sieht. Und dass sie alle diese Stofftiere besaß – mein Gott! Vielleicht waren die von der Mutter, und Tsenni wollte die arme Mama nicht kränken. Und dass sie nicht in diesem Zimmer umgebracht wurde, versteht sich von selbst – es ist dort viel zu hellhörig. Im Wellnesscenter dagegen hat den Mord kein Mensch bemerkt.«

Zakos zuckte die Schultern.

»Aber ich bestehe natürlich nicht darauf, dass es ein Serientäter gewesen sein muss – ich sehe nur, dass es Zusammenhänge gibt. In erster Linie Mediona. Darum müssen wir dringend in diese Richtung recherchieren!«

»Deshalb habe ich heute, kurz bevor du ins Zimmer kamst, mit Alexis gesprochen. Er hat mir zugesichert, uns zu helfen und alle Teilnehmer dieser Mediona-Konferenz zu durchleuchten.«

»Das ist prima!«, lobte Fani. »Dann sind wir doch in jedem Fall auf einem guten Weg. Ich hab nur eine Angst!«

Zakos blickte sie fragend an.

»Dass das alles viel zu lange dauert …«

Es handelte sich tatsächlich nicht um eine der üblichen Karfreitagsprozessionen – diese hier war speziell. Zum einen fand sie nach Anbruch der Dunkelheit statt. Zakos kannte das nicht, er hatte solche Prozessionen bisher nur in Italien und Spanien erlebt, wo sie am Tag zelebriert wurden. Noch interessanter war der Ort: Der Zug ging nicht nur durch die Straßen – der blumengeschmückte Altar mit der darauf liegenden Christusfigur sollte sogar übers Wasser getragen werden. All das hatte Nike ihnen am Telefon verraten.

Sie wollten sie in Kaminia treffen, einer kleinen Bucht, bei der das Spektakel stattfinden sollte. Nike würde sie erwarten, am höchsten Punkt des Weges, wo sich der Steinpfad gabelte: Auf der einen Seite führte er weiter die Küste entlang, auf der anderen zweigte er zu einem kleinen Hafen unten am Wasser ab – so hatte sie es ihnen erklärt. Es war allerdings gar nicht so einfach, rechtzeitig dorthin zu gelangen: Auf dem Weg von Hydra dorthin bewegten sich wahre Menschenmassen.

Zakos hätte nicht geglaubt, dass sich so viele Besucher auf der Insel befanden. Er kam sich vor wie auf dem Weg zu einem riesigen Open-Air-Konzert oder einer ähnlichen Großveranstaltung, wie sie eher in Großstädten stattfinden. Es war kaum zu glauben, dass alle diese Leute aus den paar engen Gassen des Ortes geströmt sein sollten. Schon kurz hinter dem Dorf standen sie das erste Mal im Stau, und Fani wurde sofort nervös.

»Ich hasse es, so eingeengt zu sein!«, klagte sie. »Da bekomme ich Platzangst. Warum müssen die Leute sich eigentlich alle ständig fotografieren?«

Tatsächlich war der Grund, warum der Verkehrsfluss ins Stocken geraten war, der schöne Ausblick: Der Himmel hatte sich rosarot verfärbt, das Meer und die Bergmassive, die nun dunkelgrau aussahen, wirkten als Kontrast dazu wie ein Scherenschnitt. Aus diesem Grund blieben immer wieder Menschen stehen, um Selfies zu schießen oder Freunde und Familienmitglieder vor dem spektakulären Hintergrund zu knipsen. Weil der Weg nach Kaminia, wo die Prozession stattfinden sollte, gesäumt war von schönen Aussichtspunkten, kamen sie nur im Schneckentempo voran. Als sie Kaminia erreichten, war es bereits vollständig dunkel, und sie waren gute zwanzig Minuten zu spät.

Die kleine Ortschaft bestand aus zwei Dutzend Häuschen an einem kleinen Hafen. Noch vor der Hafenbucht lag die Weggabelung, von der Nike gesprochen hatte. Fani und Zakos hielten an und blickten sich um, konnten Nike aber nirgends entdecken. Stehen bleiben und warten war allerdings auch keine Option – von hinten schubsten und drängelten die Menschen.

Also bogen sie den Pfad nach unten ab und versuchten, ein Plätzchen möglichst weit oben zu ergattern, an dem sie warten konnten. Von hier aus konnten sie allerdings nicht mehr gut erkennen, wer sich auf dem Absatz der Gabelung befand.

Fani wurde derweil immer nervöser. Sie kaute auf ihrer Unterlippe herum und blickte sich unruhig um. Es war offensichtlich, dass sie sich nicht wohlfühlte.

»Hier geht's weder vor noch zurück!«, sagte sie mit gepresster Stimme.

»Müssen wir aber doch auch gar nicht!«, beruhigte Zakos sie. »Wir bleiben einfach hier, von hier haben wir doch einen super Blick aufs Wasser.« Er lächelte ihr zuversichtlich zu, und sie lächelte etwas verkrampft zurück.

Mittlerweile hatten die Schaulustigen sich überall rundum verteilt. Viele hielten Kerzen oder Lichter in den Händen. Zakos, der kein Problem mit Menschenaufläufen hatte, fand den Anblick der vielen Lichter schön, doch Fani ließ sich nicht beruhigen. Sie wirkte nach wie vor angespannt, erbat dann von einem Herrn neben ihnen eine Zigarette, an der sie hektisch zog, sie dann aber halb geraucht ausdrückte.

»Sie mal, all die Wassertaxis«, sagte Zakos, um sie abzulenken. Eine regelrechte Bootsschlange hatte sich im Meer vor der Bucht des kleinen Hafens versammelt, um Fahrgäste an der gegenüberliegenden Mole herauszulassen. »Die Leute haben's richtig gemacht und mussten nicht den ganzen Weg hierher gehen!«

»Die Taxis waren alle schon Ewigkeiten vorreserviert«, erklärte eine ältere Dame neben ihm sie auf. »Manche sind von TV-Sendern für den ganzen Abend gechartert.«

»Ach was?«, bemerkte Zakos, um Interesse zu bekunden.

»Sie filmen für die Lokalnachrichten – vom Wasser aus hat man den besten Blick!«, fuhr die Frau fort. Sie erklärte das alles mit so viel Stolz, dass Zakos überzeugt war, eine echte Dorfbewohnerin vor sich zu haben.

»Sieh mal, da oben – der Kollege«, unterbrach Fani seine Betrachtungen. »Lass uns raufgehen.«

Demetris stand gemeinsam mit einem weiteren Polizisten genau an der Weggabelung, an der sie eigentlich mit Nike verabredet waren, und die Beamten regelten den Strom der nach wie vor hinzudrängenden Gäste. Als sie ihn erreichten, strahlte er und schüttelte ihnen herzlich die Hände.

»Willkommen, willkommen!«, sagte er, als seien sie erst jetzt auf der Insel angelangt. »Sind Sie bei Nike weitergekommen?«

»Absolut! Sie war sehr hilfsbereit, vielen Dank«, sagte Zakos. »Haben Sie sie hier schon gesehen? Wir sind nämlich mit ihr verabredet.«

»Weitergehen, weitergehen – Sie halten ja alles auf!«, wies Demetris eine Gruppe älterer Damen an, die mitten auf dem Weg stehen geblieben war.

»Entschuldigung. Sie sehen ja – hier geht es zu wie verrückt. Nein, ich habe sie leider nicht gesehen. Vielleicht ist sie noch gar nicht bis hierher durchgekommen – so voll wie diesmal war es hier noch nie!«

»Tatsächlich? Was ist der Grund dafür?«, fragte Fani nach.

»Keine Ahnung! Es wird einfach von Jahr zu Jahr schlimmer. Deswegen habe ich diesmal auch so viele Kollegen von den Nachbarinseln dazubekommen, ich ... bitte weitergehen, mein Herr, Sie blockieren hier doch alles!«

Zakos und Fani ließen Demetris seine Arbeit machen und verzogen sich wieder an ihren Platz, der wie durch ein Wunder nicht von Nachrückenden besetzt worden war. Dann wurden immer lauter werdende Gesänge vernehmbar, und schließlich passierte der Epitaph den Weg, an dem sie eben noch gestanden hatten. Hinter dem Altar und den Trägern kamen die Popen.

Endlich wurde auch Fani von der feierlichen Stimmung angesteckt – als Zakos sie anblickte, lächelte sie und nahm seine Hand. Im warmen Licht aus tausenden Kerzen, die die Umstehenden in der Hand hielten war der harte Zug um ihren Mund fast ganz verschwunden. Zakos blickte sie so gedankenverloren von der Seite an, dass er fast vergaß, den Umzug weiterzuverfolgen. Als er die Augen wieder von ihr abwandte, wurde der Altar bereits von den vier Männern, die ihn bis hierher getragen hatten, übers Meer bewegt. Sie wateten dabei bis zur Brust im schwarzen Wasser. Währenddessen verharrten die Popen am Strand und sangen einen Choral, in den alle einstimmten. Zakos blickte wieder zu Fani, die mitsang und dann mit Daumen, Zeigefinger und Mittelfinger das orthodoxe Kreuz schlug – dreimal hintereinander, wie das üblich war. Zakos durchströmte trotz der abendlichen Kälte, die mittlerweile von unten an seinen Beinen emporkroch, ein warmes Gefühl der Liebe und Zuneigung zu ihr.

Gleichzeitig ahnte er plötzlich, dass das, was ihn an Fani

immer fasziniert hatte und auch heute noch anzog, auch ihre Abstammung war – das Griechische an ihr. Für Zakos, der in München aufgewachsen war und das Land seines Vaters nur von Reisen her kannte, war alles Griechische vertraut und fremd zugleich, und aus diesem Spannungsfeld nährte sich seine Faszination für Fani. Sie war seine erste – und bisher einzige – griechische Liebe gewesen, und natürlich hatte er sich seinerzeit nicht nur wegen ihrer Nationalität in sie verliebt, aber diese hatte doch einen gewissen Anteil an seiner Zuneigung – das war ihm zuvor noch nie so klar bewusst gewesen wie in diesem Moment. Im warmen Licht der Kerzen und zu den hypnotisierenden Wiederholungen der religiösen Gesänge hatte er sogar das Gefühl, sie sei seine einzig wahre Liebe gewesen – und sei es immer noch.

So standen sie mit all den anderen zusammen und blickten aufs Meer, bis die Träger des Altars wieder aus dem Wasser herauskamen, um den Rückweg anzutreten – in denselben pitschnassen Sachen, mit denen sie zuvor ins kalte Meer gestiegen waren. Zakos bedauerte sie. Mittlerweile hatte der Wind aufgefrischt, was Zakos recht unangenehm fand – dabei war er im Gegensatz zu den Altarträgern trocken. Er wollte gerade etwas zu Fani darüber sagen, als ein Tumult laut wurde. Links von ihnen, wo diejenigen Schaulustigen stehen geblieben waren, die es nicht wie sie bis zur Bucht geschafft hatten, war eine Bewegung im Dunkeln zu erkennen, nur schwer auszumachen gegen die dunkle Macchia, aber doch wahrnehmbar: Menschen schienen miteinander zu rangeln, Kerzen fielen zu Boden und erloschen, und plötzlich waren laute Rufe zu hören. Dann plötzlich ein gellender Schrei, und sie sahen, wie etwas Dunkles den hellen Fels unterhalb des Weges hinunterstürzte und auf einem Vorsprung liegen blieb: ein Mensch!

Kapitel 7

*I*nnerhalb weniger Sekunden verwandelte sich die Szenerie, die gerade noch so besinnlich gewirkt hatte, in einen Hexenkessel aus schreienden und aufgebrachten Menschen. Es schien niemanden mehr zu geben, der nicht lauthals nach seinen Bekannten schrie oder den lieben Gott anrief. Zakos hätte sich am liebsten die Ohren zugehalten bei all dem Klagen und Schreien.

»Ein Unglück! Du liebe Zeit, ein Unglück«, rief die Dame neben ihnen, die sie vorher über die Taxiboote informiert hatte, ein ums andere Mal aus, während ihre Freundin unablässig nach einem Jannis brüllte und ein Vater seine Söhne zusammenpfiff, weil sie versucht hatten, hinter der Treppe an der Felswand hinaufzuklettern, um einen besseren Blick auf das Geschehen zu bekommen. »Ihr kommt sofort her und bewegt euch hier nicht weg, sonst setzt's was!«

Im selben Moment bemerkte Zakos, dass die Menschen über ihm auf dem Weg begonnen hatten, zu laufen, zu drängeln und zu schubsen. In die immer hysterischeren Schreie mischte sich plötzlich ein schriller Ruf, der seinen Ursprung anscheinend direkt über ihnen am Gabelweg hatte.

»Nike! Niiiikeeee!«

»Hast du das gehört?«, rief Fani, die immer noch seine Hand hielt.

Sie wartete seine Antwort gar nicht erst ab, sondern zerrte ihn im nächsten Moment an der Hand die Treppe hoch, in Richtung der sich drängenden und schubsenden Menschen.

»Halt!«, rief Zakos und riss sie zurück. »Halt, um Himmels willen! Da kommen wir nicht weiter!«

»Nein, das weiß ich auch!«, schrie Fani. »Aber dort, wir gehen über die Felsen!«

»Vergiss es, das ist viel zu steil!«, gab Zakos zurück. »Das ist doch vollkommen …«

»Nike! Nikeeee!«, erklang es erneut, und Zakos wusste nicht, ob es ein Ruf war – oder ein Wehklagen. Wurde Nike vielleicht gerufen, um zu helfen, sie war doch Ärztin? Oder war sie es, die abgestürzt war?

»Vielleicht ist sie in Gefahr!«, vernahm er Fanis Stimme schrill neben sich. »Vielleicht braucht sie uns!« Und dann kletterte sie auch schon auf den Felsen neben dem asphaltierten Weg, und Zakos folgte ihr notgedrungen.

Nach wenigen Metern beruhigte er sich ein wenig – in der Distanz zu den drängelnden Menschen auf den Wegen erschien hier oben auf den Felsen alles viel ruhiger, normaler. Es war außerdem weniger steil, als er gedacht hatte – man konnte fast die ganze Zeit über aufrecht gehen. Sogar eine Art schmalen Trampelpfad gab es, und als sie diesen erreicht hatten, wurde das Vorankommen noch einfacher. Allerdings mussten sie dennoch achtsam sein – an manchen Stellen gähnte neben dem ausgetretenen schmalen Steinweg eine dunkle Leere. Erst viele Meter weiter unten gab es dann ein Felsplateau, und noch tiefer glänzte das schwarze Meer herauf. Fani und Zakos leuchteten den Untergrund mit der Taschenlampenfunktion ihrer Handys ab, dennoch mussten sie jeden Moment konzentriert sein, durften sich nicht ablenken lassen.

Als Zakos nach einer Weile das erste Mal aufblickte, waren sie bereits nicht mehr die Einzigen auf dem Felspfad. Immer mehr Menschen hatten den Abstieg angetreten und suchten sich vorsichtig ihren Weg. Ihre Handylichter tanzten über die Felsen und wurden von der niedrigen Macchia verschluckt, nur um im nächsten Moment wieder daraus hervorzutreten. Hoffentlich stürzte nicht noch jemand ab, dachte Zakos – nur weil er und Fani die Leute auf die Idee gebracht hatten, ihnen zu folgen.

Dann, nach knapp zehn Minuten, die ihnen wie eine Ewigkeit vorkamen, befanden sie sich direkt über dem Plateau, auf dem die abgestürzte Person lag, und nun konnten sie auch erkennen, dass sich mittlerweile mehrere Menschen hier unten befanden. Es waren offenbar einige Männer, die eine liegende Person umringten, unter ihnen befand sich mindestens eine Frau. Ihre wilde Lockenmähne wurde vom aufböenden Wind durchgepustet.

»Nike!«, rief Fani aus, dann steckte sie das Handy in ihre Jackentasche und schickte sich an, die steile Wand neben dem Weg hinunterzusteigen.

»Fani, warte doch!«, rief Zakos. »Warte, das ist ganz schön gefährlich hier!« Aber sie schien ihn gar nicht wahrzunehmen, sondern kletterte geschickt und flink weiter. Zakos folgte ihr, und bald waren sie unten bei den anderen Leuten.

Es war nicht Nike. Es war überhaupt niemand, den sie kannten, sondern eine ältere Frau, die ihrem Mann zu Hilfe gekommen war. Der Mann war der dunkle Schatten gewesen, der die Böschung hinuntergestürzt und hier zum Liegen gekommen war. Nun saß er aufgerichtet auf dem Boden und hielt sich den rechten Arm, der offensichtlich bei dem Sturz verletzt worden war. Ansonsten schien er in Ordnung zu sein. Einer der Männer neben ihm gehörte Demetris' Truppe an, die anderen waren offenbar Verwandte oder Freunde des Verletzten.

Alles war gut.

Auch oben am Weg schien sich die Situation beruhigt zu haben. Es war immer noch voll, doch die Rückkehr in den Ort verlief mittlerweile ruhiger und gesitteter. Zakos hörte außerdem, wie ein Polizeikollege ein paar Leute, die den Rückweg über die Felsen angetreten hatten, nach oben rief, wo es nicht so gefährlich war. Und nun konnte er auch wieder die Gesänge der Popen vernehmen, die vom Wind herübergeweht wurden: Irgendwo vor oder hinter ihnen wurde das Epitaph zurück in die Kirche getragen – als sei nichts geschehen.

Und es war ja auch nichts geschehen, zum Glück. Es hatte lediglich einen kleinen Unfall gegeben, dann einen Schreckensmoment und eine lange Sekunde der Panik. Letztlich war die Sache aber nicht zu einer Katastrophe ausgeufert, und bald verlief alles wieder in geregelten Bahnen.

Nur Fani kauerte am Boden und weinte. Er beugte sich zu ihr hinunter, wie zu einem Kind.

»Ich dachte, ich dachte ...« Sie schluchzte und packte ihn an seiner Jacke. »Ich dachte, sie ist es! Ich glaubte, sie sei tot!«

Sie setzten die zitternde Fani neben eine Wärmelampe des Lokals, und Paul holte eine Filzdecke, in die Zakos Fanis Beine einwickelte. Schließlich brachte Paul ihr noch eine Tasse Tee mit Rum. Fani sagte, sie habe diese Mischung noch nie probiert, aber Zakos beruhigte sie und versicherte, dass Paul sicherlich wusste, was er tat. Paul hatte dazu genickt und gelacht. Und tatsächlich tat der Tee seine Wirkung – bald wirkte Fani entspannter und zitterte auch nicht mehr.

Paul war es außerdem, der ihnen erklärte, dass Nike gar nicht erst zu der Prozession gegangen war – der Sohn hatte am Abend wieder Fieber bekommen. »Komisch, dass sie euch nicht Bescheid gegeben hat.«

Fani guckte auf ihr Handy, und dann hob sie plötzlich die Hand an den Mund.

»Peinlich – ich hab's übersehen. Sie hat mir auf Viper geschrieben, aber da waren so viele andere Nachrichten drauf ...«, sagte sie. »Also ist alles gut – zum Glück.

Alexis hat mir übrigens auch geschrieben – wir sollen ihn anrufen. Aber jetzt ist es wahrscheinlich ein wenig spät ...«

»Nein, du kennst ihn doch – der ist immer im Dienst«, wandte Zakos ein. »Bei mir hat er sich auch gemeldet – er ist auf der Mailbox.« Zakos hörte die Message ab, auf der Ekonomidis um Rückruf bat, und hatte den Kollegen einen Moment später dran.

»Rate mal, was ich extra für euch getan habe«, sagte Alexis, nur um die Antwort gleich selbst zu geben: »Ich habe Profiler auf euren Fall angesetzt. So bin ich zu euch!«

»Ihr habt Profiler? Wusste ich gar nicht ...«, erwiderte Zakos und stelle das Handy auf Lautstärke, damit Fani mithören konnte.

»Nun ja, es ist auch nur eine Person. Sie ist eine Art Psychoexpertin«, fuhr Alexis fort. »Ich spreche von unserer Kriminalpsychologin Lela. Die Frau ist super und als Fallanalytikerin extrem gefragt. Normalerweise hättet ihr mit eurem komischen Fall keine Chancen, bei ihr einen Termin zu bekommen, aber weil Lela und ich gut befreundet sind ...«

»Das ist kein komischer Fall!«, ereiferte Fani sich, »Das ist ...«

»Ja, ja, schon gut!«, sagte Alexis. »Leg doch nicht immer jedes Wort auf die Goldwaage, Fani. Jedenfalls sagt Lela, sie denkt, der Mörder ist entweder ein homosexueller Mann, oder es handelt sich um eine Frau.«

»Ist das alles – na toll!«, rief Fani aus. »Das nenne ich handfeste Erkenntnisse. Dann kommen ja lediglich rund sechs Millionen griechische Bürger infrage. Danke auch recht schön an die Kollegin für ihre – Expertise!«

»Fani!«, mahnte Zakos.

»Was?!«, fauchte sie ihn an. »Was sollen wir denn jetzt mit solch einer – Fallanalyse?«, sie betonte das Wort mit spöttisch geschürzten Lippen.

»Hör erst mal weiter zu, bevor du wieder herumgiftest«, sagte Alexis gelassener, als Zakos erwartet hatte. »Lela hat versprochen, dass sie sich in den nächsten Tagen Zeit für euch nimmt und alles genau mit euch durchgeht. Sie will sich davor noch richtig in den Fall vertiefen, aber ich habe ihr am Telefon schon mal so viel wie möglich erzählt und sie gebeten, wenigstens ein paar Einschätzungen abzugeben. Aber wenn ihr findet, dass euch das noch zu unausgegoren ist, dann warten wir auf das Treffen mit ihr ...«

»Nein!«, sagte Fani schnell. »Nein, auf keinen Fall. Ich will alles wissen!«

»Dachte ich's mir doch! Dann interessiert dich sicherlich, warum Lela zu ihrer Einschätzung gekommen ist. Und zwar geht's dabei um den Sex. Den fehlenden Sex. Lela sagt, da ist überhaupt kein sexueller Hintergrund, da schwingt nichts mit. Sie sagt sogar, die Sache sei vollkommen asexuell.«

»Aber die Frauen waren doch nackt!«, sagte Fani einigermaßen verblüfft. »Nacktheit ist sexuell!«

»Aber nicht in diesem Fall, findet Lela«, erklärte Alexis. »Der Mörder – oder die Mörderin, wie sie sagt – war in keiner Weise sexuell an den Opfern interessiert. Der stand nicht auf sie, auf keine der Frauen. Sie sind ja auch nicht vergewaltigt worden!«

»Aber warum waren sie dann nackt?«, wunderte sich Fani. »Ich verstehe das einfach nicht!«

»Keine Ahnung, darüber hat Lela jetzt noch nichts gesagt. Aber eines noch: Sie glaubt, der Täter ist keinesfalls unter dreißig. Wahrscheinlich sogar über vierzig. Und zwar – um deiner Frage zuvorzukommen – nicht nur, weil jüngere Menschen in solchen Fällen generell brutaler vorgehen, wie wir wissen, sondern weil seine – oder ihre – Taten von eher altmodischen Rollenvorbildern in den Medien beeinflusst wurden. Also eher 007 als Call of Duty.«

»Ist doch alles gar nicht uninteressant!«, sagte Zakos zu Fani, als Alexis aufgelegt hatte.

Fani nickte. »Ja, tut mir leid. Ich bin immer noch – ich weiß auch nicht was!« Sie seufzte. »Ich weiß, dass ich ständig überreagiere. Es ist … ehrlich gesagt weiß ich nicht, was es ist …«

»Aber ich«, sagte Zakos. »Du brauchst einfach noch einen Tee mit Rum.«

Fani lachte.

Diesmal trank Zakos aus Solidarität einen mit. Rum war eigentlich etwas, das er allenfalls mit alten Piratengeschichten in Zusammenhang brachte. Von daher passte es ja, denn sie saßen immerhin in der Pirate Bar. Als die Tassen leer waren, bestand Fani darauf, dass Zakos nun auch ein Original griechisches Wintergetränk probierte, und bestellte Rakomelo für sie beide – erwärmten Raki mit Honig und Zimt. Er schmeckte eher weihnachtlich als österlich, aber Fani meinte, Rakomelo wirke nicht nur gegen Kälte, sondern auch gegen trübe Stimmung, und Zakos musste ihr recht geben. Bei der zweiten Runde setzte sich Paul dazu.

»Paul, wie lange lebst du schon auf der Insel?«, fragte Fani. »Warst du schon da, als dieser Sänger hierherkam, dieser Leonard …«

»Das war in den Sechzigerjahren, da bin ich noch in Bristol zur Schule gegangen. Ich bin zwar alt – aber so alt auch wieder nicht«, empörte sich Paul. »Der Leo, den ich in den Achtzigern hier kennenlernte, war schon grau und missmutig. Ein arroganter Kerl, wenn ihr mich fragt!«

»Wie habt ihr euch kennengelernt?«, fragte Zakos.

»Man trifft sich eben – so groß ist die Insel ja nicht. Es gibt hier nur eine Handvoll Briten. Dabei existiert eine ganz klare Trennung, mehr oder minder: Die Briten bleiben unter sich. Die Deutschen auch. Und die Griechen – das ist noch mal ein ganz anderes Thema!« Er lachte laut auf, und Zakos fragte sich, was daran so lustig war – und ob Paul betrunken war.

»Wie sind sie denn, diese Griechen hier?«, interessierte sich Fani.

»Unterschiedlich. Die ständigen Dorfbewohner sind mir noch die liebsten. Unter ihnen gibt es noch ganz normale Menschen, Handwerker, Bäcker. Natürlich leben auch sie mehr oder weniger vom Tourismus, sie verwalten beispielsweise Privathäuser, oder sie kochen in einem Restaurant. Aber sie versuchen, ihre Insel möglichst normal zu halten. Der Denkmalschutz wird strengstens eingehalten, neue Gebäude dürfen nur auf den Mauern alter Ruinen entstehen, und es darf auch nur im Inselstil gebaut werden. Sogar Satellitenschüsseln sind verboten. Vor allem will man den Jetset und die Jachtbesitzer im Zaum halten, damit das Leben hier bezahlbar bleibt. Als Richard Branson hier vor ein paar Jahren ein Luxushotel errichten lassen wollte, da haben sie ihm eine Absage erteilt.«

»Richard Branson. Wow!«, wunderte sich Zakos.

»Ja, die Leute hier sind ganz okay. Nur wird man nie ganz zu ihnen gehören – das ist klar. Ich habe nie herausgefunden, ob es daran liegt, dass ich einfach kein gebürtiger Hydriote bin oder dass ich nicht einmal Grieche bin. Aber es bleibt sich gleich. Man grüßt mich. Aber man lädt mich auf keine Hochzeiten oder Kindstaufen ein. Und ohne Nikes Beziehungen hätte ich nicht mal diesen Nebenjob!« Er wies mit dem Kopf zur Bar.

»Aber warum bist du dann überhaupt noch hier?«, fragte Zakos.

»Es ist hier besser als in Athen, und besser als in Bristol ist es allemal. Und meine Kinder lieben es – ich habe ja noch eine Tochter, Chloe. Wusstet ihr das? Mit der Mutter war ich kurz zusammen, bevor ich hierherkam. Sie und mein Junge besuchen die gleiche Boarding School in England – das war Nikes Idee. Auf diese Weise sind die Kinder sich immer nahe.«

Er nickte, lächelnd.

»Jedenfalls, auch wenn die Dorfbewohner und ich uns nicht gerade lieben – wir lassen uns in Ruhe«, fuhr er fort. »Ein Problem habe ich eher mit den Griechen, die zwischen Athen und Hydra pendeln! Sie sind sich zu fein, um hier in einem kleinen Ort zu hausen – aber wenn sie herkommen, führen sie sich auf, als würde ihnen alles gehören!«

»Nike pendelt auch …«

Er zuckte mit den Schultern.

»Ihr Vater ist auch bei Weitem der Schlimmste von allen! Alteingesessene Familie – der Großvater hatte hier früher eine Arztpraxis. Aber das gibt Nikes Dad ja nicht das Recht, sich für den Herrscher von Hydra zu halten!«

»Das tut er?«

Paul nickte düster.

»Natürlich passte ihm die Sache mit Nike und mir nicht – was ihr ganz recht war, wenn man mich fragt. Mir selbst war ganz egal, was er von mir hielt. Allerdings hat es ihm nicht gereicht, uns seine Missbilligung zu zeigen – er musste mich auch boykottieren, bei allem, was ich angefangen habe. Wenn ich ein Atelier anmieten wollte – schwups, hat der Vermieter es mir doch nicht gegeben. Und natürlich habe ich auch eine Absage erhalten, als ich vor ein paar Jahren hier an der Kunstschule unterrichten wollte – sicher kein Zufall!«

»Hm, tut mir leid zu hören«, sagte Zakos. »Aber grundsätzlich ist hier ein guter Ort für Künstler – oder nicht? Man hört, dass hier viel los ist!«

»Das meiste organisiert dieser Bauunternehmer aus Zypern, Dakis Joannis, der hier immer mit seiner geschmacklosen Jacht herumschippert, die Jeff Koons gestaltet hat – so ein schwarz-weiß-gelbes Ungetüm.«

Zakos nickte. Er hatte die Jacht auch schon im Hafen bemerkt – sie war nicht zu übersehen gewesen.

»Mit denen allen habe ich nicht das Geringste zu tun«, erklärte Paul betont abfällig. »Ich konzentriere mich lieber auf mich selbst.«

»Was für Kunst machst du eigentlich? Malerei?«, fragte Fani.

Paul schüttelte den Kopf.

»Gott, nein! Ich bin Aktionskünstler. Morgen habe ich

übrigens eine kleine Vernissage. Ich gebe euch einen Flyer – einen Moment.«

Er lief in die Bar, ein kleines bisschen schwankend, wie Zakos bemerkte, und erschien mit einem Stapel bedruckter Kärtchen, von denen er ihnen eines reichte. Dann ging er von Tisch zu Tisch und klemmte weitere Kärtchen unter die bereitstehenden Aschenbecher und verschwand schließlich wieder im Inneren der Bar.

»Ein Loser!«, sagte Fani leise. »Ich hab's doch gesagt.«

»Du bist ganz schön gemein«, fand Zakos.

»Gar nicht – ich spreche nur die Wahrheit aus. Ist dir aufgefallen, dass er glaubt, alle anderen seien an seiner Misere schuld?«

»Vielleicht gibt's gar keine Misere. Vielleicht lebt er genau das Leben, das er leben will«, gab Zakos zu bedenken. »Außerdem: Vielleicht genießt seine Arbeit in einschlägigen Kreisen viel Anerkennung. Wer weiß das schon?«

»Ich nicht! Ich hab keine Ahnung von Kunst!« Fani lachte, etwas zu laut – das Rakomelo tat offenbar seine Wirkung. »Ich weiß nur eins – ich hab schrecklichen Hunger!«

Sie zogen um ans gegenüberliegende Ende des Hafens in eine Souvlakia-Braterei. Doch kurz vor der Tür fiel Fani ein, dass sie gar kein Fleisch essen wollte. Schließlich war Karfreitag.

»Wenn das meine Mutter sehen würde!«, sagte Fani, plötzlich ganz blass.

»Tut sie aber nicht!«, erwiderte Zakos, dessen Magen knurrte. »Außerdem ist das ganze Lokal voll mit Menschen. Die essen doch auch!«

Fani aber blieb dabei. »Schon der Geruch – nein, ich will jetzt wirklich kein Fleisch essen. Mir ist nicht gut!«

Sie hing schwer an seinem Arm und war nun eindeutig betrunken. Zakos beförderte sie in eine Taverne hinter dem Hafen und bestellte Gemüsesuppe, die sie dankbar in sich hineinlöffelte. Als er schließlich vorne am Tresen ihre Rechnung beglich und zurück an den Tisch trat, war sie eingenickt – den Kopf auf die verschränkten Arme gelegt. Die schwarzen Haare fielen ihr über die geschlossenen Augen, und ihr Mund stand offen. Er konnte nicht widerstehen, er musste ihr Gesicht berühren. Ganz vorsichtig streichelte er ihre Wange – nur einen Moment. Da gab sie einen knurrenden Laut von sich und war wieder wach.

Auf dem Weg ins Hotel hing sie noch schwerer an seinem Arm als zuvor – es war fast, als trüge er sie. Vor ihrem Zimmer schließlich gähnte sie, dann plötzlich küsste sie ihn auf den Mund.

»Damit du es weißt: Das ist nicht Ernst«, lallte sie im nächsten Moment. »Nur Spaß!«

Sie küsste ihn erneut, schläfrig und ein wenig zu feucht, aber dann schob sie ihn sehr abrupt von sich, öffnete ihre Zimmertür und verschwand.

Das Handy läutete, als Zakos noch gar nicht bereit war, den Tag zu beginnen – der Alkohol vom Vorabend hatte ihm zugesetzt, das spürte er jetzt. Außerdem hatte er sich die ganze Nacht herumgewälzt und versucht, Fanis Annäherungsversuch von gestern zu deuten. Sie hatte ihn geküsst. Nur um ihn einen Moment später regelrecht wegzuschubsen. Eine Reaktion, als hätte nicht sie angefangen, sondern als wäre er zu aufdringlich geworden. Was hatte das alles zu bedeuten? Lag es nur am Alkohol?

Allerdings suchte sie ständig Körperkontakt zu ihm. Sie schmiegte sich an seine Schulter, streichelte plötzlich sein Haar. Während der Prozession hatte sie seine Hand gehalten.

Aber sie hatte ebenfalls klar gesagt, dass sie nichts von ihm wolle, dass sie liiert sei – gleich zweifach. War es eher so, dass sie ihn einfach nur aus alter Gewohnheit so vertraut behandelte und tatsächlich nichts mehr von ihm wollte – von ihm, dem viel älteren, getrennt lebenden Kommissar mit Sohn, der ihr nichts zu bieten hätte als Überstunden und eine Fernbeziehung zwischen zwei Ecken Europas? Oder spielte sie etwa mit ihm? Vielleicht als Rache für vorangegangene Verletzungen?

Und was wollte er überhaupt? War er ernsthaft an ihr interessiert, oder ging es tatsächlich auch bei ihm nur um verletzte Eitelkeit? Er kam zu keinem rechten Schluss, konnte aber auch nicht abschalten, und nun fühlte er sich, als habe er so gut wie gar nicht geschlafen.

»Du klingst nicht gut!«, diagnostizierte Alexis an der anderen Leitung denn auch. »Hast du dir gestern Abend noch eine Erkältung geholt? Der Frühling in Griechenland ist tückisch – mal ist es warm, doch dann frischt urplötzlich der Wind auf, und ehe man es sich's versieht ...«

»Du schon wieder – was gibt's? Neue verrückte Theorien über 007 und Egoshooter-Spiele?«

»Nun fängst du auch schon an! Da tut man euch einen Gefallen und nervt wegen euch die Psychologin, und dann erntet man nur Undank!« Aber er lachte. »Nein, es ist was anderes. Ich habe Neuigkeiten! Es gibt einen Verdächtigen. Allerdings nur, wenn Lelas Theorie NICHT stimmt.«

»Wie meinst du das – das verstehe ich nicht!«

»Das siehst du schon noch!«, sagte Alexis.

Diesmal war es kein Problem, auf der Fähre mitgenommen zu werden – sie zeigten am Eingang einfach nur ihre Ausweise. Dabei hätte es Richtung Piräus sogar noch freie Plätze gegeben, doch niemand fragte nach Tickets, so als gehörten Zakos und Fani bereits zum Inventar. Es war noch vor zehn Uhr, als sie mit dem Taxi das Haus im Athener Stadtteil Illioupolis erreichten und an der Tür läuteten.

Die Frau Mitte fünfzig, die ihnen die Tür öffnete, schien keinen Besuch erwartet zu haben – sie trug noch eine Art Hauskleid, das den üppigen Körper wie ein Zelt umgab, und bestickte Schlappen mit Plateauabsatz. Im Hintergrund vernahm man die aufgeregte Stimme eines TV-Moderators.

Als sie hörte, dass Fani und Zakos zu ihrem Mann wollten, verdunkelte sich das runde Gesicht der Frau. Dann geleitete sie die beiden durch den offenen Küchenbereich, vorbei an dem Fernsehgerät, das vor einer kleinen Ledersitzgruppe plärrte, danach durch einen langen Gang bis zu einer verschlossenen Tür.

»Hier entlang!«, sagte sie schließlich, bevor sie sich umdrehte und auf ihren Schlappen, die eigentlich zu zierlich für den üppigen Körper schienen, zurück zur Küche balancierte.

Hinter der Tür erwartete die beiden ein Treppenhaus. Zakos und Fani stiegen die glatten Stufen aus hellem Stein hinauf und betraten schließlich im Obergeschoss einen kleinen Büroraum.

Der Mann hinter dem Schreibtisch ließ sich nicht anmerken, ob er mitbekommen hatte, dass jemand zu ihm wollte. Vielleicht war er jederzeit auf Besuch vorbereitet – so sah er jedenfalls aus, fand Zakos. Statt lockerer Hauskleidung, wie seine Frau sie zu bevorzugen schien, war er wie zum Ausgehen bereit angezogen, er trug sogar eine altmodische Fliege um den Hals. Das Sakko – Tweed, mit Hornknöpfen – hatte er hinten über die Lehne seines Bürodrehstuhls gehängt. Trotz seines altmodischen Kleidungsstils schien der Mann nicht viel älter als fünfzig zu sein – sein Haar war grau, aber noch üppig und dicht, und die Wangen von einem frischen Rot.

Er warf kaum einen Blick auf ihre Ausweise und wies sie an, Platz zu nehmen. Dann schob er seinen Laptop – ein nagelneues Apple-Modell, wie Zakos auffiel – ein Stück zur Seite und musterte die beiden.

»Ich würde Ihnen gerne etwas anbieten, aber meine Frau spricht bereits seit Jahren nicht mehr mit mir«, sagte er dann etwas mechanisch. Fani blickte Zakos an und zog ganz leicht die Augenbrauen zusammen. Offenbar war Aris Ifandis der Ansicht, jegliche Gastgeberaufgaben müssten seiner ihm entfremdeten Ehefrau obliegen. Dabei gab es eine kleine, blank geputzte Küchenzeile im Raum, auch einen Kühlschrank und eine Kaffeemaschine.

Dass sie nicht zum Kaffeetrinken hergekommen waren, schien natürlich auch Aris Ifandis zu wissen.

»Nun, meine Herrschaften – was haben Sie diesmal zu bieten?«, fragte er. »Eine Praxisangestellte, der urplötzlich einfällt, ich hätte sie vor zehn Jahren bedrängt? Oder eine frühere Patientin, die ihren Namen gern in der Tagespresse lesen möchte?«

»Mord!«, erwiderte Zakos kalt. »Zwei tote Frauen auf Rhodos, eine auf Kreta. Fani, zeig ihm die Bilder!«

Fani stand auf und zog ihr Handy hervor.

Der Mann mit der Fliege wirkte erschrocken.

»Schauen Sie gefälligst hin!«, befahl Zakos, und Fani wischte auf ihrem Handy weiter und weiter. Als sie schließlich fertig war und sich wieder neben ihn setzte, war das Gesicht des Mannes so weiß wie sein gebügeltes Hemd. Doch er versuchte, Haltung zu bewahren. Er öffnete bedächtig ein Zigarettenetui, das neben seinem Computer lag, nahm eine Zigarette heraus und zündete sie sich an. Seine Hand zitterte nur ganz leicht. Doch Zakos hatte gute Augen.

»So was können Sie mir nicht auch noch anhängen!«, sagte Ifandis und pustete ihnen den Zigarettenrauch direkt entgegen. »Das nicht!«

»Wir müssen nun mal jeder Spur nachgehen«, erläuterte ihm Zakos. »Alle drei Frauen waren im medizinischen Bereich tätig. Alle hatten Seminare der Firma Mediona besucht. Seminare, die unter anderem von Ihnen abgehalten wurden. Kannten Sie die Frauen? Haben Sie sie in ihren Wohnungen aufgesucht? Sie dort getötet?«

»Was soll das?«, fragte Ifandis. »Was sollen diese Anschuldigungen? Was habe ich mit diesen Frauen zu tun?«

»Nun, es könnte folgendermaßen abgelaufen sein ...«, erklärte Zakos. »Sie haben Kontakt aufgenommen, sie belästigt, jede von diesen drei Frauen. Oder auch nur eine – und die anderen wussten davon. Egal, wie – es überkam Sie, Sie hatten es einfach nicht unter Kontrolle. Wäre ja nicht das erste Mal. Vielleicht kam es zu einer Vergewaltigung, vielleicht blieb es bei der Belästigung. Doch dann erschraken Sie. Noch ein Skandal, jetzt, wo sich alles um Sie herum längst beruhigt hatte, wo Sie sich ganz allmählich eine neue Existenz aufgebaut hatten – das konnten Sie sich nicht leisten. Also mussten Sie die Frauen ausschalten!«

Ifandis lachte auf. Es klang erschrocken. »Das lasse ich mir von Ihnen nicht anhängen!«, rief er.

»Anhängen? Wenn ich so was schon höre!«, entgegnete Fani. »Als wären die früheren Vorwürfe Ihnen auch einfach nur angehängt worden. Wollen Sie tatsächlich damit sagen, dass das alles nur reine Behauptungen waren? Von sage und schreibe siebzehn Frauen?«

Ifandis verdrehte die Augen.

»Es entspricht nicht der Wahrheit, was über diese Angelegenheit kommuniziert wurde«, sagte er und versuchte, dabei würdig zu wirken. »Es waren die Neunzigerjahre, die Zeit der Political Correctness – die kleinste Bemerkung galt damals schon als *politically incorrect*. Ich wurde ein Opfer der Umstände. Die Frauen haben einen regelrechten Krieg gegen mich geführt. Ich musste meine Stelle in der Uniklinik aufgeben, meine Praxis schließen. Glauben Sie mir, ich bin genug gestraft!«

»Nicht wirklich, Sie sind weich gefallen«, sagte Fani mit Bestimmtheit. »Sie arbeiten in der Pharmaforschung, halten Vorträge. Sie können sich nicht beklagen!«

»Es gibt eben Menschen – auch Frauen –, die immer wussten, dass ich unschuldig war, die mir vertrauten und Wert auf meine Expertise legen, auf meine Kompetenzen. Maria Melas, die Mediona-Gründerin, ist so eine Person gewesen. Wir kannten uns seit Ewigkeiten, und ihre Tochter Nike bringt mir heute dasselbe Vertrauen entgegen, und so ...«

»Nike?«, fragte Fani aufgeregt. »Von welcher Nike sprechen Sie?«

»Marias Tochter«, sagte Ifandis ein wenig erstaunt. »Nike Angelopoulou – sie trägt den Namen des Ehemannes weiter, obwohl sie geschieden ist, was ich ungewöhnlich finde, wenn Sie mich fragen. Aber das geht mich nichts an.«

Fanis Wangen wurden plötzlich rot, als würde sie die Luft anhalten vor Angst, mit etwas herauszuplatzen. Auch Zakos musste an sich halten bei dieser Neuigkeit, dass Nike bei Mediona nicht nur beschäftigt war – die Firma gehörte ihr sogar! Sie hatte das nicht erwähnt, niemand hatte das. Er fragte sich nur, weshalb? Und was bedeutete das für ihre Ermittlungen?

»Wussten Sie das nicht?«, fragte Ifandis.

»Doch, doch!«, wiegelte Zakos ab. »Ich dachte nur eben über etwas anderes nach. Warum – ähm – warum besuchen eine Hals-Nasen-Ohren-Ärztin, eine Physiotherapeutin und eine Orthopädin ein und dieselbe Fortbildung – ihre Arbeitsbereiche haben doch gar nicht viel gemeinsam?«

Eigentlich hatte Zakos nur von der entstandenen Unsicherheit ablenken wollen – aber die Frage war naheliegend, und er wunderte sich selbst, warum er sie noch niemandem gestellt hatte.

Aris Ifandis' Gesichtsausdruck veränderte sich schlagartig.

»Sehr gute Frage!«, sagte er, und seine Mimik hellte sich ein wenig auf. »Eigentlich sollte man ja meinen, diese beiden Felder berühren sich nicht – geschweige denn, dass sie sich überschneiden.«

Zakos nickte.

»Aber weit gefehlt, weit gefehlt – alles hängt zusammen!«, erklärte er. »Darf ich fragen, ob einer der Anwesenden bereits einen Hörsturz hatte, Tinnitus, Ohrgeräusche? Keiner von Ihnen?«

Er klang, als spräche er zu mehreren Zuhörern, dabei waren nur sie drei im Raum. Fani wirkte deutlich genervt – es war offensichtlich, dass sie sich keinen medizinischen Vortrag anhören wollte. Aber Ifandis fuhr unbeeindruckt fort.

»Seien Sie froh! Die Therapie gestaltet sich nämlich kompliziert. Wenn man zu spät oder aber falsch behandelt, leiden die Patienten mitunter ein Leben lang an ihren Symptomen. Bis vor Kurzem galt bei Tinnitus und Hörsturz die Cortisontherapie als Mittel der Wahl – zunächst versuchte man es mit Tabletten, und wenn die Symptome nicht nachließen, ging man über zu einer intravenösen Cortisontherapie. Diese wurde zumeist in Tageskliniken absolviert und beanspruchte in manchen Fällen eine oder mehrere Wochen.«

»Und das funktionierte nicht?«, fragte Zakos.

»Nein, eben nicht immer!«, rief Ifandis aus. Er war jetzt ganz in seinem Element. »Und zwar, weil die Ohren bei der Sache gar nicht das Problem waren. Raten Sie mal, was häufig das eigentliche Problem ist?«

Zakos blickte ihn fragend an.

»Der Nacken ist das Problem! Also der Alltagsstress, die Arbeit am Computer, die ewige Sitzerei. Der Nacken verspannt sich, und das ist es, was den Hörsturz auslösen kann – faszinierend, nicht wahr?«

Zakos nickte.

»Ich bin im Rahmen einiger Studien aus den USA auf diese Thematik gestoßen und ein wenig stolz darauf, dass ich das Bewusstsein in Griechenland diesbezüglich ein Stück weit verändern durfte. Daran war natürlich maßgeblich eine Firma wie Mediona verantwortlich, die sich einem ganzheitlichen Therapieansatz öffnete und darüber in den angesprochenen Seminaren informiert. Mittlerweile gibt es so einige HNO-Spezialisten hier, die ihre Tinnitus- und Hörsturzpatienten beim Orthopäden vorstellen. Aber natürlich sieht der Patient den HNO-Arzt erst mal komisch an, wenn der sagt: ›Gehen Sie mal mit Ihrem Tinnitus lieber zum Orthopäden!‹« Er lachte leise. Es war kein unsympathisches Lachen, und auch seine Stimme klang eigentlich angenehm, und Zakos konnte nachvollziehen, warum er nach wie vor als Redner gefragt war.

»Aber es spricht sich herum. Auch die Physiotherapie kann hier viel Gutes bewirken. Außerdem feiern wir Erfolge mit einem Medikament aus der Zahntherapie, das in den Nacken- und Kopfbereich eingespritzt wird! Wenn die Betäubung nachlässt, sind auch die Beschwerden mit dem Gehör gelindert.«

»Interessant!«, sagte Zakos und meinte es auch so.

Ifandis nickte. Eine Weile saßen sie alle drei nur da und lauschten dem Hall seines kurzen Vortrages nach.

»Wir müssen natürlich Ihr Alibi prüfen«, sagte Zakos schließlich. »Es gibt drei fragliche Daten.« Er nannte sie dem Mann, der sogleich zu seinem Tageskalender auf dem Schreibtisch griff.

»Am 11. habe ich mich zur Entfernung einiger Muttermale über Nacht in einer Klinik befunden. Sie können das überprüfen. Dann war ich in Thessaloniki, bei einem Vortrag. In den vergangenen Tagen befand ich mich hier im Haus an meinem Schreibtisch – das kann meine Ehefrau bezeugen«, sagte er. »Sie würde bestimmt nicht für mich lügen – das können Sie mir glauben!«, fügte er schließlich in etwas dumpfem Ton hinzu.

Zakos nickte und stand auf.

»Wie war das damals, in der Zeit der politischen Korrektheit?«, fragte er schließlich, als er schon fast an der Tür war. Es tat nicht wirklich etwas zur Sache, aber Zakos interessierte es einfach, wie der Mann reagieren würde.

»Sie als Mann wissen doch, wie so was ist«, sagte der andere, und nun klang seine Stimme ein wenig jovial. »Eine flapsige Bemerkung, ein Kompliment – und schon wird man an den Pranger gestellt.«

Er blickte mit treuem Augenaufschlag zu Zakos hoch.

Fani neben ihm schüttelte empört den Kopf.

»Ich übergebe mich gleich!«, sagte sie.

»Ich auch!«, sagte Zakos und warf die Tür hinter sich zu.

Kapitel 8

Alexis hatte darauf bestanden, sie nach dem Termin zu Hause zu bekochen, aber als sie an der angegebenen Adresse in Petralona ankamen, traf auch er gerade erst ein – mit etwas gehetztem Blick und einer mit Lebensmitteln prall gefüllten Plastiktüte in der Hand.

»Sorry, ich musste im Präsidium nur noch …«, stammelte er.

»Endaxi, endaxi«, beschwichtigte ihn Zakos. »Entspann dich! Ich hab mich sowieso gewundert, dass du Zeit hast – hast du nicht gesagt, dass du über die Feiertage eingeteilt bist?«

»Nur am Karfreitag«, sagte Alexis. »Aber dann bin ich heute kurz rein, weil ich noch … egal. Dauert nur ein paar Minuten.«

Tatsächlich hatte er sich ein etwas aufwendigeres Rezept ausgesucht, ein Fastengericht, Artischocken in Zitronensauce. Allein das Putzen und Zurechtschneiden der Artischocken dauerte seine Zeit. Fani und Zakos halfen beim Schälen der Kartoffeln, die dazu in den Ofen sollten, und als Alexis schließlich alles ins Rohr geschoben hatte, setzten sie sich gemeinsam auf den schmalen Balkon, und Alexis brachte drei eiskalte Bier.

»Verstößt Bier eigentlich nicht gegen die strengen Fastenregeln?«, interessierte Zakos sich, als er sich ein Glas – eisgekühlt aus dem Eisfach, als wären sie in einer Gaststätte – einschenkte.

»Bierfasten – das fehlte noch!«, stöhnte Alexis. »Nein, da mache ich nicht mit. Reicht doch schon, dass wir heute am Karsamstag brav auf Fleisch verzichten. Ich bin sicher, wir kommen in den Himmel.«

Zakos lachte. »Du kommst sowieso in den Hausfrauenhimmel – hier ist ja kein Stäubchen zu sehen!« Der schmale Marmorboden des Balkons blitzte geradezu vor Sauberkeit, außerdem gab es Pflanzenkübel, in denen Kräuter und Blumen gediehen. Auf Zakos' Balkon zu Hause in München standen lediglich leere Mineralwasserträger und ein Wäscheständer.

Auch Alexis' kleine Wohnung wirkte überaus gepflegt. In der Küche standen keinerlei schmutzige Teller oder Gläser herum, ebenso wenig wie leere Bier- oder Weinflaschen, und als Alexis nun Teller, Brot und eine Schüssel mit Tomatensalat brachte, hatte er sogar Papierservietten dabei.

»Gib's zu – du hast eine Freundin!«, sagte Zakos. »Kein alleinstehender Mann, den ich kenne, kauft sich Papierservietten!«

»Ich bin eben anders als die anderen«, entgegnete Alexis. »Ich brauche Ordnung und Struktur! Aber nun erzählt – wie war's bei dem alten Lustmolch?«

»Widerlich, einfach nur widerlich«, empörte sich Fani. »Ich wünschte wirklich, er wäre der Mörder, aber er ist es natürlich nicht. Er hat ein Alibi für zwei der Fälle, aber das muss natürlich erst überprüft werden. Und beim dritten Mal bürgt seine Frau für ihn.«

»Seine Frau«, sagte Alexis spöttisch. »Na toll!«

»Nein, sie ist schon glaubwürdig!«, bestätigte Fani. »Sie

hasst ihn nämlich und hat seit Jahren nicht mehr mit ihm gesprochen. Die würde sich wahrscheinlich freuen, wenn er wegen Mordes lebenslang hinter Gitter käme, glaube ich.«

Zakos nickte. »Ich hab sowieso nie geglaubt, dass er tatsächlich der Täter sein könnte – aber du hattest natürlich recht, uns zu ihm zu schicken. Man muss so einer Spur immer nachgehen«, sagte er. »Und dennoch hat sich tatsächlich etwas Interessantes ergeben, ganz zufällig.«

»Ja, und zwar, dass Nike die Besitzerin von Mediona ist«, platzte Fani heraus. »Ihre Mutter hat das Unternehmen gegründet.«

»Nike – das ist die Ärztin, die der Toten auf Kreta ähnlich sieht, oder?«, fragte Alexis. »Die Frau, von der ihr denkt, sie befinde sich in Gefahr.«

Fani nickte.

»Wieso hast du uns eigentlich nichts davon gesagt, dass sie Firmeninhaberin ist?«, fragte sie in etwas spitzem Ton.

»Hm, keine Ahnung – ich hab die Unterlagen nicht da, aber soweit ich mich erinnere, gehört die Firma einer Familie Milas – nein, Melas. Heißt Nike denn Melas mit Nachnamen?«

»Nein, sie trägt den Namen ihres Ex-Ehemannes – Angelopoulou.«

»Na, dann ist das eben des Rätsels Lösung.«

»Du verstehst nicht – sie hat mit keinem Wort erwähnt, dass Mediona ihre eigene Firma ist!«, erklärte Fani. »Sie tat so, als würde sie lediglich für die Firma arbeiten.«

»Vielleicht war das alles nur ein Missverständnis. Vielleicht dachte sie, das sei allgemein bekannt!«, gab Alexis zu bedenken.

»Kann sein ...«, meinte Zakos. »Ist es denn so bekannt?«

»Ehrlich gesagt kannte ich die Firma vorher überhaupt

nicht!«, erwiderte Alexis. »So riesig sind die nun auch wieder nicht. Aber ich bin sicher auch kein Experte im Bereich Pharmaunternehmen. Und leider konnte ich wegen der Feiertage auch noch nicht allzu viel darüber herausfinden. Ich hab lediglich diesen Unfall überprüft, von dem ihr gesprochen habt – den mit dem Geisterfahrer. Aber ich konnte dabei keine Ungereimtheiten finden. Es war einfach ein erweiterter Selbstmord«, erklärte er.

Fani und Zakos nickten enttäuscht.

»Das Einzige, was ich außerdem kurzfristig rausfinden konnte«, fuhr Alexis fort, »war, dass Mediona diesen Lustgreis beschäftigt. Bin gleich stutzig geworden, weil sein Name mir so bekannt vorkam. Und tatsächlich: Wenn man den Namen ins System eingibt, spuckt der Computer so einiges aus.«

»Aber wenn man nach dem geht, was deine Psychologin so von sich gibt, ist er völlig unverdächtig«, spottete Fani. »Er ist ein Lustmolch, ein Grapscher und Vergewaltiger. Aber die Morde waren ja nicht sexuell motiviert – denkt sie jedenfalls.«

»Vielleicht ist er mittlerweile einfach impotent, wer weiß«, sagte Alexis. »Und ehrlich gesagt glaube ich gar nicht daran, dass er was mit den Morden zu tun hat. Aber es wäre natürlich ein schweres Versäumnis, so einen Typen nicht zu kontrollieren.«

»Klar. Und dass er für Mediona arbeitet, ist an sich schon merkwürdig«, gab Zakos zu. »Das ist doch regelrecht geschäftsschädigend, so einen Menschen bei Vorträgen einzusetzen.«

Fani zuckte die Schultern. »Ich glaube, dieser Skandal um ihn ist schon zu lange her. Ich persönlich hatte das gar nicht mitbekommen, ich habe das ja erst jetzt durch Alexis erfahren.

Ich wäre über seinen Namen nicht gestolpert, wenn ich ihn als Seminarleiter auf einem Programm gelesen hätte. So ging es wahrscheinlich auch den meisten Konferenzgästen.«

»Ist jedenfalls gut, die Sache im Hinterkopf zu haben. Man weiß nie«, sagte Zakos. »Mein Gott, das riecht aber köstlich!«

Er meinte den Essensduft aus der Küche.

Es schmeckte auch hervorragend. Zu den Artischocken gab es helles Sauerteigbrot und Weißwein. Langsam wurde es außerdem so warm auf dem Balkon, dass Zakos die Ärmel seines Hemdes aufrollen musste.

»Perfekt – da kommen Sommergefühle auf!«, schwärmte er.

»Träum weiter!«, sagte Fani, die noch nicht mal ihre Lederjacke ausgezogen hatte. Für sie begann der Sommer erst ab dreißig Grad im Schatten, wie Zakos wusste.

»Sag mal, Alexis – sonst habt ihr nichts mehr über Mediona herausgefunden?«, fragte sie schließlich und wischte die köstliche Sauce mit einem Stückchen Brot auf.

Er schüttelte den Kopf.

»Nein, es gibt nichts – noch nicht. Jedenfalls nichts Besonderes«, sagte er und lud ihnen noch mal eine Portion auf die Teller. »Aber ehrlich gesagt besteht meine Recherche derzeit erst in der Durchsicht dessen, was in den Akten und im Internet steht, außerdem bin ich einfach kurz auf gut Glück in die Firmenzentrale gefahren und habe eine Büroangestellte dort gesprochen. Besser gesagt eine ehemalige Büroangestellte. Sie war wohl gerade dabei, ihren Schreibtisch auszuräumen und zu gehen, weil sie seit einigen Monaten schon kein Gehalt mehr bekommen hat.«

»Mediona ist pleite?«, fragte Zakos. »Na, das ist aber doch mal eine Nachricht!«

»Bei euch in Deutschland vielleicht, hier ist so was ganz

normal«, erwiderte Alexis schnippisch. »Wobei – den Pharmaunternehmen geht's im Vergleich nicht schlecht, Mediona ist wohl auch nicht vollkommen am Ende – sie stecken einfach in der Krise. Da kommt es schon mal zu Unregelmäßigkeiten bei den Gehaltszahlungen. Komisch ist in diesem Zusammenhang nur, dass sie trotzdem bis vor Kurzem diese Seminare veranstaltet haben. Die kosten doch sicher eine Unmenge Geld.«

Zakos blickte ihn groß an.

»Wieso – die müssten doch ganz im Gegenteil Geld in die Kassen spülen«, vermutete er. »Die Seminare waren doch recht gut besucht!«

»Na klar – Gratisveranstaltungen sind beliebt!«

»Gratisveranstaltungen – du meinst, die Leute mussten gar nichts dafür zahlen?«, wunderte sich Zakos. Es war ihm klar, dass er recht unbedarft klang, aber er hatte tatsächlich keine Ahnung.

»Genau so meine ich das«, sagte Alexis. »Es war alles umsonst! Sogar die Unterbringung wurde gezahlt, das Essen … Die Seminarteilnehmer mussten nur die Fahrtkosten tragen, sagte die Bürokraft. Das nennt sich offiziell Werbemaßnahmen.«

»Merkwürdig«, meinte Zakos.

»Gar nicht«, entgegnete Fani. »Das ist in dieser Branche gang und gäbe. Die eingeladenen Teilnehmer sind ja nicht ausschließlich unwichtige kleine Orthopädinnen oder Physiotherapeutinnen – solche Leute sind nur das Füllmaterial sozusagen. Eigentlich geht es darum, diejenigen zu umschmeicheln, die beispielsweise in großen Krankenhäusern Einfluss darauf nehmen können, welche Medikamente bestellt werden.«

»Typisch Griechenland!«, meinte Zakos.

»Du hast echt keine Ahnung. So arbeitet die Pharmaindustrie weltweit«, erläuterte Alexis. »Zum Beispiel in den USA. Oder in Frankreich. Ich hab da mal so eine TV-Reportage gesehen.«

»Nun ja«, meinte Zakos. »Wahrscheinlich hätte ich das wissen müssen. Ich hab auch schon mal gehört, wie mächtig solche Firmen sein können. Aber ich hab mich damit nie richtig beschäftigt.«

»Ich weiß das alles auch nur aus dem Fernsehen«, erwiderte Fani. »Ich glaube, ich habe dieselbe Reportage wie Alexis gesehen.«

»So weit, so normal«, fasste Alexis zusammen. »Die Frage ist nur – wo ist diese Grenze vielleicht überschritten worden? Und wer weiß davon?«

»Mit anderen Worten: Du meinst, der Tod der Seminarbesucherinnen könnte damit zusammenhängen?«, fragte Zakos.

Alexis nickte. »Vielleicht. Aber das ist natürlich alles nur die reinste Spekulation. Wir wissen nicht das Geringste, und wir können derzeit auch so gut wie nichts recherchieren. Die richtige Arbeit beginnt erst, wenn die Feiertage hinter uns liegen, soweit wir dabei Unterstützung von meinem und Fanis Chef bekommen. Falls sie uns dabei überhaupt unterstützen.«

Zakos nickte stumm. Seine freien Tage näherten sich ebenfalls dem Ende. Bald nach den Feiertagen würde er bei seiner Dienststelle in München erwartet. Vielleicht würde er Fani dann erst in ein paar Jahren wiedersehen – wer wusste das schon?

Er musterte sie unauffällig von der Seite. Sie hatte sich mit dem Rücken an die Balkonwand gelehnt, die Beine auf das Geländer gelegt und streckte das Gesicht in die Sonne. Sie schien das Licht und die Wärme regelrecht aufzusaugen, wie eine Katze, die sich auf den behaglichsten Fleck des Hauses legt. Er hätte sie gern fotografiert, um ihren Anblick in genau diesem Moment mit nach Hause nehmen zu können, aber er hätte es peinlich gefunden, vor Alexis ein Foto von ihr zu machen – und ebenso vor Fani selbst.

In diesem Moment läutete Alexis' Telefon. Er sprach eine Weile, dann hielt er inne und wandte sich an Fani und Zakos.

»Lasst uns noch zusammen Kaffee trinken«, raunte er ihnen zu, und dann, an Fani gewandt. »Du weißt ja, wo alles zu finden ist.«

Fani war in der Küche beschäftigt, als es der Tür läutete. Zakos dachte, die junge Frau mit dem hoch aufgetürmten schwarzen Dutt und den dunkel gemalten Brauen, die Alexis zur Begrüßung vertraut um den Hals fiel, sei seine Freundin oder vielleicht seine Schwester. Aber dem war nicht so.

»Das ist die Kollegin, von der ich euch schon berichtet habe«, sagte Alexis. »Ich wollte nicht verraten, dass sie vielleicht kommt – es war nicht sicher. Aber nun hat sie es doch geschafft!«

»Leandra Anastassakis«, stellte sie sich vor. Es war Lela, die Fallanalytikerin.

Sie setzte sich zu ihnen auf den Balkon, wo es nun so eng war, dass Alexis seinen Kaffee im Stehen trinken musste – angelehnt an das Geländer. Fani bombardierte die Psychologin sofort mit Fragen.

»Wieso entkleidet der Mörder seine Opfer, wenn gar kein sexueller Hintergrund besteht? Und wieso ist er nicht jung, sondern alt?« Sie nahm natürlich Bezug auf die Einschätzungen der Fallanalytikerin, die sie von Alexis bereits erfahren hatten.

Lela ließ sich allerdings nicht hetzen. Sie führte erst mal in aller Ruhe die Kaffeetasse an die blutrot geschminkten Lippen und trank einen großen Schluck. Als sie sie absetzte, lächelte sie Fani an.

»Darf ich fragen, ob du bereits vertraut bist mit unserer Art zu arbeiten? Nein. Gut, also: Wie du dir denken kannst, liefern wir keine konkreten Ergebnisse, wie beispielsweise ein Kriminaltechniker, sondern Analysen, manchmal einfach nur Spekulationen. Oft geht's auch darum, die Ermittler in ihren instinktiven Ahnungen und unbewussten Erkenntnissen zu ermutigen, und was diesen Fall angeht, kannst du einige Fragen selbst beantworten, du bist auf dem besten Weg: Du denkst, der Täter hat es auf besonders autonome Frauen abgesehen – das hat Alexis berichtet.«

Fani nickte aufgeregt.

»Was könnte also der Grund sein, sie zu entkleiden?«

»Er will sie erniedrigen!«, sagte Fani wie aus der Pistole geschossen.

»Genau – das ist naheliegend!«, bestätigte Lela, und Fani warf den beiden Männern triumphierende Blicke zu. Es war offensichtlich, dass sie ihre Vorbehalte gegen die Analytikerin auf einen Schlag beigelegt hatte.

»Man muss also von einem Täter mit niedrigem Selbstwertgefühl ausgehen, das aber mit Größenwahn gepaart ist – auch wenn das sehr gegensätzlich klingt. Aber diese Kombination erlebt man häufig. Wisst ihr, warum man außerdem davon ausgehen kann, dass keinerlei sexuelles Interesse an den Toten bestand?«

Sie blickte in die Runde, nur um die Frage nach einer kurzen Pause selbst zu beantworten: »Die Taten sind so wenig schwelgerisch, geradezu unblutig – zumindest die zwei auf Rhodos. Alexis hat mir Bilder gemailt.«

»Auf Kreta ist schon eine Menge Blut geflossen«, sagte Fani. Alles war voll Blut – es handelte sich ja um einen Schuss in den Hals, in die Halsschlagader.«

»Das zählt nicht. Ich meine etwas anderes. Und zwar, ob er – oder sie, wir wissen es ja nicht – mit dem Blut gespielt hat. Also: damit rumgeschmiert, irgendwas an die Wand gemalt, irgendwas absichtlich damit getränkt? Nein? Dachte ich's mir doch! So, und nun gib mir mal deine Hände ...«

Gemeint war Fani. Lela sprach fast ausschließlich Fani an – aber es war ja auch Fanis Fall, sagte sich Zakos.

»So, und nun nimm meinen Unterarm und drück zu!«, befahl Lela.

»Ähm – ich will dir nicht wehtun!«, zögerte Fani.

»Schon gut, ich sage, wenn's zu heftig wird. Fang an!«

Fani umschloss Lelas Unterarm, zunächst etwas zögerlich. Nach einer kurzen Weile röteten sich Fanis Wangen ein wenig, und Zakos fragte sich, ob ihr die Sache etwas peinlich wurde. Dann ließ Fani plötzlich los.

»Puh – ich verstehe genau, was du meinst!«

»Ja, nicht wahr?«, sagte Lela und rieb sich den Arm, auf dem die Umklammerung rote Druckstellen hinterlassen hatte. »Möchtest du es den Jungs erklären?«

»Klar, aber ich weiß nicht recht, wie ich es beschreiben soll. Es war – irgendwie intensiv!«

»Ja, so kann man es nennen – lustvoll. Berührung, Kraft, Gewalt, Haut – das alles löst Empfindungen aus. Bei jemandem mit der entsprechenden Disposition kann so etwas eine Menge Impulse triggern. Manche geraten in einen regelrechten Rausch, manchmal auch in einen Blutrausch. Aber in euren Fällen – nichts. Die Frauen waren in der Macht dieses Mörders, aber sie hatten nicht mal blaue Flecken. Ich glaube, der hat die nicht angefasst. Vielleicht hat er sich vor ihnen sogar geekelt. Ganz merkwürdig. Mir kommt das alles vor, als würde da jemand nur ein Spiel spielen und nur so tun, als ob. Es wirkt alles so – so unecht!«

»Darum denkst du, es war eine Frau oder ein Schwuler. Weil die kein sexuelles Interesse zeigen würden?«

»Eine Frau oder ein Schwuler? Nein, das habe ich nie so gesagt. Würde ich auch nie tun!«

»Aber Alexis hat doch ...«, wandte Fani ein.

»So hab ich's aber verstanden – Lela, du sagtest doch, jemand, der nicht auf Frauen steht«, verteidigte sich Ekonomidis.

»Nein, ich sagte, dass er nicht drauf stand, diese Frauen zu töten. Das ist was ganz anderes! Dieser sexuell genährte Impuls, diese Leidenschaft – um es mal so zu nennen –, fehlt hier.«

»Vielleicht, weil der Täter impotent ist«, sagte Fani. »Vielleicht waren es Frauen, die dieser Ifandis angebaggert hat, aber er konnte nicht mehr, er ist nicht mehr der Jüngste – und deshalb hat er sie danach ermordet. Hm!«, sie zog die Nase kraus. »Na gut, ich geb's zu – das war jetzt eine bescheuerte Theorie.«

Lela lachte und nickte. »Ja, ein bisschen. Wobei man sagen muss, dass Impotenz keineswegs asexuell ist, ganz im Gegenteil. Der Impotente will ja, er kann nur nicht, oder nicht dann, wenn er soll. Beispielsweise, wenn es sich nicht um eine echte Impotenz handelt, sondern um jemanden, der unter *Ejaculatio praecox* leidet, mit allem, was da mitspielt. Es gab so einige psychopathische Serienkiller mit dieser Prädisposition. Da sind die Fachbücher voll davon. Aber hier – absolute Fehlanzeige! Nein, ich sag's noch mal: Hier geht's null um Sex – in keiner denkbaren Variante.«

»Interessant! Und warum gehst du davon aus, dass der Täter nicht mehr ganz jung ist?«, fragte Zakos.

»Tja – ist nur so ein Gefühl, ehrlich gesagt. Keinerlei Spuren am Tatort – das ist doch eine ganz schöne Leistung. Das traue ich keinem jungen Bürschchen zu. Junge Kerle sind alle Schlamper. Die können in der Regel nicht mal ein Badezimmer sauber halten, geschweige denn einen Tatort ohne Spuren hinterlassen.«

Fani kicherte. »Außer Alexis!«

»Anwesende sind natürlich grundsätzlich ausgenommen von unserem kleinen Spielchen hier«, sagte Lela und lächelte sehr charmant in die Runde. »Aber um wieder zurück zum Thema zu kommen: Frauen hinterlassen einen Tatort ebenfalls zumeist aufgeräumter und sauberer als Männer – behaupte ich jetzt mal so. Ich weiß nicht, ob das empirisch stützbar ist, aber mir kommt das schon immer so vor. Und das ist auch einer der Gründe, warum ich denke, dass hier eventuell eine fleißige weibliche Hand am Werk war.«

»Apropos Frauen. Es gibt eine Frau, die mit all den Toten eine Verbindung hatte, denn sie hatten ein von ihr organisiertes Seminar besucht. Und das Frappierende – sie sieht der Toten auf Kreta wahnsinnig ähnlich! Deswegen machen wir uns Sorgen um sie.«

»Oh, là, là!«, sagte Lela und formte die vollen roten Lippen zu einem Pfiff. »Jetzt wird's spannend! Könnte sein, dass jemand die anderen nur für sie killt – sozusagen als kleines Geschenk an eine Angebetete.«

»Nicht dein Ernst!«, sagte Alexis.

»Doch, absolut. Gab mal so einen Fall in den USA, schon länger her, in den Fünfzigern oder vielleicht sogar noch früher. Da hat einer eine ganze Tanztruppe eliminiert, um für seine Angebetete die Konkurrenz auszuschalten. Dabei kannte die den Mann gar nicht richtig, sie war ihm nur ein paarmal an einer Tankstelle begegnet. So etwas ist auch eine Form von Stalking, übrigens.«

Fani blickte Lela erschrocken an.

»Es gibt natürlich auch noch eine andere denkbare Variante, und diese Doppelgängerin ist die Mörderin. Schon mal daran gedacht?«

»Aber was hätte sie denn für ein Motiv?«, fragte Fani, und ihre Stimme klang erschrocken und etwas zu laut.

»Das herauszufinden«, sagte Lela, stand auf und blickte etwas erschrocken auf ihre große roségoldene Armbanduhr, »obliegt nicht mir.«

»War interessant, oder?«, sagte Zakos im Taxi.

»Fani nickte. »Ja, absolut. Aber so richtig konkret war es nicht. Ehrlich gesagt habe ich mir die Sache anders vorgestellt, viel handfester.«

»Ja, das wäre natürlich toll, wenn einem jemand alles über den Täter verraten könnte. Dass er aus einer bestimmten Region stammt, seine Mutter Lehrerin war und er den Kaffee mit drei Stück Zucker trinkt – solche Sachen. Aber das gibt's wohl nur im Fernsehen. Beziehungsweise: Manche Profiler äußern sich schon sehr konkret. Nur dass sie eben erfahrungsgemäß nicht immer recht behalten ...«

»Kein Wunder, dass diese Lela sagt, wir sollen uns auf unseren eigenen Instinkt verlassen. Dann ist sie fein raus!«, sagte Fani lachend.

Sie blickten eine Weile schweigend aus dem Autofenster, dann fiel Zakos etwas ein.

»Wieso weißt du eigentlich so genau, wo bei Alexis der Kaffee zu finden ist?«

Sie antwortete nicht, sondern gab nur ein kleines »Puh«

von sich – und eigentlich war das Antwort genug. Aber Zakos kapierte es noch immer nicht und fragte noch ein paarmal nach.

»Das willst du doch gar nicht so genau wissen«, meinte Fani schließlich.

»Wie bitte?«, antwortete Zakos. »Aber natürlich will ich das wissen!«

»Ach, Nikos ... aber bitte keine Moralpredigt, nicht schon wieder – okay?«, seufzte sie.

»Du meinst? Nein! Das gibt's doch nicht!« Er war empört. Darauf, dass die beiden mehr als rein berufliche Angelegenheiten verband, wäre er nie gekommen. Er war zunächst sogar erstaunt gewesen, dass zwischen Alexis und Fani überhaupt so ein derart freundschaftlicher Ton herrschte. Beim Kennenlernen vor ein paar Jahren hatte das noch ganz anders geklungen.

Aber dass die beiden sich gleich so nahegekommen waren – das überraschte ihn. Er spürte stechende Eifersucht, gleichzeitig fühlte er sich betrogen.

»Und ich hatte keine Ahnung!«, sagte er empört.

»Jetzt lass doch mal gut sein«, meinte Fani.

Plötzlich kam Zakos ein besonders quälender Gedanke: »Der Freund in Athen, von dem du sprachst – der Zweitfreund, oder wie man das nennen mag, ist das Alexis?«

»Nein, ist er nicht. Die Sache mit Alexis ist schon lange vorbei«, erklärte sie. »Wir haben recht bald festgestellt, dass wir als Freunde besser taugen denn als Paar. Und wir haben die Konsequenz daraus gezogen. Unter Kollegen ist es oft besser, eine klare Linie zu ziehen, sonst spielt das Private ja doch immer irgendwie in die Arbeit mit rein – das muss ich dir ja nicht weiter erklären. Wir unterstützen uns auch beruflich gegenseitig – deswegen hatte ich ihn ja auch angesprochen wegen meines Falles. Aber er hatte keine Zeit. Und deswegen kamen wir beide ja auch auf die Idee, dich am Flughafen abzupassen, und so …«

»Ihr beide kamt auf die Idee? Alexis war auch beteiligt an dieser Aktion?«

Sie nickte, ein wenig verlegen.

Zakos war enttäuscht.

»Ursprünglich wolltest du also lieber ihn dabeihaben. Ich bin sozusagen die zweite Wahl …«

»Nikos, was soll denn das?«, fragte sie. »Du verstehst das ganz falsch! Du bist doch nicht die zweite Wahl, wieso glaubst du denn so was?«

Aber Zakos ließ sich nicht so leicht beruhigen. Er hatte seinen Sohn im Stich gelassen, ausgerechnet an Ostern. Sie hatten Pläne gehabt, die sich nun nicht erfüllt hatten. Das war schlimm genug. Der Gedanke, dass er seinen Jungen wegen einer Sache im Stich gelassen hatte, die auch Alexis oder ein anderer Kollege ebenso gut hätte übernehmen können, war aber erst recht frustrierend.

Fani versuchte ihn weiter zu überzeugen, wie wichtig er für sie bei diesem Fall war. »Ohne dich hätte Jannakis mich nie so lange für diese Sache freigestellt«, sagte sie. »Nur weil du dabei bist, darf ich überhaupt hier ermitteln. Du weißt ja, dass er kein bisschen an meine Theorie mit dem Serientäter glaubt. Und außerdem will er ohnehin, dass ich Rhodos möglichst nicht verlasse. Aber wie kann ich Zusammenhänge herstellen, wenn ich auf Rhodos sitze? Ich könnte Nike doch nicht von Rhodos aus beschützen!«

»Fani. Denk nach. Du hättest Nike gar nicht erst kennengelernt …«, wandte Zakos genervt ein.

»Eben!«, versetzte Fani. »Du sagst es. Aber nun habe ich sie kennengelernt, sie weiß, dass sie in Gefahr ist und dass sie auf sich aufpassen muss. Paul ist zu ihr gezogen, und auch wir sehen immer mal wieder nach dem Rechten. Außerdem ...«

Sie redete und redete, und Zakos lauschte und versuchte, sich innerlich zu beruhigen.

Als sie von der Fähre gingen, sahen sie Kommissar Demetris, der in einem Café nahe des Bootsanlegers saß. Er winkte sie freundlich heran.

»Setzen Sie sich doch zu mir, und berichten Sie mir vom Stand Ihrer Ermittlungen«, sagte er. »Ich habe zwar heute frei – nach dem Debakel am Karfreitag habe ich das auch verdient –, aber solche spannenden Fälle, wie Sie sie bearbeiten, interessieren mich immer!«

»Apropos Karfreitag«, sagte Zakos, als sie Platz nahmen. »Hat sich herausgestellt, was die Ursache für den Trubel bei der Prozession war?«

»Ach, nichts weiter«, erwiderte Demetris mit wegwischender Handbewegung. »Ein Mann, der zu nah an der Böschung spazierte, ist im Gedränge abgestürzt. Armbruch, ein paar Prellungen. Er hatte natürlich Glück im Unglück – also alles gut ausgegangen!«

»Ja, das haben wir gesehen«, sagte Fani. »Aber irgendetwas muss doch zu der Unruhe geführt haben. Das war ja der reinste Tumult und beinahe eine Massenpanik!«

»Das ist natürlich richtig. Es kommen einfach viel zu viele Menschen zu diesem Umzug. Darum wird es für mich und die Einsatzkräfte immer schwieriger, die Kontrolle zu behalten, weil leicht etwas aus dem Ruder läuft. Ich denke, der Anlass für den Trubel waren ein paar Jugendliche von einer der Jachten. Die hatten wohl zu viel getrunken, und dann drängelten sie sich wie die Verrückten durch die Menschenmenge und fanden das auch noch lustig.«

Er schüttelte den Kopf.

»Vor zwei Jahren hatten wir übrigens schon mal einen Absturz – direkt von der Mole ins Meer. Und zwar genau in dem Moment, als die Prozession durch das Wasser ging. Ein Pärchen wollte damals Selfies machen.«

»Du liebe Zeit!«, stöhnte Zakos.

»Genau. Die Leute werden immer blöder, finde ich. Sie schauen nicht mal hinter sich, und dann stürzen sie einfach ab. Aber das gibt es überall, das ist banal. Echte Ermittlungsfälle sind hier selten.«

»Ich kann mich aber an eine Sache erinnern – da stand doch mal was in der Zeitung! War das nicht auch ein Mordfall?«, fragte Fani.

»Kein echter, eher ein Herzinfarkt«, erwiderte Demetris. »Ein Gastronom hier im Ort hatte einen großen Batzen Geld gespart, den er im Haus aufbewahrte, statt damit zur Bank zu gehen. Mit dem Geld sollte ein neues Lokal gekauft werden. Leider erzählte die Familie überall herum, dass dieser Betrag bei ihnen herumlag, und das weckte Begehrlichkeiten ...«

»Und was ist passiert?«, fragte Zakos.

»Ein paar ehemalige Angestellte taten sich zusammen und wollten das Geld rauben. Zu diesem Zweck fesselten sie das Wirtsehepaar in der Küche an zwei Stühle – haben anscheinend zu viel ferngesehen ...«

Er schüttelte wieder den Kopf.

»Für den Wirt war diese Aufregung zu viel ...«

»Armer Mann«, sagte Zakos mitfühlend. »Und wie ging's dann weiter?«

»Die Diebe wurden alle geschnappt, nur das Geld ist nicht wieder aufgetaucht«, berichtete Demetris. »Das war aber auch schon der spannendste Fall, an den ich mich hier in meiner gesamten Dienstzeit erinnern kann. Darum bin ich so neugierig auf euren Fall. Wie steht es also mit den Recherchen?«

»Wie gut kennen Sie Nike Angelopoulou?«, fragte Fani zurück.

»Nike? Ganz gut«, sagte er. »Wir hatten ab und an miteinander zu tun, haben uns auch schon bei gemeinsamen Bekannten zum Essen getroffen. Meine Frau und ich mögen sie beide sehr gern, eigentlich mag jeder sie – eine rundum beliebte Person! Aber Sie denken doch nicht, dass Nike in etwas verwickelt ist?«

»Nein, nein. Wir wollten nur wissen, ob sie Feinde hat, oder Neider. Vielleicht zickige Weiber, die über sie lästern?«, fragte Zakos.

»Was das Lästern angeht, müsste ich erst mal bei meiner Frau nachfragen!«, erwiderte Demetris. »Ehrlich gesagt wird hier über jeden gelästert – das ist nun mal so, wenn man auf einer derart kleinen Insel lebt. Aber ich denke, Nike kommt dabei noch gut weg – sie hat viele Freundinnen und ist bei Frauen rundum beliebt. Die Feinde Nikes – falls man das so nennen kann – sind beim anderen Geschlecht zu suchen. Wobei mir jetzt auch nur einer einfällt. Der ist übrigens gerade angekommen, er war auf derselben Fähre wie Sie beide, und nun sitzt er ebenfalls hier im Café.«

Er meinte einen bärtigen Mann, der am anderen Ende des Cafés neben einer blonden Frau Platz genommen hatte. Neben ihnen standen zwei riesige silberne Rollkoffer. Alle beide trugen einen etwas unzufriedenen Gesichtsausdruck zur

Schau, der gar nicht recht zu dem sonnigen Spätnachmittag passen mochte.

»Nikes Ex-Mann mit seiner Neuen!«, sagte Demetris. »Er hat Nike wegen einer anderen verlassen – nicht wegen der Frau, mit der er jetzt verheiratet ist, einer ganz anderen. Oder hatte er sie lediglich betrogen? Ich weiß es nicht, ich erinnere mich nicht so genau. Meine Frau weiß darüber sicher besser Bescheid – der Dorfklatsch, wie gesagt.«

Er zwinkerte Zakos und Fani zu.

»Wenn Sie wollen, stelle ich Sie vor.«

Nikes Nachfolgerin war klein, schmal, etwas blass und hatte nicht die geringste Ähnlichkeit mit Nike. Sie saß vor einer unberührten Tasse Tee, rieb sich ihren Schwangerschaftsbauch, der noch so klein war, dass er kaum aufgefallen wäre, wenn sie ihn nicht herausgestreckt hätte, und blickte mit herabgezogenen Mundwinkeln auf das lebendige Treiben rundherum.

»Meine Frau hasst überlaufene Orte«, erklärte Marinos Angelopoulos. »Wir leben in einem Vorort von Vancouver, sehr ruhig. Kein Verkehrslärm, keine laute Gastronomie, nichts. Wir sind nur hier, weil mein alter Vater nicht mehr besonders gesund ist. Er hat sich gewünscht, dass wir hier noch mal gemeinsam Ostern feiern.« Er strich sich über den Bart, der im Gegensatz zum dunkelbraunen Haupthaar schon etwas grau und außerdem sehr dicht war – man konnte die Gesichtszüge des Mannes darunter kaum erkennen, nur dass sein Mund sehr groß und fleischig war und seine Augen stechend blau. Er sah nicht schlecht aus, markant. Allerdings fand Zakos ihn von der ersten Sekunde an unsympathisch.

In diesem Moment trat ein junger, spindeldürrer Mann mit einer Sackkarre hinzu, grüßte und hievte die Gepäckstücke auf das Lastentransportmittel.

»Möchtest du schon vorausgehen?«, wandte sich Angelopoulos auf Englisch an seine Frau. »Ich komme gleich nach. Die Fragen werden doch wohl nicht lange Zeit beanspruchen?«

Zakos schüttelte den Kopf, und die junge Frau hievte sich so schwerfällig aus dem Stuhl, als stünde die Entbindung kurz bevor. Sie ging davon, ohne sich von ihnen oder ihrem Mann zu verabschieden.

»Wie lange sind Sie eigentlich bereits von Nike geschieden?«, interessierte sich Fani und blickte der Blonden, die hinter der Lastenkarre herwatschelte, irritiert hinterher.

»Gott sei Dank schon länger!«, antwortete Angelopoulos. »Über vier Jahre. Was hat sie diesmal angestellt?«

»Wie meinen Sie das?«, fragte Zakos, etwas baff.

Der andere blieb ihm die Antwort zunächst schuldig, denn sein Handy läutete. Offenbar die Ehefrau, die noch nicht weit gekommen sein konnte. Angelopoulos sprach eine Weile beruhigend auf sie ein, dann wandte er sich wieder an Fani und Zakos.

»Nike führt ihr Leben als Trotzreaktion auf ihren strengen Vater und den erzkonservativen älteren Bruder. Das zieht sich wie ein roter Faden durch ihre Biografie. In der Schulzeit baute sie Marihuana im Garten des Papas an und ließ sich dabei erwischen, wie sie das Zeug auf dem Schulhof vertickte. Da war sie zum Glück noch nicht mal strafmündig. Später lebte sie unter Autonomen in einer Wagenburg bei Amsterdam. Dann diese Ehe mit Paul, der fast so alt ist wie Nikes alter Herr. Später, nachdem sie sich von Paul getrennt hatte, stalkte sie einen bekannten Moderator von Alpha-TV, mit dem sie ein Verhältnis gehabt hatte, brach bei ihm ein und verwüstete seine Wohnung. Allein Daddys Einfluss war es zu verdanken, dass der Mann nicht zur Polizei ging. Das war kurz bevor wir ein Paar wurden. Natürlich ahnte ich nichts – ich habe meine Jugend in Kanada verbracht und die ganzen Geschichten rund um Nike erst erfahren, als es zu spät war und ich bereits in der Falle saß.«

Fani starrte ihn nur an. Sie schien einigermaßen überrascht zu sein.

»In welcher Falle?«, fragte Zakos schließlich.

»Na, ich war mit der Irren verheiratet!«, stöhnte Marinos. »Ich musste ihre Stimmungsumschwünge mitmachen, die hysterischen Anfälle, die ständigen Ups and Downs – kein Spaß, das können Sie mir glauben. Sie war krankhaft eifersüchtig. Mehr als einmal hat sie meine kompletten Sachen in den Müll verfrachtet, nur wegen eines kleinen, unbedeutenden Streits. Sie kommt ganz nach ihrer Mutter, die war auch irre. Sie hat sich umgebracht, als Nike im Teenageralter war – ich bin zwar kein Psychologe, aber entweder hat sie das so traumatisiert, dass sie durchgedreht ist, oder der Wahnsinn wird bei denen in der Familie vererbt.«

»Wir sprechen hier schon von Nike Angelopoulou?«, fragte Fani, die nun ihre Stimme wiedergefunden hatte. »Eine Frau, die unser Kollege hier von der Polzei als eine bei allen im Dorf beliebte Person beschrieben hat …«

Der Ex zuckte lediglich die Schultern und grinste bösartig.

»… und die als geachtete Ärztin in Athen eine Praxis betreibt?«, fuhr Fani fort.

»Kunststück!«, sagte er. »Wenn man nur genug Geld besitzt, dann ist manchmal sogar ein Medzinstudium möglich. Oder wussten Sie nicht, dass Nike in Ungarn studiert hat, an einer Art Privatuni – wenn man das so nennen kann?«

»Und wie passen Sie ins Bild?«, fragte Zakos.

»Keine Ahnung – darüber rätsle ich schon seit Jahren«, erwiderte der Mann. »Ich nehme an, sie wollte endlich bürgerlich werden. Vergeblich, wenn Sie mich fragen. Aber nun wüsste ich gern, was Sie von mir wollen. Was hat Nike denn angestellt?«

»Gar nichts!«, antwortete Fani. »Wir ermitteln in drei Mordfällen, allesamt Teilnehmerinnen bei einem Mediona-Seminar …« Sie hatte noch nicht mal den ersten Fall – den Mord an Anna Maltetsou – umrissen, als er sie schon unterbrach.

»Wollen Sie von mir wissen, ob ich Nike zutraue, einen Menschen umzubringen, da kann ich nur sagen: durchaus! Aus Wut beispielsweise. Sie hat eine so kurze Zündschnur, nur so kurz!« Er zeigte mit Daumen und Zeigefinger eine Distanz von etwa einem Zentimeter.

»Aber wenn, dann hieße das Urteil Totschlag. Und gleich drei Morde am Stück – das kann ich mir nicht mal bei ihr vorstellen, ehrlich gesagt!«

»Das war gar nicht unsere Frage«, sagte Zakos. »Wir haben Nike in keiner Weise verdächtigt! Im Gegenteil, wir sind in Sorge, sie könnte in Gefahr sein.«

»Ach so? Was wollen Sie dann von mir?«, fragte Angelopoulos, und dann, nach einem kurzen Moment der Erkenntnis. »Das ist doch unfassbar: Ich lebe zehntausend Kilometer von Nike entfernt, aber kaum bin ich auch nur eine einzige Stunde auf dieser Insel, macht sie mir bereits Ärger – das ist so etwas von typisch für sie!«

»Mal ganz langsam, Herr Angelopoulos! Sie weiß ja gar nichts von unserem Gespräch! Und keiner hat behauptet, Sie hätten etwas mit dem Tod der drei Frauen zu tun«, beteuerte Fani. »Es handelt sich um ein reines Informationsgespräch.«

Er starrte sie eine Weile mit zusammengezogenen Augenbrauen an.

»Schon gut!«, sagte er schließlich. »Hören Sie, ich führe ein glückliches Leben mit meiner zweiten Frau, wir erwarten ein Kind, und mit Nike habe ich seit Jahren kein Wort mehr gesprochen. Aber wenn Sie wissen wollen, ob sie Feinde hat – da kann ich nur sagen: Schauen Sie sich bei ihren Ex-Liebhabern um! Diese Frau hinterlässt verbrannte Erde, wo auch immer sie auftaucht!«

»Wir haben eher gehört, Sie wären derjenige, der verbrannte Erde hinterlassen hat – weil Sie sie betrogen haben«, sagte Fani.

Zakos blickte sie eindringlich von der Seite an. Er fand, nun ging sie etwas zu weit – es lag ja nicht an ihnen, über solche Sachverhalte zu richten. Aber Fani war nicht zu bremsen. »Außerdem: Mit ihrem ersten Mann, Paul, hat sie ein gutes Verhältnis«, fuhr sie fort.

»Jetzt sage ich Ihnen mal was: Ob ich Nike betrogen habe und warum, dass geht Sie rein gar nichts an«, sagte Angelopoulos. Er sprach so laut, dass sich Gäste an den Nebentischen nach ihnen umdrehten. »Und Paul ist nur ein gutmütiger Vollidiot! Und nun halten Sie mich gefälligst nicht mehr auf, ich möchte zu meiner Frau!«

Er schmetterte ein paar Münzen auf den Kaffeehaustisch und verschwand.

Fani war einen Moment lang ein wenig baff, dann brach sie in Lachen aus.

»Also eines muss man sagen: So sympathisch mir Nike ist – ihren Geschmack bei Männern kann ich beim besten Willen nach nachvollziehen!«

Zakos gab ihr recht.

»Aber wir haben heute so einiges über Nike erfahren, das nicht in unser bisheriges Bild passt«, sagte er.

»Die Meinung eines Ex-Partners ist allerdings nicht immer besonders aussagekräftig«, entgegnete Fani. »Aber schon klar – wir gehen der Sache nach, wir gehen allem nach, was wir erfahren haben. Wir mailen Alexis, wir kümmern uns um ihre Sicht der Dinge ...«

»Okay. Sollen wir sie gleich anrufen oder vielleicht einfach bei ihr vorbeischauen?«, fragte Zakos.

»Ach, weißt du – wir sehen sie sowieso heute Nacht! Sie hat mir vorhin eine Message geschickt«, antwortete Fani.

»Heute Nacht? Du meinst heute Abend, oder?«, erkundigte sich Zakos. Die griechischen Zeitangaben waren wirklich verwirrend. Oder hatte sich Fani nur versprochen? »Willst du mit ihr essen gehen?«

»Nein, ich meine nicht abends, sondern nachts. Wie ich sagte!«, antwortete Fani. »Und Hunger habe ich jetzt nach den Artischocken auch noch nicht. Aber ich würde mich gern etwas hinlegen!«

Zakos sah sie verständnislos an. Er konnte sich nicht vorstellen, welchen Grund sie dazu haben könnte, urplötzlich ein Nickerchen machen zu wollen.

»Na, du kennst doch den typischen griechischen Mittagsschlaf – heute ist der ideale Tag dafür«, fuhr sie fort.

Als Zakos sie immer verwunderter anstarrte, brach sie in lautes Lachen aus.

»Du weißt gar nicht, was für ein Tag heute ist – stimmt's?«
»Samstag, der 11. Na und?«
»Karsamstag! Morgen ist Ostern, du Schlafmütze!«
»Ja, morgen. Aber doch nicht heute ...«
»Ich kann es nicht fassen, aber ich glaube, du hast wirklich

keine Ahnung!«, sagte sie. »Hast du überhaupt schon mal Ostern in Griechenland verbracht?«

»Ich glaube nicht!«, erwiderte er. »Aber ich weiß, dass es am Ostersonntag Lammbraten gibt. Und dass die griechischen Ostereier immer rot sind.«

Als seine Eltern noch zusammen gewesen waren, hatten sie manchmal den Ostersonntag mit ihm in einem griechischen Restaurant verbracht. Zakos konnte sich an ausgelassene Feste erinnern, wusste auch noch, dass er das Lammfleisch als Kind nicht gemocht hatte – der intensive Geruch hatte ihn angewidert. Dass die Ostereier bei griechischen Feiern immer rot waren, hatte ihn außerdem immer etwas enttäuscht – als Kind hatte er die bunte Vielfalt der »deutschen« Ostereier besser gefunden.

»Er weiß, dass die Ostereier rot sind!«, amüsierte sich Fani. »Bravo! Na gut, dann hol mich doch bitte später in meinem Zimmer ab. So um neun. Und zieh dir was Ordentliches an!«

Kapitel 9

Selbst Kleinkinder und Babys waren an diesem Abend zurechtgemacht, als ginge es darum, im Fernsehen aufzutreten. Auch Fani, die nur eine kleine Reisetasche dabeihatte, hatte sich Mühe mit ihrem Aussehen gegeben. Sie trug ein eng geschnittenes schwarzes Kleid zu ihrer Lederjacke, hatte roten Lippenstift aufgelegt und ihr Haar mit Gel nach hinten gestrichen. Sie wirkte verändert, keine Spur mehr burschikos, sondern sehr weiblich.

Eine ganz besondere Stimmung lag in der Luft, alles erschien Zakos erfüllt von einem verheißungsvollen Summen. Es war wie Weihnachten, fand er. Ostern war ja tatsächlich der größte Feiertag im Land, deshalb war der Vergleich gar nicht so falsch.

Pauls Vernissage fand in einem abbruchreifen Haus im Dorfinneren statt. Der Weg war in einer kleinen Karte auf dem Flyer aufgezeichnet – ansonsten wäre er kaum so einfach zu finden gewesen.

Wo einst eine Tür gewesen war, klaffte heute eine Lücke. Den Eingang in das Gebäude markierten zwei mannshohe Fackeln. Bereits von hier draußen konnte man erkennen, dass im Inneren weitere Lichter flackerten. Sie stiegen über Schutt und Steine, und Fani fluchte kurz, weil sie mit einem Bein an einem Stapel mit trockenem Holz, das hier aufgeschichtet lag, hängen geblieben war, und inspizierte ärgerlich ihre schwarze Strumpfhose.

Wie aus dem Nichts tauchte Paul plötzlich neben ihnen auf, nahm Fanis Hand und küsste sie. Dann umarmte er Zakos, sodass dieser Pauls Atem riechen konnte. Der hatte bereits eine ziemliche Fahne.

Paul trug heute wieder einen großen, teuer wirkenden Filzhut und einen Mantel mit breitem Pelzbesatz und hielt einen Zigarillo in der Hand, den er sich nun wieder in den Mundwinkel klemmte. Der Qualm vermischte sich mit dem Dunst von Dutzenden Räucherstäbchen, die ins morsche Mauerwerk gesteckt waren. Einen Moment lang meldete sich Zakos' Magen – aber da streckte ihm bereits eine junge schwarze Frau, die lediglich eine Art Badeanzug zu Strumpfhosen und Springerstiefeln unter einem offenen Trenchcoat trug, ein Tablett entgegen, auf dem kleine Plastikgläschen mit einer blauen Flüssigkeit standen.

»Meine Tochter Chloe – sie ist gerade angekommen!«, stellte Paul das Mädchen vor, und Zakos und Fani nahmen beide eines der Gläschen in die Hand. Das Getränk war eine Enttäuschung: Zakos erkannte einen zuckrigen Orangengeschmack, ohne recht zu wissen, wo er das Zeug schon mal probiert hatte, und auch der Name dazu fiel ihm ein: Blue Curaçao – ein zuckriger Likör.

Die Ausstellungsstücke waren in den Nischen der zugezogenen Fenster oder auf alten Stühlen arrangiert: zerbrochene Bilderrahmen, in denen vergilbte Fotografien steckten, beleuchtet von Teelichtern; ein künstliches Lagerfeuer aus groben Holzstücken, das von unten von roten Lämpchen illuminiert wurde, drum herum ein Schwarm ausgestopfter Vögel; dann in einer Ecke wie achtlos hingeworfene Kirchendevotionalien, mit knallroter Farbe überstrichen, die sich darunter in einer dicken Lache auf dem staubigen Boden ausgebreitet hatte.

»Das soll wohl aussehen wie Blut«, flüsterte Fani. Zakos nickte. Merkwürdig, fand Zakos. Er konnte nicht wirklich etwas mit diesem sonderbaren Stillleben anfangen und fand alles ein wenig bemüht. Ein echtes Urteil traute er sich allerdings nicht zu – er war nun mal kein Kunstkenner. Am besten gefiel ihm noch ein Arrangement auf einem kleinen Schotterhügel im hintersten Raum: Stöcke, die aussahen wie Schwemmgut, waren in den Schotter gebohrt, auf ihnen steckten Puppenköpfe. Das Ganze war umgeben von Stoffstreifen, die von der Decke hingen und sich im Luftzug sanft bewegen, beleuchtet von einer Art Disco-Lichtmaschine, die einen Effekt erzeugte, als wären die Puppengesichter von unheimlichem Leben erfüllt.

»Schön gruselig!«, meinte Zakos. Immerhin erzeugte diese letzte Installation Emotionen im Betrachter.

Fanis Handy summte, ihre Mutter. Sie zog sich nach draußen zum Telefonieren zurück, und Zakos wanderte noch eine Weile allein durch das sonderbare Haus.

Als er in den Ausgangsraum zurückkehrte, hatte dieser sich bereits merklich gefüllt, und auch die Stimmung hatte sich gewandelt. Nun wirkte alles wie eine kleine Party. Aus einer Boombox erklang Jazzmusik, zu der Chloe und ein junger blonder Mann eng umschlungen tanzten. Auch Vironas war da, er tollte mit einem Gleichaltrigen durch die Ruine. Die übrigen Anwesenden waren fast ausschließlich ältere Frauen, die sich mehr oder minder alle rund um Paul versammelt hatten und ihn ziemlich unverhohlen anhimmelten. Die meisten waren Ausländerinnen, nur zwei schienen Griechinnen zu sein. Sie trugen beide Pelzmäntel – was Zakos angesichts der eher milden Temperaturen etwas unverständlich fand – und ließen des Öfteren das Wort »iperocho« fallen – großartig. Offenbar war Zakos der Einzige hier, der nicht vollkommen von den Installationen und dem Künstler beeindruckt war.

Durch die Kerzen und die vielen Menschen hatte sich der Raum aufgeheizt. Paul hatte seinen imposanten Mantel ausgezogen, den Hut trug er aber noch. Allerdings saß er ihm mittlerweile schief auf dem Kopf. Er hielt eine Flasche Bier in der Hand, einige der anderen Gäste tranken ebenfalls Bier aus Flaschen, und Zakos blickte sich durstig um. Vergeblich – offenbar gab es nun gar keine Getränke mehr.

Als Fani zurückkehrte, spielte die Boombox ein düsteres, irgendwie schmutzig klingendes griechisches Rembetiko-Stück. Zakos blickte noch einmal zu Paul hinüber, dem eine neu angekommene Dame gerade eine langstielige, in Cellophan gewickelte rote Rose überreichte, dann schlichen sie sich wieder hinaus.

»Komisch, nicht?«, meinte Zakos, als er und Fani außer Hörweite waren. »Ich fühle mich, als käme ich vom Flohmarkt. Aber ich mag keine Flohmärkte. Ein frühes Trauma, weil meine Mutter in ihrer Hippiephase nur gebrauchte Kinderklamotten gekauft hat.« Egal, wie häufig die Sachen dann in der Waschmaschine gewesen waren, der Kellergeruch hatte sich nie recht verflüchtigt. Was bei ihm als Reaktion dazu geführt hatte, dass er neue und möglichst frisch wirkende Sachen liebte.

»Du armes Kind«, sagte Fani. »Aber ich fand's da drinnen

gar nicht so schlecht. Sonderbar und ein wenig schauerlich. Das ist doch mal was!«

»Paul ist also nach deinen strengen künstlerischen Maßstäben rehabilitiert?«, fragte Zakos.

»Ehrlich gesagt verstehe ich nichts von Kunst – ich finde es einfach nur gut, wenn sie es schafft, mich in eine bestimmte Stimmung zu versetzen.«

»Wie klug du manchmal bist«, sagte Zakos und lächelte sie an. Sie traf die Dinge auf den Punkt – das mochte er so an ihr.

»Ja, nicht wahr?«, sagte sie lachend und hakte sich bei ihm ein. »Du hast übrigens recht, ich geb's zu: Ich sehe Paul jetzt mit anderen Augen – er zieht seine Sache durch, egal, ob er Geld damit verdient, und anscheinend unabhängig vom Geschmack der hier herrschenden Kunst- und Kulturclique. Das spricht für ihn. Aber er ist natürlich trotzdem ein Loser!«

Zakos lachte. »Übrigens, wie geht's jetzt weiter?«, fragte er schließlich. »Was steht heute Abend noch auf dem Programm?« Aber Fani lächelte lediglich wie eine Sphinx und schlenderte mit ihm zurück zum Hafen.

Mittlerweile war es dort voller geworden, in allen Cafés waren die Tische besetzt. Leer waren lediglich die Restaurants, allerdings hatten die meisten voll aufgedeckt, und das besonders feierlich, mit Stoffservietten und Kerzendeko.

Kerzen gab es auch an manchen Straßenecken zu kaufen, und einige Verkäufer wanderten auch mit Bauchläden durch die Straßen. Fani erstand bei einer älteren Frau, die einen solchen Bauchladen vor sich hertrug, zwei Fackeln für sie, die mit einem durchsichtigen Plastikaufsatz als Windschutz ausgestattet waren.

Aus der Kirche am Hafen ertönte per Lautsprecher die Predigt. Hineinzugelangen wäre kaum mehr möglich gewesen: Die Menschen standen dicht gedrängt bis nach draußen.

Plötzlich aber schien sich die Menge aus der Kirche herauszubewegen. Nun erklangen auch die Glocken, Böllerschüsse wurden abgefeuert.

»Kalo Pascha!«, sagte Fani, stellte sich auf die Zehenspitzen und küsste Zakos auf den Mund. Rund um sie herum wünschten sich nun alle ein frohes Osterfest, wildfremde Menschen umarmten und drückten sie, und Zakos dachte an Silvester – mitten im Frühling. Schließlich entzündeten sie ihre Kerzen und sahen dem Feuerwerk am Hafen zu. Zakos fühlte sich fast wie ein Kind – gepackt von fiebriger Aufregung. Fani neben ihm strahlte ihn an, und in diesem Moment schienen alle Unstimmigkeiten zwischen ihnen wie weggeblasen, und auch die Eifersucht auf Alexis war vergessen. Zakos dachte im Moment nicht mal an Elias, er war ganz vertieft in den schönen Augenblick – den Anblick der fröhlichen, an ihnen vorbeiziehenden Menschen mit den Kerzen in den Händen – und in das schöne Gefühl, Fani bei sich zu haben.

Ihre Hand fest und warm in seiner, schlossen sie sich dem Zug der Menschen an, die durchs Dorf zogen.

Nach einer Weile kamen sie an dem alten Haus vorbei, in dem Paul seine Ausstellung abhielt. Mittlerweile war es im Inneren stockdunkel, offenbar war alles beendet. Dann plötzlich bemerkten sie lautes Geschrei und die Silhouetten von Menschen, die sich dunkel gegen den Hauseingang abzeichneten.

Es waren Paul und die beiden Griechinnen in den Pelzmänteln. Offenbar war ein Streit zwischen ihnen entflammt. Paul schrie die beiden an und belegte sie aufs Wüsteste mit Schimpfwörtern. Genau in dem Moment, als Fani und Zakos näher traten, packte Paul eine der Frauen am Revers des Pelzmantels.

»Hohoho – was ist denn hier los!«, sagte Zakos und trennte Paul von der Frau. Daraufhin setzte Paul sich umgehend auf den Hosenboden in den Dreck – er schien vollkommen betrunken zu sein.

»Was war denn los?«

Die attackierte Dame schaffte es nicht zu antworten, sie brach stattdessen in Tränen aus, doch ihre Freundin gab ihnen Auskunft.

»Es war nichts! Kein Streit, nichts – er ist einfach ohne Ankündigung wütend geworden!«

»Der Alkohol!«, sagte die andere, die sich mittlerweile ein wenig gefangen hatte. »Das macht der Suff aus den Menschen. Es ist sehr, sehr traurig!« Sie seufzte und wischte sich noch einmal das Gesicht, dann gingen die beiden Freundinnen eingehängt davon.

Paul hatte in der Zwischenzeit keinen Laut von sich gegeben, sodass Zakos dachte, er sei auf dem kleinen Geröllhaufen, auf den er geplumpst war, eingeschlafen. Doch als sie versuchten, ihn aufzurichten, kam wieder Leben in ihn.

»Fass mich nicht an – *son of a bitch!*«, lallte er, dann schimpfte er, ganz, als wären die Frauen noch anwesend, weiter über die »Whores« beziehungsweise »Putanes« – Griechisch und Englisch wüst vermischt. Weil er nach ihnen schlug, ließen sie ihn schließlich einfach liegen und gingen fort, aber nach ein paar Straßenecken meldete sich Zakos' Gewissen, und er rief bei Demetris an und bat ihn, Paul zu holen und ihn bei sich in der Polizeistation ausnüchtern zu lassen.

»Es ist zwar nicht so kalt, dass er nachts erfrieren könnte – aber sicher ist sicher. Wer weiß, was der Typ sonst noch anstellt!«

»Was für ein Arschloch – ich hab dir ja gesagt, der taugt nichts!«

»In jedem Fall hat er ein Alkoholproblem – aber ich glaube, heute Nacht schläft er nur noch und erinnert sich morgen wahrscheinlich an nichts. Aber wir lassen uns nicht den schönen Abend davon verderben!«

Sie machten in einer Bar halt, in der sich nun an den Tischen draußen immer mehr Menschen zum Feiern einfanden. Fani und Zakos nippten an ihren Cocktails, während sie der unablässig weiterströmenden Lichterprozession zusahen.

Als der Alkohol ihnen langsam zu Kopf stieg, zogen sie zum Fastenbrechen zu der Souvlakia-Braterei, die Fani am gestrigen Abend dann doch nicht hatte besuchen wollen. Weil es keine Sitzplätze mehr gab, verspeisten sie am Tresen stehend Kebab, dazu köstliche Pommes frites, die Zakos in Griechenland immer doppelt so gut schmeckten wie zu Hause in Deutschland, und zwei deftige griechische Bratwürste. Zakos wurde von einem fremden Familienvater neben ihm, der in einem Tragetuch ein schlafendes Kleinkind bei sich hatte, in ein Gespräch über deutsche Autos verwickelt. Währenddessen witzelte Fani über den Tresen hinweg mit einem der Angestellten über eine griechische Soap. Zakos verstand ihre Witze nicht – er kannte die Serie gar nicht –, doch ab und zu strahlte sie ihn an, und er fühlte eine Wärme in sich aufsteigen, die nicht nur von den Cocktails und der Mahlzeit in der warmen Bude herrührte.

Es war schon zwei Uhr, als sie zu Nike und ihren Freundinnen stießen, einer lauten, fröhlichen Truppe, die in der Pirate Bar am Tresen stand. Fani und er wurden sofort von der Gruppe aufgenommen, jemand drückte Zakos ein Bier in die Hand, und dann zog ihn eine kleine, bestens gelaunte Engländerin mit knallrot gefärbtem Haar in eine Ecke des Lokals, die als improvisierte Tanzfläche fungierte. Es folgten weitere Bierflaschen und weitere Tanzpartnerinnen, bis er plötzlich Nike im Arm hielt.

Aus unerfindlichen Gründen tanzten schon seit einiger Zeit alle eng aneinandergeschmiegt, obwohl die Musik dafür eigentlich zu schnell war. Zakos war's ganz recht – nicht nur, weil er nicht mehr besonders sicher auf den Beinen war, sondern auch, weil Nike ihm so nah war, dass sie ihm Rede und Antwort stehen konnte. Dass der Zeitpunkt vielleicht nicht sehr gut gewählt war, fiel ihm in seinem Zustand gerade nicht ein.

»Warum hast du uns eigentlich verschwiegen, dass Mediona dir gehört?«, platzte er heraus.

»Was?«, prustete Nike heraus. »Verschwiegen? Ich habe gar nichts verschwiegen!« Sie versuchte zu lachen, doch Zakos entging nicht, dass sie verstimmt aussah.

»Du hast es jedenfalls nicht erwähnt. Wir hatten keine Ahnung!«

Er spürte, wie sie von ihm abrückte, sodass der Abstand zwischen ihnen fast einen halben Meter betrug. Aber Zakos war nicht bereit, sie gehen zu lassen, er hielt sie fest, bewegte sich weiter im Rhythmus der Musik, als sei ihm ihre Ungehaltenheit gar nicht aufgefallen.

»Ja, meine Mutter hat Mediona gegründet. Aber was macht das für einen Unterschied?«, fragte Nike schließlich. »Ich bin dort einfach normal beschäftigt wie andere auch – ich habe einen Vertrag! Aber mein Bruder führt die Geschäfte.«

»Ich wusste auch nicht, dass du einen Bruder hast«, sagte Zakos.

Nike nickte. »Einen großen vernünftigen Bruder, der Mediona nach dem Tod meiner Mutter gemeinsam mit meinem

Vater weitergeführt hat, denn alle waren sich einig, dass ich so wenig wie möglich mit der Firmenleitung zu tun haben sollte. Mittlerweile führt mein Bruder die Geschäfte zumeist allein, mein Vater ist zu alt dafür. Der kleine Job in der Seminarleitung war nur eine Art Friedensangebot, damit ich die beiden nicht verklage. Man könnte auch sagen: ein Almosen.«

»Du wirkst nicht wie jemand, der Almosen nötig hat«, wandte Zakos ein.

»Nein?«, gab sie zurück. »Nun ja, auf Rosen gebettet bin ich nicht gerade – diese Sache mit den Seminaren kam mir in den letzten Jahren ziemlich gelegen. Von dem, was meine kleine Praxis abwirft, werde ich nicht reich – das ist heutzutage eher Liebhaberei. Aber ich verrate dir ein Geheimnis – nun ist sowieso Schluss mit dem Zubrot. Mein kluger Bruder hat es geschafft, Mediona einigermaßen an die Wand zu fahren – zum derzeitigen Zeitpunkt ist noch nicht klar, ob wir weiterexistieren werden oder ob es uns in zwei Monaten gar nicht mehr gibt.«

»Ist das der Grund, dass ihr Vortragende wie diesen Ifandis beschäftigt?«, fragte Zakos. »Der dürfte bei seinem Leumund recht günstig arbeiten.«

»Ihr habt den alten Skandal ausgegraben? Ach, das war alles nur Humbug!«

»Immerhin gab es Frauen, die ihn der Vergewaltigung bezichtigt haben ...«

»Wer weiß, was davon wahr war ... Jedenfalls ist er der Bruder der besten Freundin meiner verstorbenen Mutter. Sie hat ihn in der Forschung eingesetzt, er war immer loyal ihr gegenüber. Und als der Skandal um seine Person in der Öffentlichkeit nicht mehr so präsent war, habe ich ihn eben für die Vorträge eingespannt – keiner hat sich daran gestört, fast niemand kann sich mehr an diese alte Geschichte erinnern. Er ist ein guter Redner. Wie kommst du überhaupt auf ihn?«

Sie blickte ihn einen Moment forschend an.

»Nein! Nein, nein, nein!,« sagte sie plötzlich. »Nur, weil er ein Grapscher war, muss er noch lange kein Mörder sein!«

»Das habe ich auch gar nicht gesagt!«, entgegnete Zakos. Irgendwie lief das Gespräch nicht so, wie er es sich vorgestellt hatte. Er war nicht konzentriert genug, hatte vergessen, worauf er eigentlich hatte hinauswollen. Alkohol war nicht die optimale Grundlage, um jemanden in einer Mordangelegenheit auszufragen. Doch statt aufzuhören, machte er weiter.

»Dennoch finde ich ihn als Seminarredner eine sonderbare Wahl ...«

»Tja«, sagte Nike und machte sich von ihm los.

»Halt, einen Moment noch«, sagte Zakos etwas zu laut in die gerade einsetzende Musikpause hinein.

»Wir haben heute deinen Ex-Mann kennengelernt. Scheint nicht gerade gut auf dich zu sprechen zu sein ...«

»Was soll das?«, fragte sie. »Was ist eigentlich dein Problem?« Nun wirkte sie tatsächlich verärgert.

»Nichts – ich meine nur ... ähm ... weshalb ist die Sache damals eigentlich auseinandergegangen?«

»Ist das ein Verhör? Muss ich darüber Auskunft geben?«

»Nein, natürlich nicht. Ich dachte nur – ich ...« Er verhaspelte sich, schüttelte den Kopf über sich selber.

»Nike, es tut mir total leid!«, sagte er, doch nun hatte die Musik wieder eingesetzt, lauter als zuvor, und er wusste nicht, ob sie ihn verstanden hatte. »Er tut mir leid. Ich war einfach neugierig. Und außerdem war ich – ich habe zu viel getrunken. Kannst du mir verzeihen?«

Sie starrte ihn einen Moment lang unverwandt derart

abschätzig und erbost an, dass Zakos verstehen konnte, was ihr Ex gemeint haben könnte. Da trat plötzlich Fani zu ihnen. Sie trug einen grünen Glitzerpuschel von einem Cocktail im Haar und hatte rote Wangen vom ausgelassenen Feiern.

»Was ist denn mit euch los – habt ihr ein Gespenst gesehen?«

Nikes Ausdruck veränderte sich, als hätte jemand mit einem Schwamm über ihr Gesicht gewischt – zum Vorschein kam das strahlende Lächeln, das sie bereits von ihr kannten.

»Nun, dein Freund hat heute schon ein bisschen zu viel gefeiert – er braucht vielleicht eine kleine Abkühlung!« Sie kicherte, als sie Fani das Bier aus der Hand nahm und es Zakos ganz langsam und genüsslich über den Kopf goss. Der Großteil lief ihm hinten in den Kragen, es war ein ekelhaftes Gefühl.

Fani stand daneben und brachte den Mund vor Überraschung nicht mehr zu.

»Was – um Himmels willen …?,« stammelte sie schließlich, aber Zakos schüttelte nur den Kopf.

»Schon gut!«, sagte er und griff nach einer der Servietten, die in einem Behältnis am Tresen standen, »wahrscheinlich hab ich's verdient!« Nike war da bereits verschwunden, ans andere Ende des Lokals, wo sie sich an zwei Neuankömmlinge hängte, die sie mit großem Hallo begrüßten.

»Was hast du denn getan?«, fragte Fani besorgt und half Zakos dabei, sich trocken zu tupfen.

»Ach, ich bin manchmal einfach ein Idiot«, sagte er.

Fani nickte. »Kann sein«, sagte sie, und dann, wegen seines bedröppelten Gesichtsausdrucks: »Armer Nikos! Willst du vielleicht noch ein Bier? Oder vielleicht einen Gin Tonic?«

Zakos schüttelte den Kopf.

»Möchtest du nach Hause gehen?«

»Bald – noch nicht sofort.« Das Lied, das nun einsetzte, kam ihm bekannt vor. Leonard Cohen! Plötzlich fiel ihm auf, dass er den ganzen Abend über noch nicht mit Fani getanzt hatte. Er hatte noch nie mit ihr getanzt. Er breitete die Arme aus und zog sie an sich.

»Ich will nur eins – schenk mir diesen Tanz!«

Es war ein wunderbares Gefühl, Arm in Arm am Meer entlangzugehen, die Mittagssonne im Gesicht und das Glitzern des Meeres vor den Augen. Alles erschien Zakos perfekt. Am Wegesrand blühten wieder die gelben Margeriten, die ihm bereits aufgefallen waren, doch nun wuchsen sie derart üppig und zahlreich, wie er es noch nie gesehen hatte. Auch das Meer erschien ihm plötzlich so tiefblau wie selten zuvor.

Sie waren am späten Vormittag erwacht – im selben Bett. Zakos konnte sich zwar nicht mehr hundertprozentig an alles erinnern, was davor passiert war, aber eines war klar – nämlich DASS etwas passiert war zwischen ihnen. Allein diese Tatsache war schon Grund genug, dass er kaum aufhören konnte, vor sich hin zu lächeln. Er war nicht einmal ungehalten über den Grund, der sie geweckt hatte: Zwei Männer hatten direkt unter ihrem Balkon den Grill angeworfen und waren dabei recht laut zu Werke gegangen. Als Zakos sich nach einer Weile aufraffte, aufzustehen und hinunterzusehen, drehte sich dort ein Hammel am Spieß über dem Feuer – mitten auf dem Bürgersteig! Die Passanten mussten regelrecht außen herum laufen, und Zakos lachte laut auf – er fand das einfach zu komisch.

Auch später wich das Grinsen kaum von Zakos' Antlitz. Er lächelte beim Anblick von Fanis schwarzem Haar auf dem schneeweißen Kissen, er lächelte, als sie auf der kleinen Frühstücksterrasse ihres Hotels in ihren heißen Kaffee pustete und dabei eine bezaubernde Schnute zog. Und ebenfalls, wenn ihre dunklen Augen ihn über den Rand der heruntergerutschten Sonnenbrille ein wenig schelmisch anblitzten.

Auf ihrem Weg am Meer entlang grinste er glücklich bei jedem Schritt, während Fani Geschichten aus der Kindheit in ihrem Dorf erzählte – nicht von Autorennen und Alkoholexzessen, sondern von Picknicks und frischem Brot oder Hefezopf, gebacken in den öffentlichen Öfen, die jeder im Dorf einfach so benutzen durfte.

»Das ganze Dorf duftet an diesen Tagen nach Brot und Gebäck!«, erzählte sie. »Für mich war das immer das Schönste am Osterfest.«

Nach einer Weile passierten sie Kaminia, wo am Karfreitag der Umzug stattgefunden hatte. Bis auf ein Restaurant am Weg, das bis auf den letzten Platz besetzt war, schien es nun recht ruhig hier. Ihr Ziel lag aber fünfzehn Minuten entfernt davon in der Bucht von Vlychos. Um dorthin zu gelangen, mussten sie eine hübsche kleine Steinbrücke überqueren, die Zakos unglaublich romantisch fand. Auch die Bucht selbst erschien ihm geradezu traumhaft: Es gab Schirme aus Bast und rötliche Kiesel, und das Meer glitzerte so verlockend, dass Zakos am liebsten gleich an den Strand gegangen wäre. Doch dann meldete sich der Hunger, zumal köstliche Grillschwaden aus der Taverne nebenan in der Luft hingen.

Der Spaziergang zur Bucht war Nikes Tipp gewesen. Sie hatte sich auch darum gekümmert, dass an diesem Feiertag, an dem nicht leicht ein Platz zu bekommen war, ein Tisch für sie freigehalten wurde. Sie hatte die beiden angerufen, um ihnen noch mal ein schönes Osterfest zu wünschen. Nike selbst war bei Verwandten zum Lammbraten eingeladen, aber sie wollten sich alle am Abend am Hafen treffen – zum letzten Teil des hydriotischen Osterfestes. Über die Unstimmigkeiten vom Vorabend hatte sie kein Wort mehr fallen lassen. Aber Zakos musste dennoch darüber nachdenken.

»Flipp nicht gleich aus«, sagte er zu Fani, als sie schließlich Platz genommen und ihre Bestellung aufgegeben hatten. »Aber ich finde, wir sollten Nike etwas genauer durchleuchten.«

»Du nimmst ihr deine Biertaufe übel?«, kicherte Fani. »Ich dachte, du hast sie verdient! Du hast es selbst gesagt.«

»Bei Sonnenlicht besehen bin ich mir da aber gar nicht mehr so sicher«, erwiderte er. »Ich meine – was habe ich denn getan, außer ihr ein paar naheliegende Fragen zu stellen?«

»Manchmal macht der Ton die Musik …«, bemerkte Fani.

»Schon, ich geb's zu – und der Zeitpunkt für meine Fragen war sicher auch nicht ideal gewählt. Aber nach so einer heftigen Reaktion fragt man sich doch, ob jemand Probleme mit der Impulskontrolle hat.«

»Probleme mit der Impulskontrolle …«, wiederholte Fani. »Aus dem Mund eines Hauptkommissars klingt das natürlich gleich wie ein Mordverdacht.«

»Nun ja, es muss doch wohl erlaubt sein, mal darüber nachzudenken, oder? Und ihr Ex klang ehrlich gesagt auch, als sei Nike – nun ja, etwas zu temperamentvoll!«

»Der Ex! Pah!«, Fani zuckte die Schultern und schenkte den Weißwein, den der Kellner gebracht hatte, aus der Karaffe in die kleinen Gläschen ein.

»Ich weiß schon, aber trotzdem. Vielleicht hat Nike Geheimnisse. Vielleicht geht's dabei um Mediona. Es ist irgendetwas auf dem Seminar vorgefallen, von dem wir nichts wissen. Und davon haben die drei Frauen erfahren. Könnte doch so gewesen sein …«

»Und deswegen hat sie gleich alle drei umgebracht?« fragte

Fani betont lahm. »Na ja – das klingt jetzt nicht gerade nach Mord im Affekt ... Aber mal ganz im Ernst: Ich habe natürlich nichts dagegen, die Firma zu durchleuchten. Es kann durchaus sein, dass mit Mediona irgendwas nicht stimmt. Vielleicht hat die Firma ein medizinisches Patent geklaut. Oder sie hinterzieht in großem Stil Steuern. Das sind alles Dinge, die wir bestimmt bald erfahren, sobald die Kollegen in Athen mit ihrer Arbeit weiter sind. Aber selbst wenn so was rauskommt – das macht Nike doch noch nicht zur Mörderin!«

»Fani, ich sehe ja ein, dass du sie nett findest ...«, wandte Zakos ein.

»Nein, stopp. Das hat nichts damit zu tun«, widersprach sie. »Ich bin nicht voreingenommen, wirklich nicht. Es geht gar nicht um Sympathie. Es geht um Angst!«

Zakos blickte sie verständnislos an.

»Ich weiß, das ist wahrscheinlich schwer zu verstehen. Aber ich habe nun mal so ein Gefühl. Schon als ich Nike das allererste Mal gesehen habe. So ein mulmiges Gefühl – das sitzt genau hier.« Fani deutete auf ihr Zwerchfell. »Das zweite Mal hatte ich das Gefühl an dem Abend der Prozession, bevor dieser Mann abstürzte. Da war es besonders stark!«

»Aber Nike ist doch gar nichts passiert an jenem Abend«, meinte Zakos. »Sie war nicht mal da.«

Fani nickte, schien aber nicht richtig hinzuhören. Sie starrte mit zusammengezogenen Brauen und verdunkeltem Blick hinaus aufs Wasser. Es sah so aus, als würde sie dort zwischen den vereinzelten Ausflugsbooten etwas Unangenehmes entdecken, doch es war offensichtlich, dass sie in Gedanken ganz woanders war. Zakos griff über den Tisch und nahm ihre Hand in seine. Erst da blickte sie ihm wieder ins Gesicht, wie von weit her.

»Was ist los mit dir?«, fragte Zakos. »Ist dir nicht gut?«

»Ach, es ist nichts«, erwiderte Fani mit einem Anflug von Lachen. »Mir ist nur vor Hunger schon ganz schlecht. Wenn das Essen nicht bald kommt, fall ich vom Stuhl«, warnte sie. »Und außerdem ist Ostern, da habe ich frei. Ich will mich nur amüsieren und nicht über unseren Fall nachdenken – ist das okay?«

Sie nahm eines der roten Ostereier, die im Brotkörbchen lagen, und hielt Zakos den Korb mit den restlichen Eiern hin.

»Lust auf einen kleinen Wettkampf?« fragte sie. »Aber ich warne dich – beim Eierditschen gewinne ich immer!«

»ICH warne DICH!«, sagte Zakos. »Könnte gut sein, dass du soeben deinen Meister gefunden hast! Also los!«

Fani hatte recht behalten – gegen sie war in in dieser Disziplin nicht anzukommen. Nachdem alle anderen Ostereier aus dem Körbchen oben und unten eingedrückt waren, wies ihres noch nicht mal den kleinsten Sprung auf.

»Es gibt da so einen Trick – aber den verrate ich dir nicht!«, erklärte sie mit triumphierendem Lachen. Kurz darauf gab es für sie schon wieder Anlass zum Spott: Zakos hatte nicht gewusst, dass es sich bei den von ihnen bestellten, köstlich duftenden Kokoretzi um gegrillte Innereien handelte – als er es bemerkte, hatte er den Teller angewidert von sich geschoben. Woraufhin Fani sein Gericht zusätzlich noch in sich hineinfutterte, mit demonstrativ ungerührter Miene.

Zum Glück war das nicht das Einzige, was sie bestellt hatten. Es gab außerdem gegrilltes Lamm, Chorta und Salat. Als sie schließlich satt waren und der Wirt des kleinen Lokals die Musik zum Tanz aufdrehte, verkrümelten sie sich an den

Strand, wo sie in der Sonne dösten, bis Zakos verkündete, er sei nun bereit für das erste Meeresbad des Jahres.

»Bist du verrückt? Du wirst untergehen!«, warnte Fani mit echter Besorgnis in der Stimme.

»Ach was, so kalt ist es gar nicht«, wiegelte er ab. »Vorhin waren auch andere im Wasser.«

»Du wirst ja auch nicht wegen der Kälte untergehen, sondern weil du einen vollen Magen hast!«, wandte Fani ein. »Du darfst erst in zwei Stunden baden!«

»Jetzt erinnerst du mich ein wenig an meine Oma«, meinte Zakos. »Die hat das auch immer gesagt!«

»Die Frau hatte recht!«, erwiderte Fani. »Nein, im Ernst – geh bitte nicht rein. Das ist gefährlich.«

Zakos begab sich dennoch ins Wasser, denn er mochte nicht glauben, dass ein voller Magen so leicht zum Ertrinken führt. Er hatte in der Zeitung gelesen, dass diese Ansicht wissenschaftlich überholt war. Um Fani zu necken, alberte er noch ein wenig herum und tat, als würde er tatsächlich untergehen, doch er hielt es nur einen kurzen Moment mit dem Kopf unter Wasser aus – das Meer war einfach noch zu kalt für solche Späße.

Als er wieder auftauchte und sah, dass Fani aufgesprungen war und nach ihm Ausschau hielt, lachte er laut heraus, weil er sie hereingelegt hatte. Aber insgeheim freute er sich, dass sie sich um ihn sorgte. Es war ein gutes Gefühl, mit jemandem zusammen zu sein, der auf einen aufpasste.

Ein wenig war das von Anfang an die Rollenverteilung bei ihnen gewesen. Fani kümmerte sich um ihn, sie passte auf ihn auf. Sie war zwar die Jüngere und beruflich wesentlich unerfahrener als er gewesen, als sie sich damals auf ihrer Heimatinsel Pergoussa kennengelernt hatten. Doch sie war diejenige gewesen, die sich um ihn gekümmert hatte, als er angeschossen worden war. Und die ihm, ein Jahr später, geholfen hatte, als er bei einem Fall hier in Griechenland nicht weiterkam.

Zakos hatte das bisher so noch nicht kennengelernt. Bei seinen früheren Partnerinnen war stets er der Fürsorgliche gewesen. Besonders bei seiner kapriziösen Ex-Freundin Sarah, der Mutter seines Sohnes. Fani war ganz anders. Warum zum Teufel hatte er das mit ihr eigentlich damals derart vermasselt? Er verstand sich selbst nicht ganz.

»Was ist los? Du wirkst bedrückt?«, fragte Fani und reichte ihm das weiße Hotelhandtuch, das sie eingepackt hatten. »War's doch zu kalt? Geht's dir nicht gut?«

»Im Gegenteil!«, sagte er und umarmte sie. »Mir ging es schon lange nicht mehr so gut!«

Es war dämmrig, aber noch nicht ganz dunkel, als sie sich zur »Erschießung des Judas«, eines weiteren traditionellen Osterbrauchs der Insel, an der Hafenmole einfanden. Die mit Stroh ausgestopfte Judas-Puppe hing bereits an einem hohen Pfahl und baumelte im Wind. Zakos schauderte, wenn er nach oben sah.

»Was für ein komischer Brauch!«, sagte er. »Ich kannte das gar nicht.«

»Gruselig!«, bestätigte Fani. »Nein, ich hab so etwas auch noch nie miterlebt. Aber davon gehört habe ich schon – Hydra ist nicht der einzige Ort, wo sie das machen. Diese Tradition ist in einigen Dörfern beliebt.«

»Ich würde es mir auch nicht antun«, sagte Nike, die neben ihnen stand. »Aber Vironas liebt es, wenn es knallt.«

»Boys will be Boys!«, meinte Chloe, Pauls Tochter. Sie stand Hand in Hand mit Nike zusammen. Heute trug sie keinen

Badeanzug, sondern eine Art Militärmantel und Springerstiefel. Ohne die dicke Schicht Schminke wirkte ihr Gesicht unreif und etwas müde, und Zakos überlegte, dass sie ja eigentlich noch sehr jung sein musste – ein Kind in einem exaltierten Grufti-Look. Und nun erkannte er auch eine Familienähnlichkeit, trotz der unterschiedlichen Hautfarbe der beiden Stiefgeschwister: Beide hatten ein auffallend schmales Gesicht, so wie Paul.

Er selbst war nicht anwesend – höchstwahrscheinlich ging es ihm nach dem Absturz von gestern nicht gerade glänzend, schätzte Zakos. Allerdings schien er sich tatsächlich an nichts zu erinnern – Demetris hatte Zakos am Nachmittag lachend am Telefon erzählt, dass der Künstler ganz baff war, als er statt im eigenen Bett auf der Pritsche in der Polizeistation aufgewacht war.

An der Mole war es längst nicht so voll wie während der Karfreitagsprozession – offensichtlich war dieses Spektakel weniger beliebt. Die Stimmung allerdings war mindestens so unheimlich wie in jenem Moment, an dem vor zwei Tagen die Schreie laut geworden waren – der Anblick der baumelnden Puppe war schwer auszuhalten. Vironas allerdings schien gut gelaunt zu sein, er hatte Freunde entdeckt und riss sich von ihnen los. Dann waren plötzlich auch Nike und Chloe im Gedränge verschwunden, und Fani blickte sich sofort unruhig um.

»Du kannst sie nicht bewachen«, sagte Zakos und legte den Arm um Fani, weil sie im auffrischenden Abendwind zu zittern begonnen hatte. »Du bist nicht für sie verantwortlich.«

»Sie lässt sich sowieso nicht beschützen – das siehst du ja!«, antwortete Fani. »Sie ist wie Quecksilber – einmal hier, im nächsten Moment ganz woanders. Am liebsten hätte ich Polizeischutz für sie, bis wir den Täter haben!«

Zakos nickte und versuchte, zuversichtlich auszusehen. Tatsächlich hatte er sich noch nie so weit entfernt von der Aufklärung eines Mordfalles gefühlt wie jetzt. Was hatten sie denn schon? Drei tote Frauen und den sonderbaren Verdacht, Nike sei in Gefahr. Nur dass es dafür keinen echten Hinweis gab. Bestimmt kein aussichtsreicher Grund für Polizeischutz ...

Von ganz vorne am Wasser konnte man nun ein Johlen hören – die Wartenden wurden langsam ungeduldig. Im kesselförmigen Hafen wurden ihre Laute wie durch einen Lautsprecher verstärkt und klangen dabei hohl wie in einem Geisterschloss.

»Sie ist da vorne mit den Kindern, ich kann sie sehen! Alles endaxi!«, sagte Fani in einem Ton, als sei er der Besorgte und müsste beruhigt werden.

»Soll ich dir sagen, wann ich das Gefühl das erste Mal hatte? Dieses ungute Gefühl im Bauch, von dem ich dir heute Nachmittag erzählt habe?«

Zakos nickte, obwohl er sich gar nicht so sicher war, dass er es tatsächlich erfahren wollte. Es war keine schöne Geschichte, das machte ihr bedrückter Ton klar.

»Das war damals bei meinem Vater«, sagte sie. »Ich war vierzehn, und keiner wollte mir glauben, dass etwas passiert war. Er war noch nicht mal vermisst! Und der Sturm war zunächst gar nicht so schlimm. Aber ich wusste es bereits! Ich wollte, dass die Männer mit großen Booten rausfahren, dass sie ihn suchen! Ich lief von Haus zu Haus und schrie, aber sie lachten nur und dachten, ich sei verrückt!«

»Der Bootsunfall!«, erinnerte Zakos sich. Fani hatte ihm davon erzählt – ihr Vater war vom Fischen nicht zurückgekehrt. Genaueres hatte er aber bisher nicht erfahren.

»Damals habe ich es auch gespürt – hier!«, sie drückte die Hand wieder unter die Brust.

»Und niemand, niemand hat was getan! Das ist, als würde man versuchen, eine Lokomotive aufzuhalten, aber man schafft es nicht. Sie fährt einfach weiter, und man sieht zu und kann nichts tun!«

Der Wind wehte nun auch Zakos unangenehm in den Nacken. Er schauderte erneut.

»Ich hab all die Jahre gedacht, ich bin schuld – denn ich habe es doch gewusst! Warum habe ich nichts getan?«

»Du hast doch was getan. Du hast alles gegeben, dich trifft keine Schuld! Und du warst jung, sie haben dich nicht ernst genommen!«

»Ja, das sage ich mir auch regelmäßig, aber nachts, wenn ich nicht schlafen kann, dann denke ich: Habe ich wirklich genug gekämpft? Habe ich genug getan, um sie zu überzeugen?«

Ein Schluchzer entfuhr ihrer Brust.

»Schsch«, machte Zakos und drückte sie an sich. »Das ist doch Blödsinn, das weißt du doch«, sagte er.

»Ja, natürlich weiß ich das!«, stöhnte sie. »Du hast ja recht. Ich hör schon damit auf.«

Sie machte sich los und lächelte ein wenig krampfhaft.

»Ach, und noch was – ich mag es nicht so gern, dass du mich vor Nike umarmst.«

»O-kay!«, machte Zakos. Seine Stimme klang verletzter, als er beabsichtigt hatte. »Ist unprofessionell, verstehe schon«, fuhr er fort.

»Hm«, brummte Fani. »Muss ja nicht jeder wissen …«

»Nein, natürlich nicht.«

Er starrte eine Weile nur so vor sich hin.

»Aber andererseits – warum eigentlich nicht! Von mir aus kann es durchaus jeder wissen. Ich hätte kein Problem damit«, sagte er.

»Halt, halt, halt – weißt du nicht mehr, was ich gesagt habe? Vor zwei Tagen?«, wandte Fani ein. »Ich hab gesagt, das ist alles nur Spaß!«

»Ich verstehe nicht, was du meinst ...«

»Du verstehst mich schon«, sagte Fani entschieden. »Ich meine Folgendes: Die ganze Sache zwischen uns ist nicht ernst. War es früher nicht, ist es heute nicht und wird es niemals sein!«

Er nickte. »Klar!«, sagte er mit belegter Stimme.

Doch nun wurde er wütend auf sie. Blöde Kuh, dachte er trotzig. Mal hü, mal hott. Wurde langsam Zeit, dass er abreiste. Sollte sie doch sehen, wo sie blieb mit ihrem komischen Fall und ihren abstrusen Theorien und Ahnungen. Am liebsten würde er sie jetzt stehen lassen und gehen. Doch die Menschen standen so dicht gedrängt – er wäre ohnehin nicht weitergekommen.

In diesem Moment schwoll das Johlen der Menschen an, dann hörten sie die Schüsse, das ohrenbetäubende Knattern von Schrotgewehren auf die baumelnde Judasfigur.

Wenige Sekunden später entzündeten sich die Feuerwerkskörper im Inneren der Figur und explodierten mit knallendem Böllergetöse, und dann ging das ganze Gebilde lichterloh in Flammen auf.

Kapitel 10

»Das ist ein Leben – so gefällt's mir!« seufzte Tsambis Jannakis, streckte die Beine im Caféstuhl weit aus und inhalierte tief den Rauch seiner Zigarette – einer Papastratos ohne Filter. Zakos, der nun schon eine Weile nicht mehr rauchte, fand, der Qualm stinke nach verkokeltem Heu.

Fanis Chef war ohne jede Ankündigung auf die Insel gekommen und hatte sie telefonisch aus dem Bett geholt. Eine halbe Stunde später trafen sie ihn in einem Café am Hafen. Er hatte einen griechischen Mocca vor sich stehen und wirkte aufgeräumt. Als er die beiden sah, sprang er auf und riss dabei den Stuhl, auf dem er gesessen hatte, um.

»Na, war das eine gute Idee, oder war das keine gute Idee?«, fragte er und breitete die Arme aus, um Zakos an sich zu drücken. Er trug eine wie aufgeblasen wirkende, viel zu dicke Daunenjacke und darunter lediglich ein dünnes weißes Hemd, an dem, wie stets bei ihm, ein paar Knöpfe zu viel offen standen. So traten der schwarze Wildwuchs auf seiner Brust und das in die dichte Behaarung verwickelte, äußerst stattliche Goldkreuz zutage.

»Meine Söhne sind schon groß, sie brauchen mich nicht –

und meine Schwiegertochter hat mich sowieso nicht gern um sich!« Er lachte, als handle es sich dabei um ein Lob.

»Da habe ich Ostern einfach mal Urlaub gemacht und ein paar Tage einen alten Freund in Nafplio besucht. Wir haben unseren Militärdienst zusammen verbracht, das verbindet. Und heute früh habe ich meinen Wagen auf einem Parkplatz hier gegenüber auf dem Festland geparkt und bin übergesetzt, um euch einen kleinen Überraschungsbesuch abzustatten. Super, oder?«

Dass Fanis reservierter Gesichtsausdruck von wenig Begeisterung kündete, ignorierte er – oder es fiel ihm nicht einmal auf, dachte Zakos.

»Ich sagte mir, ich schaue mir die Bonzen und Multimillionäre hier mal ganz genau an! Und, habt ihr schon Hollywoodstars gesehen?«

»Nein, aber da liegt beispielsweise eine Milliardärsjacht, die hat Jeff Koons bemalt«, erklärte Zakos und deutete mit dem Finger aufs Meer.

»Kenn ich nicht!«, meinte Jannakis. »Sieht außerdem scheußlich aus. Da lobe ich mir diese Teile hier vor uns – zu so einem würde man nicht Nein sagen, was meint ihr?«

Er deutete auf die Prunkjachten, die direkt vor ihnen in erster Reihe aufragten.

»Mir gefällt die mit dem marineblauen Innenleben am besten«, fuhr er fort. »So schön maritim und nicht so empfindlich wie die daneben.« Er wies auf die Nachbarjacht, die ausgestattet war mit Sitzgarnituren aus weißem Leder.

»Wobei – wenn man so viel Geld hat, dann ist es egal, ob was Flecken kriegt – man muss ja nicht selber putzen, das macht alles der Steward!«

Er lachte wieder so dröhnend wie zuvor.

»Chef, wenn Sie wollen, zeigen wir Ihnen die Insel«, schlug Fani vor. Ihr Ton klang anders als gegenüber Zakos – kleinmädchenhafter. »Es gibt zum Beispiel eine Villa, in der hat früher ein berühmter Sänger gewohnt – Leonard ... Leonard ...«

»Cohen!«, half Zakos ihr.

»Für ausländische Sänger interessiere ich mich nicht! Ich höre nur griechische Musik. Nein, nein, der Grund, warum ich da bin, ist ein ganz anderer: Sophia Loren!«

»Wer?«, fragte Fani.

»Ach Kinder, ihr habt ja keine Ahnung!«, rief Jannakis »Der Knabe mit dem Delfin! Der Film ist hier auf der Insel gedreht worden, da spielt sie mit. Was für eine Frau! Sie spielt darin eine Schwammtaucherin.«

Er fummelte eine Weile auf seinem Smartphone herum, dann streckte er ihnen eine alte Filmaufnahme in Schwarz-Weiß entgegen, darauf die Loren mit wild zerrauftem Haar in der Hafenbucht. Dort, wo heute die teuren Jachten angeleint waren, dümpelten damals noch unscheinbare Fischerboote.

»Ich liebe sowieso die alten Filme!«, schwärmte Jannakis weiter. »Die neuen taugen allesamt nichts. Nach, ich sag mal ... 1965 wurde kein einziger guter Film mehr gedreht! Kein einziger! Ich wette, ihr könnt mir keinen guten Film nennen, der jünger ist als fünfzig Jahre!«

Fanis Mundwinkel verzogen sich zu einer gereizten Miene. Auch Zakos war stark genervt. Jannakis kam ihm ganz und gar ungelegen! Übermorgen sollte Zakos' Flug zurück nach München gehen, und eigentlich hatte er geplant, die restliche Zeit mit Fani zu genießen.

Seine Wut nach ihrer sehr klaren Ansage vom Vorabend war recht bald einer leisen Melancholie gewichen, die er so noch nicht von sich kannte. Er hatte keine große Erfahrung darin, abgewiesen zu werden. Allerdings wirkte Fani ebenfalls traurig darüber, dass sie beide keine Zukunft hatten. Sie bat ihn, das Abendessen zu zweit einzunehmen, und küsste ihn dann dabei so häufig, dass die Kellner schon Witze über sie machten, denn sie klammerte sich regelrecht an ihn. Später, auf seinem Zimmer, fühlte sich alles zwischen ihnen bedeutungsschwer und kostbar an, weil der Abschiedsschmerz bereits mitschwang. Immerhin hatte Zakos geglaubt, noch ein wenig Zeit mit Fani zu haben, was sich nun aber als trügerische Hoffnung erwies.

Fanis Chef sollte natürlich nicht mitbekommen, dass etwas zwischen ihnen lief. Zakos empfand ihn nun als echte Störung. Zudem war Jannakis einfach anstrengend. Er machte Stress – das war immer so gewesen.

Ihm selbst war das offenbar nicht im Geringsten klar. Er ging ganz selbstverständlich davon aus, dass sie froh waren, ihn zu sehen.

»Ich habe nämlich Neuigkeiten – ihr werdet staunen!«, rückte er schließlich mit der Sprache raus.

»Ach was!«, meinte Fani, plötzlich hellwach. »Was gibt's, Chef?«

»Jaaa – jetzt ist sie neugierig, unsere Kleine!«, spöttelte Jannakis und zwinkerte Zakos zu.

»Du ahnst ja gar nicht, was für eine Streberin Fani in den letzten Jahren geworden ist – die hat nichts mehr mit der verträumten kleinen Inselpomeranze zu tun, die sie damals auf Pergoussa war. Das reinste Karriereweib!«

»Chef – die Neuigkeiten!«, sagte Fani knapp.

»Das haut dich jetzt bestimmt um!«, triumphierte er. »Du weißt doch noch, dass wir uns gefragt haben, ob die beiden

Ärztinnen auf Rhodos sich kannten, ob es eine Verbindung gab. Und wir waren uns dabei nicht sicher.«

»Sie kannten sich wahrscheinlich flüchtig«, vermutete Fani.

»Oh nein, alles andere als flüchtig. Es gab tatsächlich eine Verbindung!«, sagte er. »Und die Verbindung war: Sex!« Wenn er das Wort aussprach, klang es wie Sääääx.

»Wie bitte?«, hakte Fani nach.

»Na, sie waren ein Pärchen! Lesbierinnen!«, sagte Jannakis. »Ich habe mir das ja ehrlich gesagt gleich gedacht!«

»Nein, Chef, das haben Sie definitiv nicht!«, sagte Fani, und nun verbarg sie nicht, wie ungehalten sie war. »Sonst hätten Sie damit bestimmt keine Sekunde lang hinter dem Berg gehalten.«

»Doch! Doch! Oh ja!«, brüstete sich Jannakis, wobei er das Gesagte mit einem lehrerhaft ausgestreckten Zeigefinger unterstrich. »Ich schwöre, ich hab's mir gedacht, und zwar schon recht bald! Endaxi – das war zugegebenermaßen, als wir erfuhren, dass die britische Freundin, die unsere tote Orthopädin früher so häufig in England besucht hatte, vom anderen Ufer stammte – das hatte ich dir, glaube ich, noch gar nicht berichtet, dazu war einfach keine Zeit!«

Fani runzelte die Brauen. Es war klar, dass sie dieses Detail gern früher erfahren hätte.

»Nach dieser Erkenntnis war jede andere Ableitung nicht mehr schwer: DAS war der Grund, warum die Orthopädin keinen Mann hatte, ganz klar! Gut, sie war jetzt nicht gerade die hübscheste …«

»Chef!«, rief Fani empört.

»Schon gut, schon gut, du hast ja recht – es gibt hässlichere, und die kriegen auch einen ab!«

Fani stöhnte.

»Aber sie – all die Jahre kein einziger Mann weit und breit!«

»Ist ja auch logisch, wenn sie homosexuell war, wollte sie eben keinen Mann, sondern eine Frau!«, warf Zakos ein, um das Hin und Her zwischen Jannakis und Fani zu beenden.

»Jaaa – aber eine neue Freundin hatte sie ebenfalls nicht! Was komisch war! Aber dass die Orthopädin mit ihr ins Bett ging – das hätte ich nie gedacht. Die war doch geschieden und hatte ein erwachsenes Kind! Aber offenbar war sie bi! Ha!«

»Woher wissen Sie das?«, fragte Fani.

»Recherche! Als ich in Athen war, auf der Anreise zu meinem Freund, da dachte ich mir – fahre ich doch einfach mal bei ihrem erwachsenen Sohn vorbei. Und da hab ich's erfahren. Der Sohn sagte, das ging damals recht schnell. Plötzlich war sie ebenfalls andersherum. Die zwei Frauen waren wohl schon einige Jahre zusammen und haben das geheim gehalten. Natürlich – wer geht schon in eine Praxis, wenn er weiß ...«

»Es ist gut jetzt!«, unterbrach ihn Fani energisch.

»Ich sag ja gar nichts! Ich finde, lieber zwei Frauen als zwei Männer. Wobei ich es natürlich in diesem Fall nicht ganz verstehe. Die Orthopädin war ja recht attraktiv, trotz ihres Alters, aber die andere ...«

»Tsambis ...«, sagte Zakos leise.

»Aber wahrscheinlich war die andere der Mann, sozusagen ...«

»Tsambis!«, wiederholte Zakos. Er hatte das Gefühl, er müsse eingreifen, bevor Fani explodierte. Ihr Gesicht war bereits knallrot angelaufen.

»Schon gut, schon gut! Jedenfalls dachte ich, ich liefere euch diese Erkenntnis live und exklusiv!«, erwiderte Jannakis strahlend und rieb sich die Hände. »Da sieht die Sache doch gleich ganz anders aus!«

»Aber wieso das denn?«, fragte Fani.

»Na, wenn dir das nicht klar ist, Mädchen, dann musst du noch viel dazulernen!«, meckerte der Alte. »Der Täterkreis stellt sich doch jetzt vollkommen anders dar: Vielleicht ist der Mörder ja zum Beispiel ein Lesben-Hasser. Oder, auch möglich: Er oder sie war mal mit einer der beiden liiert. Oder hat sich Hoffnungen gemacht und sie also aus Eifersucht und Rachegelüsten umgebracht!«

»Die Logik in Ihrer Ausführung ist mir jetzt nicht klar«, sagte Fani kalt. »Wieso sollten Lesbierinnen eifersüchtiger sein als andere Menschen?«

»Die Logik der Ausführung, ha!«, wiederholte Jannakis und wandte sich wieder an Zakos. »Da hörst du, was für eine Klugscheißerin sie geworden ist! Aber nein, Madame, tatsächlich denke ich eher nicht, dass es eine Frau war, die die Morde verübt hat. Das ist eindeutig eine männliche Handschrift – allein schon die Auszieherei spricht dafür.«

Darüber gab es nun ja unterschiedliche Auffassungen, dachte Zakos und guckte Fani an. Doch Fani wirkte nicht, als hätte sie Lust, Tsambis die Vermutungen der Psychologin mitzuteilen, deswegen sagte er ebenfalls noch nichts.

»Und was ist mit der dritten Frau – der Physiotherapeutin auf Kreta? Wie passt sie in das Bild?«, fragte Zakos stattdessen.

»Keine Ahnung – ihr wart doch dort, nicht ich!«, entgegnete Tsambis. »War sie eine Lesbe, oder war sie keine? Oder war sie auch bi?«

Zakos glaubte das eigentlich nicht. Er erzählte von dem Ex-Freund, der zunächst unter Verdacht gestanden hatte. Allerdings war seine Existenz kein Gegenbeweis für Jannakis'

Theorie. Ganz im Gegenteil: Jannakis argumentierte, dass es bei der Trennung von ihrem Freund ja eventuell einen – weiblichen – Trennungsgrund gegeben haben könnte.

»Wir fragen an, ob es Hinweise in diese Richtung gibt«, entschied Fani schließlich. »Die Kollegen vor Ort müssen das recherchieren. Wobei ich jetzt nicht hoffe, dass der Täter es auf alle lesbischen Frauen der Landes abgesehen hat.«

Jannakis schüttelte den Kopf.

»Das wär mal was Neues!«, sagte er. »Dass schwule Männer angegriffen werden – das kennt man schon. Aber eine Mordserie an Lesbierinnen wäre schon allerhand! Wenn du das nachweisen kannst, Fani, dann wirst du berühmt in ganz Griechenland, was sag ich – auf der ganzen Welt!«

»Blödsinn, Chef!«, sagte Fani, etwas peinlich berührt.

»Natürlich!«, rief er laut aus. »Ich sehe schon die Schlagzeilen vor mir. Fani Zifou, die junge Kommissarin, die die griechischen Lesbierinnen-Morde aufklärte!«

Er fuchtelte mit seinen behaarten Fingern in der Luft herum, als würde er eine Titelzeile nachmalen.

»Wie steht es denn mit der Frau, von der du mir berichtet hast – ist sie auch Mitglied der Lesben-Szene?«

»Chef, es gibt in diesem Fall keine Lesben-Szene!«, entgegnete Fani in sehr bestimmtem Ton. »Ihre Fantasie geht mit Ihnen durch!«

»Ohne Fantasie geht es in unserem Job nicht!«, erwiderte er ungerührt. »Lass die Frau durchleuchten – dann weiß man, woran man ist. Aber nun brauche ich dringend was zu essen. Nach dieser ewigen Fastenzeit hätte ich heute gern einen schönen großen Brocken Fleisch!«

»Du hast gefastet?«, fragte Zakos. Er war ein wenig überrascht – er wusste selbst nicht, wieso.

»Ich wollte. Ehrlich gesagt hab ich es nicht geschafft«, gestand Tsambis mit gesenkter Stimme, als habe er Angst, es könnte urplötzlich jemand an ihren Tisch treten und ihn deswegen zur Rechenschaft ziehen.

»Bei dem Stress, den ich tagtäglich habe, kann ich nicht auch noch fasten! Aber wenn um einen herum alle nur Grünzeug knabbern, vergeht einem ja der Appetit, und das Fleisch schmeckt einem nicht mehr so gut wie sonst«, seufzte er. »Aber jetzt kann man endlich ohne schlechtes Gewissen wieder Fleisch genießen!«

Sie gingen in ein Restaurant, das ein Stück hinter der Polizeistation lag, und sahen zu, wie Tsambis sich an einer üppigen Grillplatte erfreute, während Zakos und Fani Spiegeleier bestellten – sie hatten noch nicht mal gefrühstückt.

Das gemeinsame Essen wurde wider Erwarten ganz nett. Jannakis erzählte von seinen Söhnen, die ihn offensichtlich nicht recht ernst nahmen, und er gestand freimütig, dass das der Grund dafür war, warum er im Büro mitunter als Diktator auftrat.

»Aber das nimmt von euch auch niemand so richtig ernst – nicht wahr, Mädchen?«, fragte er und zwickte Fani in die Wange. Sie blickte ihn genervt an. Aber dann lachte sie doch, und Zakos wunderte sich – nicht das erste Mal – darüber, was für ein merkwürdiges Verhältnis die beiden hatten.

Eigentlich hasste Fani ihren Chef – das hatte sie zumindest regelmäßig kundgetan. Und Jannakis selbst hatte Zakos des Öfteren gestanden, er fände, Frauen seien zu sensibel für den Polizeiberuf. Dennoch hatte er Fani zu sich nach Rhodos geholt und sie befördert. Und auch Fani blieb ihm nach wie vor treu – jedenfalls ließ sie sich nicht versetzen. Vielleicht waren die beiden ein wenig wie Verwandtschaft. Die kann man sich auch nicht aussuchen, man muss mit ihr auskommen.

Sie wirkten tatsächlich wie Onkel und Nichte, oder wie Vater und Tochter. Im einen Moment kuschte Fani vor Jannakis' strenger Art, im nächsten verdrehte sie die Augen und zog spöttische Grimassen. Dann wieder tupfte sie ihm mit der Serviette einen Fettfleck von der Hemdbrust. Schließlich fischte sie, ohne zu fragen, aus seiner Schachtel eine Zigarette. Dazu verzog er nur das Gesicht und schimpfte sie aus, weil er nicht wollte, dass sie sich das Rauchen angewöhnte. Fani lachte nur und pustete ihm demonstrativ den Rauch ins Gesicht. Das Ganze war wie ein Theaterstück, und Zakos musste insgeheim lächeln.

»Worüber grinst du eigentlich die ganze Zeit?«, fragte Fani schließlich und knuffte ihn in die Seite, und auch Tsambis blickte ihn fragend an.

»Ja, worüber? Du hast wirklich keinen Grund zu lachen. Morgen sitzt du wieder in Deutschland, im Schnee!«

»Blödsinn. An Ostern fällt bei uns fast niemals Schnee!«, erwiderte Zakos in einem Tonfall, als müsste er seine Heimat verteidigen.

»Man beachte das ›Fast‹«, meinte Jannakis mit schlauer Miene zu Fani. »Das bedeutet, manchmal passiert es doch!«

Zakos schüttelte sich. An Schnee wollte er jetzt lieber nicht denken.

»Ich liebe Schnee«, sagte Fani träumerisch.

»Aber du bist doch so verfroren!«, wunderte sich Zakos.

»Schnee ist gar nicht so kalt«, behauptete sie. »Und er ist wunder-wunderschön. Die Flocken sehen aus wie Vogelflaum. Sie riechen auch so. Wenn es schneit, liegt dieser Geruch in der Luft. Und alles wird ganz leise, wenn der Schnee fällt…«

»Wann hast du denn jemals Schnee erlebt?«, fragte Tsambis fast ein wenig empört.

»Auf Rhodos jedenfalls nicht«, gab sie patzig zurück. »Im Gegensatz zu Ihnen, Chef, reise ich nicht nur nach Nafplio. Ich war schon in der Türkei! Derzeit spare ich für eine Europareise. London, Paris, Berlin ...«

»Oho«, sagte Jannakis ein wenig spöttisch.

»Den Schnee habe ich auf Zypern im Gebirge gesehen, vergangenes Jahr!«

»Ich hab gehört, auf Zypern fahren die Leute im Winter sogar Ski!«, warf Zakos ein, der das mal im Fernsehen gesehen hatte.

»Ich wette, du fährst in Deutschland auch Ski«, sagte Fani, und als er nickte, lachte sie auf, irgendwie verblüfft.

»Ja, so kennen wir unseren Nikos noch nicht!«, erklärte Tsambis und drückte Zakos' Oberarm. »Er sieht so aus, als wäre er einer von uns. Aber er kommt aus einer ganz anderen Welt!«

*

Zwei Tage später war Zakos zurück in dieser anderen Welt, doch Griechenland ging ihm diesmal auch in München nicht so schnell aus dem Kopf wie sonst. Er fand keinen rechten Abstand zu seiner Reise. Vielleicht lag es daran, dass er mitten aus einem Fall herausgerissen worden war, sagte er sich. Er dachte an Jannakis' kratzige Stimme und seine derbe Art, die aber auch recht herzlich sein konnte. Er erinnerte sich an Paul und seine sonderbar anmutende Kunst, und an Nike, wie fröhlich und offen sie gewesen war – aber auch daran, wie sie in der Osternacht auf einmal wie ausgewechselt gewesen war, als er sie auf Mediona angesprochen hatte.

Am häufigsten musste er natürlich an Fani denken. An seine Freude, als er sie am Flughafen in Athen stehen sah, als sie ihn von ihren Kollegen vom Gate hatte holen lassen. Oder daran, wie pragmatisch und professionell sie am Tatort auf Kreta gehandelt hatte. Aber auch an ihre fast hysterische Angst um Nike beim Karfreitagsfest. Er erinnerte sich auch daran, wie sie ihn umarmt und an sich gezogen hatte, nur um ihn dann wieder wegzustoßen. Alles nur Spaß? Das hatte sie behauptet.

Sie hatte sich nicht mal richtig von ihm verabschiedet. Nach dem netten Mittagsessen hatten sie beide noch kurz bei Nike vorbeigeschaut und auf Wiedersehen gesagt, dann hatten sie aufs Festland übergesetzt und waren mit Jannakis im Auto über den Peleponnes nach Piräus gefahren. Diese Gegend kannte Zakos noch gar nicht, doch genießen konnte er den Rückweg von Hydra nicht: Jannakis fuhr unberechenbar schnell und immer auch ein wenig nervös, er beschimpfte die anderen Verkehrsteilnehmer, fluchte viel und betätigte dauernd die Lichthupe. Außerdem überholte er so riskant, dass Zakos angst und bange wurde – er war ein miserabler Beifahrer.

Fani hingegen war vollkommen gelassen. Sie rollte sich auf dem Rücksitz zusammen und verschlief die komplette Fahrt. Weil sie knapp dran waren für die Überfahrt nach Rhodos, hielt Jannakis nur eilig an der Hafeneinfahrt in Piräus und setzte seinen deutschen Kollegen dort ab. Fani richtete sich zum Abschied kurz auf, beugte sich zu ihm vor und gab ihm zwei Küsse links und rechts auf die Wangen. Dann waren die beiden weg, und Zakos blieb mit seiner Tasche allein zurück. Er war von dem abrupten Abschied regelrecht geschockt.

Einen Tag später war er zurück in Deutschland, und am nächsten Morgen erwartete man ihn schon im Büro.

Es gab ein großes Hallo, und Zakos wurde regelrecht gefeiert. Der Grund dafür war, dass Kollegen aus Athen Fotos vom Prozess gemailt hatten. Das Fotografieren im Verhandlungssaal war zwar nicht gestattet gewesen, doch gab es Bilder davon, als Zakos gemeinsam mit einem griechischen Kommissar das Gerichtsgebäude verließ und von der Presse interviewt wurde.

Zakos' Münchner Kollege Albrecht Zickler hatte dem Heimkehrer sogar einen regelrechten Altar gebaut: Die Bilder hingen vergrößert an einer Pinnwand, von einem Lichtkegel bestrahlt. Auch Kopien von Bildern der Orte, die Zakos seinerzeit wegen ihrer Ermittlungen besucht hatten, waren darunter, und auf einigen war sogar Zickler zu sehen – am Ende der Reise war auch er dabei gewesen, deswegen hatte er an Zakos' Verhandlung besonders großen Anteil genommen.

Nun hatten sich alle versammelt, um Zakos die Ehre zu erweisen: Neben Zickler war ihr Chef Heinrich Baumgartner anwesend, braun gebrannt und mit der unvermeidlichen Sonnenbrille im nackenlangen, grau melierten Haar, als käme er, und nicht Zakos, gerade aus dem Süden. Außerdem war Astrid dabei, die Jüngste im Team und Zicklers Freundin. Sie versuchte zwar stets, diesen Umstand vor den anderen Kollegen zu überspielen – dabei wusste es längst das ganze Haus. Mit von der Partie war auch Danninger, ein etwas schwerfälliger älterer Mann, den seine Ehefrau mit selbst gestrickten Pullundern und Trachtenjacken ausstattete, sodass er wirkte wie ein großer wolliger Bär. Er hatte zur Feier des Tages Weißwürste und Brezen besorgt, und so saßen sie eine Weile einträchtig zusammen, als gäbe es nichts weiter zu tun.

»Am liebsten wär ich auch dabei gewesen – aber ich konnte ja keinen Urlaub nehmen«, sagte Zickler vorwurfsvoll Richtung Baumgartner. Dabei hätte eine kleine Auszeit Ali – so wurde Albrecht von Freunden genannt – wahrscheinlich wirklich ganz gutgetan, dachte Zakos: Auf den Bildern vom vergangenen Sommer sah er noch wesentlich fitter und auch schlanker aus, doch seit aus dem Verhältnis zu Astrid etwas Festes geworden war, hatte er ganz schön zugelegt. Das kam vom allabendlichen Kochen, da setzte Zickler, der sich ungern bewegte, schnell an, ganz im Gegensatz zu der drahtigen Astrid.

»Ja, logisch, und wir machen hier komplett zu und eröffnen eine Dependance im Süden!«, wehrte sich Baumgartner spöttisch.

»Wär doch super – vielleicht als Austauschprogramm«, schlug Zickler vor.

»Du liebe Zeit – bei dieser Hitze dort möchte ich lieber nix tun«, stöhnte Baumgartner. »Wie viel Grad hat's da, Nick – dreißig doch sicherlich!«

»Doch nicht um diese Jahreszeit!«, entgegnete Zakos, der sich wunderte, wie wenig die Europäer hier wie dort über das jeweils beim anderen herrschende Wetter wussten.

»14 bis 22 Grad, acht Sonnenstunden!« Astrid hatte schnell auf ihrem Smartphone nachgesehen. »Wassertemperatur 15 Grad.«

»Da kann man ja auch hierbleiben«, sagte Danninger.

Zakos hörte gar nicht richtig zu. Ihm war sein Meeresbad ein paar Tage zuvor eingefallen, das erfrischende Wasser und Fanis erschrockenes und dann strahlendes Gesicht am Strand, nachdem er wieder aufgetaucht war. Einen Moment lang hatte er das Gefühl, als gehöre er zu der Münchner Runde gar nicht mehr so recht dazu.

»So, jetzt sind hoffentlich alle ausreichend gestärkt. Dann geht's wieder an die Arbeit!«, sagte Baumgartner schließlich.

»Wir haben einen Mord im Lehel. Dem Toten hat eine Goldschmiedewerkstatt gehört, inklusive Schmuckladen. Schaut nach Raubmord aus, aber die Kollegen vom Raubdezernat sagen, da stimmt was nicht – die Ehefrau gefällt ihnen nicht. Sie meinen, die spielt ihnen nur was vor ...«

Zakos nickte. »Ich kümmere mich drum!«

»Fall am besten nicht mit der Tür ins Haus, und halte dich zunächst mit unserem Verdacht zurück. Vielleicht nimmst du die Astrid mit – ihr zwei zusammen, das sieht am harmlosesten aus!«

»Finden Sie, Chef?«, fragte Astrid etwas pikiert. Sie war die Einzige in ihrer Runde, die Baumgartner siezte. Sie wollte es so, vielleicht in der Hoffnung, er würde ihr gegenüber ebenfalls beim respektvollen Sie bleiben. Aber er duzte jeden, ausnahmslos.

»Auf jeden Fall!«, sagte Baumgartner und tat so, als habe er den Unterton nicht wahrgenommen. »Besonders der Nick. Der tut immer so nett, bis sich alle in Sicherheit wiegen – und dann ... tja! Denn in Wahrheit ist er gar nicht so nett!«

Nun musste Zakos lachen.

»Ach, Schmarrn!«, wehrte er ab. »Ich bin echt nett. Das ist keine Show!«

»Ja, sag ich doch!«, sagte Baumgartner.

Dann hatte der Alltag ihn wieder und ließ ihm nicht mehr viel Zeit zum Nachdenken. Es galt nun, einfach zu funktionieren, von Tag zu Tag. Von Fani kam ohnehin nur eine knappe Nachricht auf WhatsApp, auf der sie ankündigte, ihn auf dem Laufenden zu halten – was dann aber ausblieb. Zakos arbeitete an dem Mordfall im Lehel, dazu kam ein Familiendrama in Neubiberg, das seine ganze Aufmerksamkeit erforderte. Außerdem suchten er und seine Ex-Freundin Sarah einen Kindergartenplatz für den Sohn, wobei sich die Knappheit solcher Plätze bei diesem Unterfangen noch als das kleinste Problem herauskristallisierte – weitaus komplizierter erwies es sich, eine Einrichtung zu finden, die Sarahs Erwartungen genügte. Sie war in allem extrem anspruchsvoll, das hatte Zakos' Leben mit ihr damals auch so kompliziert gemacht. Am liebsten hätte Zakos sich also aus der Kindergartensuche herausgehalten, doch auch das ließ seine Ex nicht zu: Sie bestand darauf, dass all dies auch seine Entscheidung sei.

»Sie will dich bloß schikanieren. Sie genießt das als Rache, weil du sie verlassen hast«, erklärte ihm sein Freund Zickler beim Bier. »Ich hab sie ja nie gemocht.«

»Ja, aber so kommen wir nicht weiter«, ergriff Astrid das Wort. »Mir ist sie ehrlich gesagt auch nicht sonderlich sympathisch, aber ich finde, sie hat schon recht, irgendwo. Weil – so eine Entscheidung ist auch Stress und Verantwortung. Warum soll sie das alleine tragen?«

»Aber er will doch nur seinen Frieden! Ihm ist es doch wurschtegal«, meinte Zickler.

»Fast«, sagte Zakos. »Es gab da eine griechische Tagesstätte, die hätte ich gut gefunden. Elias hätte dort Griechisch gelernt. Aber die hatten nur einen winzigen Garten!«

»Ich sag's doch – Entscheidungen sind schwierig!«, triumphierte Astrid und pustete sich die lockigen Haare aus dem erhitzten Gesicht.

»Jetzt lass ihn halt«, ergriff Zickler Partei. »Der Nick ist sowieso viel zu nett!«

»Schon«, meinte Astrid. »Aber du hast dich schließlich getrennt, nicht Sarah. Du hast sie sitzenlassen, mit einem ganz kleinen Kind!«

»Jetzt lass doch«, brummelte Zickler unbehaglich. »Sie ist doch schon längst wieder glücklich liiert!«

»Trotzdem«, sagte Astrid. »Ich sag doch nur, dass es auch eine andere Seite gibt. Man muss die Sarah auch verstehen!«

»Typisch, dass du dich auf die Seite der Frau stellst«, murrte Zickler.

»Jetzt hört halt auf zu streiten«, sagte Zakos. »Astrid hat recht! Ich bin gar nicht so nett, das sagt ja auch der Chef. Ich kann's auch nicht ändern.«

Plötzlich ging ihm auf, dass er früher damit ein Problem gehabt hätte. Es war ihm extrem wichtig gewesen, rundum gemocht zu werden. Er hatte sich Verständnis für seine Lebensentscheidungen gewünscht, selbst für die Trennung, und er wollte sympathisch rüberkommen – eigentlich bei jedem. Aber plötzlich waren ihm solche Dinge egal.

War das nun ein Zeichen, dass er endlich erwachsen war, oder war das einfach ein Zeichen für einen Burn-out? Er konnte es nicht sagen. Im Moment fühlte er sich einfach nur müde und überfordert.

Es war bereits Sommer, als Zakos eines Morgens um fünf Uhr früh einen Anruf von Alexis Ekonomidis bekam. Sechs Stunden später war er wieder in Athen.

Kapitel 11

*F*ani und Alexis saßen auf den Stufen vor der Eingangstür. Als Fani ihn sah, sprang sie auf und lief ihm entgegen. Ihre Augen waren verquollen und das Gesicht knallrot. Er wollte sie in den Arm nehmen, aber sie packte ihn am Oberarm und redete auf ihn ein.

»Ich hab versucht, sie zu schützen, du weißt es – ich hab's versucht!«, schluchzte sie, und ihr Gesicht war schrecklich anzusehen.

»Aber ich habe es nicht geschafft …« Ihre letzten Worte gingen unter in heftigen Schluchzern. Jetzt erst ließ sie sich umarmen, und Zakos erkannte über ihren Kopf hinweg an Alexis' Blick, dass dieser ebenso ratlos war wie Zakos selbst. Er war ebenfalls aufgesprungen und stand mit hängenden Armen neben ihnen.

Nike war tot. Ermordet wie die Frauen zuvor. Zakos hatte die Bilder bereits gesehen, Alexis hatte sie ihm geschickt. Alles wirkte wie bei den Morden davor: Die Tote war nackt, die Arme vor sich. Zwei Schüsse in die Brust. Wie eine Hinrichtung.

Diesmal war Zakos froh, dass die Tote bereits abtransportiert worden war: Er hätte nicht gewollt, dass Fani sie so sah, die Fotos waren schon schlimm genug. Besonders, wenn man Nike gekannt hatte.

Fani war ebenfalls gerade erst angekommen, die Anreise von Rhodos aus hatte sie genauso viel Zeit gekostet wie seine aus München. Dass er überhaupt hatte kommen können, war dabei reinstes Glück gewesen: Nach unzähligen Überstunden und durchgearbeiteten Wochenenden hatten sie in München endlich den Tod des Juweliers geklärt – und Zakos hatte sich am Vorabend dank seiner Überstunden zum Ausschlafen ins verlängerte Wochenende verabschiedet. Er musste erst wieder am Montag, also in vier Tagen, zur Arbeit. Zeit genug für einen Kurztrip nach Athen.

Nikes Wohnung war groß und ausgesprochen schön, mit einer Dachterrasse voller Pflanzen und einem offenen Wohnraum, hell gehalten in Weiß und Grau. Das Schlafzimmer ging auf die Dachterrasse hinaus. Das schien der Weg, den der Mörder genommen hatte, denn die Terrassentür war aufgestemmt.

Beim Anblick ihres aufgewühlten Betts spürte Zakos, wie es sich in seinem Magen regte – die grau-weiß gestreifte Matratze, die unter den verrutschten Laken zum Vorschein kam, war dunkelrot von ihrem Blut.

Besorgt blickte er zu Fani hinüber: Sie lehnte am Türrahmen, bleich wie die Wand, hielt den Blick gebannt aufs Bett gerichtet und wagte nicht weiterzugehen. Von ihrem Scanner-Blick, der ihm auf Kreta aufgefallen war, war heute nichts zu spüren.

»Gefunden wurde sie von ihrem Bruder, noch mitten in der Nacht«, erklärte Alexis. »Sie wollten gemeinsam zu einem Termin nach Frankreich fliegen, und eigentlich sollte sie ihn auf dem Weg zum Flughafen mit dem Taxi abholen. Als sie nicht erschien und auch das Telefon nicht beantwortete, kam er hierher – er dachte, sie hätte vielleicht den Wecker überhört. Er sperrte die Tür auf – und da fand er sie!«

»Er hatte einen Schlüssel? Das kommt mir komisch vor!«, meldete sich Fani mit beherrschter Stimme zu Wort. »Ich dachte, die beiden würden sich nicht so toll verstehen.«

»So schlecht war das Verhältnis vielleicht ja nicht. Die Wohnung hier gehört schließlich auch ihm«, erläuterte Alexis. »Er zahlt auch die englische Schule für das Kind. Wir haben ihn bereits vernommen, und um eure Fragen diesbezüglich vorwegzunehmen: Er war es nicht! Als er die Wohnung betrat, war Nike schon seit etwa acht Stunden tot. Und für diese Zeit hat er ein Alibi.«

Zakos starrte noch immer auf das blutige Bett.

»Er hat auch kein erkennbares Motiv, jedenfalls, soweit wir bis jetzt wissen. Nein, Fani, es ist etwas anderes, und du hattest die ganze Zeit über recht. Wir bilden gerade eine Taskforce, verschiedene Einsatzkommandos recherchieren. Wir stehen in Kontakt mit den Kollegen der übrigen Tatorte und mit britischen Profilern, die uns ihre Einschätzung geben. Es muss ein Serientäter sein! Und du hast es als Erste geahnt!«

»Soll ich mich jetzt darüber freuen?«, fuhr Fani ihn an.

»Na, immerhin kannst du es als Erfolg verbuchen.«

»Aber Nike wäre noch am Leben, wenn ihr eure Taskforce und was auch immer früher gegründet hättet! Vielleicht wäre sogar das Mädchen auf Kreta noch am Leben!« Fani schluchzte noch einmal auf, beherrschte sich dann aber.

»Aber ihr habt mir alle nicht geglaubt, keiner. Außer …«

»Sieh mal an – da ist einer dieser Flyer von Pauls Vernissage!«, sagte Zakos plötzlich.

»… außer dir, Nikos!«, sagte Fani leise.

Doch Zakos war vollständig in Anspruch genommen von

der Einladung. Er kannte den Flyer ja bereits, Paul persönlich hatte ihnen einen davon überreicht, am Karfreitag in der Pirate Bar. Zakos hatte das Gefühl, irgendetwas darauf sei ihm entgangen, die ganze Zeit über.

Und diese Einladung lag nun auf einem kleinen Schreibtisch in Nikes Zimmer, in einem Stapel Post, der achtlos neben einem silberglänzenden Computer herumlag. Zakos blätterte alle Papiere vorsichtig durch. Es waren geöffnete Briefe mit Kontoauszügen von einer Bank, ein Schreiben von den Wasserwerken, Postkarten, Werbeanzeigen. Alles älteren Datums. Alles nichtssagend.

Dann nahm er wieder die Karte mit der Ausstellungsankündigung zur Hand. Schwarze Schrift auf sonderbar bräunlichem Grund. Das Ganze sollte wohl vergilbt oder jedenfalls alt wirken. Ein kleines Foto gab es auch, darauf drei alte Puppenköpfe, arrangiert auf Schutt in einem dunklen Raum – offenbar jener Teil des kleinen Arrangements in der alten Ruine, der ihm noch am besten gefallen hatte.

Zakos streckte Fani die Karte hin.

»Woher kriegt man hier in Griechenland eigentlich solches Zeug?«, fragte er und wies auf die Puppenköpfe.

»Puh, keine Ahnung! Haushaltsauflösungen, Monastiraki-Flohmarkt, Antiquitätenläden? Vielleicht auch von privat«, antwortete sie. »Heutzutage verschachern die Leute für ein paar Euro alles, was man sich vorstellen kann.«

Um sie herum arbeiteten immer noch die Kriminaltechniker, und Alexis führte seinen Vortrag über die Kooperationen der Kollegen fort. Auch der Name Jannakis kam darin vor, Rethymnon, die kretische Stadt wurde erwähnt, außerdem Interpol. Zakos hörte gar nicht mehr richtig hin.

Er sah Fani an, und sie verstand.

»Alexis«, unterbrach Zakos den Redefluss. »Das alles ist ganz, ganz toll! Wirklich! Aber Fani und ich müssen jetzt fort.«

Wieder erwartete Demetris sie, diesmal stand er mit einem Pappbecher in der Hand am Eingang eines Cafés, ein paar Meter von dem Platz entfernt, an dem am Ostermontag die Judasfigur gebrannt hatte. Zakos erinnerte sich an das Gedränge, an Fanis düstere Vorahnungen. Und an Nike, wie sie mit Vironas und Chloe zusammengestanden hatte.

Warum hatte er es damals nicht bereits erkannt? Es war doch so offensichtlich gewesen ...

»Wir haben ihn sofort nach eurem Anruf festgenommen, und er spielt den Überraschten«, berichtete Demetris. »Er behauptet, er sei lediglich zu einem kleinen Ausflug auf dem Festland gewesen, in Tolo. Er habe das Boot genommen, das Nikes Familie gehört.«

»Auch das noch!«, stöhnte Fani auf.

»Er wird nachher von den Kollegen aus Athen abgeholt, so lange behalten wir ihn hier. Wenn ihr wollt, könnt ihr ihn noch schnell sehen. Aber man kriegt nichts Brauchbares aus ihm heraus!«

Der Arrestraum in der Polizeistation von Hydra war eine kleine Überraschung – er wirkte wie aus einem alten Western und bestand aus einem mit dicken Gitterstäben abgetrennten Bereich. Darin saß Paul auf einem alten Stuhl, dünn und unscheinbar wie eh und je. Seine Gesichtsfarbe wirkte gräulich gegenüber dem strahlenden Weiß des Spurensicherungsoveralls, und die Augen waren knallrot. Einen Moment dachte Zakos, Paul habe geweint, doch dann fiel ihm auf, dass ein eindeutiger Geruch von dem Mann ausging: Paul war sternhagelvoll. Als er sie erkannte, rasselte er mit den Handschellen und lachte wie irre, sodass Fani zusammenzuckte. »Angst, kleine Polizistin?«, lallte er mühsam.

»Ich habe vor niemandem Angst!«, erwiderte Fani mit fester Stimme – was wahrscheinlich der Wahrheit entsprach, dachte Zakos in diesem Moment.

»Issn Fehler! Gibt Menschen, da muss man Angst haben vor. Zum Beispiel Nike, die alte Hexe!« Er lachte und verdrehte dabei die Augen.

»Nike ist tot!«, sagte Fani.

Paul nickte, sodass sein ganzer Oberkörper sich ihnen entgegenbewegte und sie die Alkoholfahne noch intensiver riechen konnten.

»Sie sagen, ich hätte sie gekillt!«, raunte er und blickte sich im Raum um, als würde jemand ihn verfolgen – als sei er Darsteller in einem sonderbaren billigen Theaterstück.

»Und, ist das wahr?«, wollte Zakos wissen.

Jetzt schüttelte Paul seinen Kopf, so heftig, dass Zakos befürchtete, er könnte jeden Moment vom Stuhl fallen.

»Wozu – ich bin doch schon von ihr geschieden!«, sagte er und lachte erneut los. »Ich bin doch schon geschieden, bin doch, bin doch schon …« Das Lachen steigerte sich zu einem gigantischen Lachkrampf. Paul hielt sich den Bauch, wischte sich Lachtränen aus dem Gesicht, lachte und lachte.

Noch draußen hallte ihnen sein Gelächter in den Ohren.

Pauls Häuschen bestand lediglich aus einem sehr zweckmäßig eingerichteten Zimmer, das ausgestattet war wie eine Inselherberge aus vergangenen Jahrhunderten: abgegriffene Holzmöbel, eine Spüle aus Emaille, auf den Böden Flickenteppiche und gelbliche Schaffelle. Was außerdem auffiel, war die Ordnung: Nirgends lag etwas nur so herum, alles schien an seinem

Platz verwahrt – es gab nicht einmal ein ungewaschenes Wasserglas in der Spüle. Nur dort, wo die Forensik bereits bei der Arbeit war, herrschte Unordnung, beispielsweise waren die Schubladen mit Kleidung ausgeräumt worden.

Die einzige Reminiszenz an die Moderne waren der WLAN-Anschluss und der riesige Computerbildschirm, der über ein paar Kabel an einem bereits älteren Laptop angestöpselt war. Außerdem gab es einen Wasserboiler und eine Klimaanlage. Demetris hatte die Heizung eingeschaltet, als sie angefangen hatten, hier zu arbeiten.

Im Schuppen nebenan war es hingegen regelrecht kalt, aber wenigstens verbreiteten die riesigen Lampen, die die Polizisten aus Athen aufgestellt hatten, ein wenig Wärme. Sie brauchten das zusätzliche Licht, denn die einzige Glühlampe verbreitete lediglich einen schwachen Schein.

Es war ein gigantisches Sammelsurium an Dingen, die Paul hier zusammengetragen hatte. Sie stapelten sich in Regalen, die sich durch die ganze Kammer zogen: diverse Porzellansachen mit Blümchenmuster und Goldrand, Kristallzeug, alte Militärabzeichen und Lederkoppeln, angestaubte, verlaust aussehende Kuscheltiere, alte Postkarten, sogar ausrangierte Beinprothesen und Gebisse. Die Sachen lagen offen in den Holzregalen, manche waren in Kartons, Plastikbehältern oder in alten Weinkisten und Truhen aufgeschichtet. Der Geruch von alten Dingen, die zu lange in feuchten Kellern gelagert worden waren, lag schwer in der Luft. Und Zakos musste mehrmals würgen.

Auf der Falltür zu dem Verschlag am Boden stand eine große Truhe aus Holz, gefüllt mit Marmorsteinen und groben Splittern tönerner Amphoren. Sie war schwer, aber nicht zu schwer, um sie nicht wegzuschieben, und Zakos staunte später noch über die Naivität Pauls zu glauben, er könnte auf diese Art und Weise tatsächlich Dinge vor den Augen der Polizei verbergen. Vielleicht war es auch eher Dreistigkeit – oder Wahnsinn.

Sie klappten die Falltür ohne Probleme auf, darunter öffnete sich ein kleiner Hohlraum in der Erde – nicht viel größer als ein ausgebuddeltes Loch.

Die Waffen lagen darin in einem vorsintflutlichen Kinderwagen, nur von einer löchrigen Häkeldecke gegen Staub geschützt. Es gab Schrotflinten, Wehrmachtspistolen, sogar eine alte Kalaschnikow.

Ob sich die Tatwaffen darunter befanden, war nicht klar – Zakos bezweifelte es stark. »Aber sie stammen aus ebendieser Sammlung, die Paul wohl schon seit Jahrzehnten Stück für Stück aufgekauft hat«, erklärte er Demetris, der auch am Tag nach Pauls Verhaftung die Zusammenhänge des Falles noch nicht recht durchblickte.

Sie hatten noch lange Pauls kleines Haus durchsucht und morgens die Fähre nach Athen verschlafen, deswegen hatte der Kollege auf der Insel sie zum Essen zu sich eingeladen, in sein Haus hoch oben am Berg hinter dem Dorf. Seine Ehefrau Ioanna, die in einem Restaurant arbeitete, hatte für sie gekocht, bevor sie aufgebrochen war – es gab Kotopoulo Lemonato, Zitronenhuhn mit Ofenkartoffeln, eines von Zakos' Lieblingsgerichten.

Das war kein Zufall. Demetris hatte Zakos und Fani gebeten, ihre Essensvorlieben zu verraten. Er wollte es den beiden schön machen, und ein wenig wollte er vielleicht auch mit der wunderbaren Lage seines Hauses prahlen – von der Terrasse aus überblickte man hunderte Dächer und Häuser mit Gärten, die vor Palmen, Bougainvilleen, Orangenbäumen und Jasmin nur so strotzten. Immer wieder wurde die Stille hier oben durch das Klappern der Maultierhufe unterbrochen, wenn ein kleiner Trupp die sich nach oben windenden Steingassen hinaufstieg. Es war unglaublich idyllisch, doch Zakos hatte das Gefühl, über allem liege ein dunkler Flor, und die Stimmung war sehr gedämpft – so kurz nach Nikes Tod.

»Die Tatwaffen, mit denen die drei Frauen und jetzt auch Nike erschossen wurden, liegen sicherlich auf dem Grund des Meeres – die werden nie gefunden werden«, erklärte Fani ihre Theorie. »Es war recht schlau ausgedacht: Er hat sie wohl jedes Mal gleich entsorgt, damit man ihn nicht überführen konnte, wenn er zurück auf die Insel kam. Es ist ja recht ungefährlich und unverdächtig, mit einer alten Waffe unterwegs zu sein, und wenn jemand ihn aus irgendeinem Grund damit erwischt hätte, hätte es allenfalls eine Geldstrafe gegeben. Aber nach einem Mord musste er sie unbedingt loswerden, denn mit einer abgefeuerten Waffe, mit der jemand erschossen worden ist, sieht es schon ganz anders aus. Für ihn war das kein Problem, er konnte sich leicht davon trennen – er hatte ja genug!«

Zakos nickte. »Wir hätten darauf kommen müssen! Seit wir seine Vernissage besucht hatten, wussten wir doch, dass er alten Kram sammelte, für seine Performances oder Installationen oder wie auch immer es heißen mag. Und wir wussten, dass die Frauen mit alten Waffen ermordet worden waren. Aber wir waren blind, wir haben den Zusammenhang einfach nicht erkannt!« Er blickte zu Fani hinüber, die düster vor sich auf die Tischdecke starrte.

»Entschuldigt, dass ich noch immer nicht hundertprozentig im Bilde bin«, riss Demetris sie aus ihren Gedanken. »Ich verstehe einfach nicht, warum Paul all diese Frauen umgebracht hat – was hatten die denn mit ihm zu tun? Wussten sie irgendwas über ihn?«

Fani schüttelte den Kopf. »Er hat ja auf den Seminaren, die sie besuchten, gekellnert, vielleicht sind sie ihm dort aufgefallen. Genaueres wie beispielsweise die Adressen herauszufinden war für ihn ein Leichtes – Namen und Adressen der Teilnehmer standen in Nikes Unterlagen, und er ging ja bei ihr ein und aus.«

Sie probierte aus dem Weißweinglas, das Demetris ihr entgegenstreckte, und nickte, aber Zakos bezweifelte, dass sie wirklich bewerten konnte, was sie da trank – sie war noch vollkommen auf den Fall fixiert.

»Sein eigentliches Ziel war Nike«, fuhr sie fort. »Er hatte wohl von langer Hand geplant, sie zu ermorden. Natürlich wollte er nicht, dass der Verdacht auf ihn fiel. Es sollte alles so aussehen, als seien Nike und die anderen Frauen Opfer eines psychopathischen Mörders. Deswegen hat er wohl alles so angelegt, wie er sich solche Taten vorstellte: Er hat die Opfer gezwungen, sich auszuziehen, und sie nach dem Mord mit vor sich ausgestreckten Armen auf dem Bett drapiert. Er hat sich also Mühe gegeben, die Tötungen wie Ritualmorde oder wie das Produkt eines kranken Serientäters aussehen zu lassen. Aber tatsächlich hatte er von solchen Serienmördern nicht viel Ahnung, deswegen wirkte das Drumherum auch gar nicht authentisch. Das hat mir das Leben schwer gemacht, denn niemand wollte mir glauben, dass diese sonderbaren Taten tatsächlich Produkte eines Psychopathen waren.«

»Waren sie ja genau genommen auch nicht. Übrigens glaube ich gar nicht, dass die Frauen auf Rhodos und Kreta zufällig seine Opfer wurden«, wandte Zakos ein. »Er hatte vielleicht eine ganze Reihe von Frauen auf seiner Liste stehen.

Doch vielleicht eigneten sich andere Frauen auf der Liste nicht, weil sie nicht allein lebten. Er muss das recherchiert haben. Die beiden Ärztinnen und die Physiotherapeutin aber lebten ohne Familie oder Ehemann – das machte sie zu Pauls Opfern.«

»Das war nicht der einzige Grund!«, sagte Fani sehr bestimmt. »Nein, ich bin ganz sicher, dass er diese Opfer ganz gezielt ausgesucht hat, und zwar, weil sie etwas an sich hatten, das ihn an Nike erinnerte. Und eine sah ihr doch sogar ähnlich!«

Zakos zuckte die Achseln. Ja, er hatte damals ebenfalls diese Ähnlichkeit gesehen. Aber nun war er gar nicht mehr so stark davon überzeugt. Vielleicht war das alles nur Produkt ihrer angespannten Nerven gewesen.

»Paul hat sie gehasst, weil ihn irgendwas bei ihnen an Nike erinnerte. Deswegen mussten sie sterben!«, erklärte sie hartnäckig. »Da bin ich ganz sicher! Er muss Nike gehasst haben, seit Jahren schon. Nur warum? Es wirkte doch, als wären sie gute Freunde?«

Einen Moment lang musste Zakos an den ersten Abend mit Nike in ihrem Haus denken, an den Moment, an dem Fani und Nike Witze über den alternden, erfolglosen Künstler gemacht hatten, an ihr Gekicher. Nike hatte Paul verachtet, sie hatte auf ihn herabgeblickt. Sie hatte versucht, es vor ihm zu verbergen, aber er musste es gespürt haben.

»Enttäuschte Liebe, enttäuschte Ehre und Geld – das ist es meistens …«, sagte Demetris

»Wie bitte?«, fragte Zakos.

»Enttäuschte Liebe, enttäuschte Ehre und Geld sind meiner Meinung nach immer die Hintergründe. Wobei Geld oft nur ein Synonym für Ehre darstellt, denn Geld dient oft der

Wiederherstellung von Ehre. Aber das ist nur so meine private Philosophie der Mordmotive, aus der sich allerdings so einiges ableiten lässt ...«

»Sehr klug!«, lächelte Zakos. »Mir scheint, da ist was dran!«

»Aber Nike hatte kein Geld!«, widersprach Fani. »Das schien nur so. Während Paul immer daherkam, als wäre er ein Bittsteller.«

»Und manchmal reicht schon das ...«, sagte Zakos.

Sie hatten sich bereits verabschiedet und waren im Begriff, das Haus zu verlassen, als der Anruf kam. Fani war so nervös, dass sie beinahe das Telefon hätte fallen lassen.

»Ja? Ja?«, sagte sie. »Es gab Schmauchspuren an einer Hand?« Sie wandte sich um und echote das bereits Gesagte.

»Es gab Schmauchspuren an einer Hand!« Dann hörte sie wieder eine Weile konzentriert zu.

»Nein!«, sagte sie schließlich. »Also das war es!«

»Stell doch das Handy laut!«, forderte Zakos. Doch Fani schien ihn gar nicht wahrzunehmen. Sie presste das Telefon weiterhin an ihr Ohr, blickte auf den Boden, und als das Gespräch nach einer gefühlten Ewigkeit von ein paar Minuten endete, hatten ihre Wangen rote Flecken vor Aufregung.

»Nike hatte eine hohe Lebensversicherung, Nutznießer war ihr Sohn. Aber Paul wäre bis zu Vironas' Volljährigkeit der Verwalter davon gewesen«, sprudelte sie heraus. »Es ging also doch ums Geld!«

Der Sommer hatte nach Zakos' Rückkehr aus Griechenland Fahrt aufgenommen, und es war an manchen Tagen in München ebenso heiß wie im Süden. Zakos hatte es sich angewöhnt, im Internet neben der Münchner Wettervorschau auch die von Athen anzuklicken. Er wusste selbst nicht recht, warum er das tat, zumal es meistens ein wenig frustrierend war – 2000 Kilometer weiter südlich war das Wetter naturgemäß zumeist besser als in Deutschland, zumindest normalerweise. Doch jetzt schien es tatsächlich mit freundlichen 28 Grad in München angenehmer zu sein, während es in Athen aufgrund einer Hitzewelle – schon der zweiten in diesem Jahr – deutlich zu heiß war. Pünktlich zum Münchner Sommerferienstart hatte nun auch er ein paar Tage Freizeit. Am frühen Morgen war er mit seinem Sohn bereits im Freibad gewesen. Als der ganz große Besucheransturm um die Mittagszeit kam, waren sie in Zakos' Auto gestiegen und geflohen, um zu Hause ein kleines Mittagsschläfchen zu halten. Und dann hatten sie einfach verschlafen und waren erst kurz vor 18 Uhr verschwitzt in dem etwas stickigen kleinen Apartment in Neuperlach, in dem Zakos seit der Trennung von Elias' Mutter wohnte, aufgewacht. Es war also nicht damit zu rechnen, dass der Kleine heute so bald zu Bett gehen würde, so viel war klar.

Aber sie hatten ohnehin nichts Besonderes vor, was auch daran lag, dass Zakos in Stressphasen, wie sie gerade wieder hinter ihm lagen (und wahrscheinlich auch vor ihm, wie die Erfahrung der vergangenen Berufsjahre besagte), nicht recht in der Lage war, Freizeitaktivitäten zu planen. So verbrachten sie eben den Abend einfach draußen vor dem Haus, und das war ihm ganz recht. Bevor sie rausgingen, nahm er die Tragetasche mit Sandbuddelsachen vom Haken in der Garderobe im Flur und steckte zu den Schaufeln und Förmchen ein Buch, das er seit vergangenem Sommer zu lesen versuchte. Dann ging es auf den Spielplatz in der Anlage direkt vor seinem Wohnblock.

Es war ziemlich ruhig, man spürte die Ferien – der Großteil der Familien mit schulpflichtigen Kindern befand sich wohl im Urlaub. Man erkannte das sogar am Straßenverkehr. Die

Parkplätze in dem Rondell vor seinem Haus waren größtenteils unbesetzt. Selbst an der Wasserpumpe in der Sandkiste gab es keine Schlange, hier spielte nur ein einziges, etwa fünfjähriges Mädchen, gemeinsam mit Zakos' Sohn Elias.

Zakos konnte sich also in aller Ruhe auf der Wiese ausstrecken. Der ungewohnte Mittagsschlaf hatte ihm nicht wirklich Erholung beschert, im Gegenteil. Er fühlte sich ein wenig benommen, aber es war kein unangenehmes Gefühl. Er hatte frei, es gab nichts zu tun. Später, wenn Elias eingeschlafen sein würde, könnte er sich ein Glas kühlen Weißwein gönnen oder ein Augustiner und auf seinem Balkon auf dem Laptop Serien gucken – mit Kopfhörern, damit kein Geräusch den leider viel zu leichten Schlaf seines Sohnes störte.

Dummerweise gab es kein Kinderzimmer, sondern nur einen einzigen Raum und eine schmale Kochnische im Gang. Es wurde Zeit, dass Zakos sich endlich eine größere Wohnung nahm. Andererseits musste man auch nicht in Hektik verfallen deswegen, immerhin gab es hier ja Spielplätze vor der Tür, das war recht praktisch. Zakos verschränkte die Arme hinter dem Kopf und starrte in das intensive spätnachmittägliche Münchner August-Himmelblau, als sich plötzlich ein wohlbekannter Kopf mit schwarzem Haar in sein Sichtfeld schob.

Fani.

Sie stand mitten auf der Wiese in München-Neuperlach und lachte über seine grenzenlose Überraschung.

»Ich dachte, ich mache mal einen Abstecher zu dir – wenn ich schon mal in Europa bin!« Sie trug ein leichtes schwarzes Kleid mit schmalen Trägern und knallrote Espadrilles und sah darin sehr sommerlich aus mit ihrer um diese Jahreszeit tiefbraunen Haut.

»Aber, aber – ich dachte, du willst nach London und Paris«, stammelte er und setzte sich auf. »Und Berlin!«

»Will ich auch!«, sagte Fani. »Ich bin direkt auf dem Weg dorthin. Aber jetzt gerade komme ich aus deinem Büro und habe deinen Kollegen Dali kennengelernt!«

»Wen?«

»Na, deinen Freund, mit dem du zusammenarbeitest. Zicklär, Dali Zicklär.«

»Der Ali also!«, sagte Zakos lachend. Er konnte sich gut vorstellen, wie Zickler angesichts der hübschen Fani ein wenig verlegen in noch breiteres Bayerisch verfallen war als sonst und sich mit den Worten »I bin da Ali« vorgestellt hatte. Oder vielleicht sogar »Ei äm da Ali.« Bei Zickler war alles vorstellbar.

»Genau!«, sagte Fani. »Dali. Ich bin ins Kommissariat gefahren, wo du arbeitest, ich wollte dich überraschen. Aber du warst nicht da. Er hat mich hierhergeschickt. Und wer bist du?«

Elias hatte bemerkt, dass sich sein Vater im Gespräch mit jemandem befand, war von der Sandkiste hergerannt und schmiegte sich nun mit Seitenblick Richtung Fani besitzergreifend an Zakos. Er mochte es nicht, wenn sein Vater sich in der kurz bemessenen Zeit, die sie gemeinsam hatten, nicht ausschließlich ihm widmete. Zakos, der ständig ein schlechtes Gewissen hatte, schaffte es nicht, dagegen vorzugehen, denn Elias hatte Sarahs energische Art geerbt. Manchmal verhielt er sich wie ein kleiner Tyrann, dessen war sich Zakos trotz aller Vaterliebe bewusst. Noch etwas also, um das er sich dringend kümmern musste, wenn mal Zeit sein sollte. Bisher war das in diesem Sommer noch nicht so richtig der Fall gewesen.

Fani und er hatten sich auch beim zweiten Mal nur flüchtig verabschieden können, sie hatte jetzt natürlich alle Hände voll zu tun gehabt und brauchte ihn nicht mehr, deswegen hatte Zakos noch einen Tag bei seinem Vater verbracht. Alles Weitere über ihren Fall erfuhr er von Fani später am Telefon. Zunächst hatte Paul geleugnet und die Existenz der Schmauchspuren mit immer abgedrehteren Geschichten begründet. Mal gab er an, er habe versucht, bei einer Bootsfahrt einen Thunfisch mittels Pistolenschuss zu erlegen, wobei ihm die Waffe entglitten und ins Meer gefallen sei. Das andere Mal behauptete er, er habe in Wahrheit beim Kauf von einem einschlägigen Waffenhändler, dessen Namen er nicht preisgeben wollte, eine Pistole getestet. Erst nach einigen Tagen legte er aber auf Anraten seines Verteidigers ein allumfängliches Geständnis ab. Fani vermutete, man habe ihm in Aussicht gestellt, ihn nach Großbritannien zu überstellen – offenbar hatte Paul kein Verlangen nach einem griechischen Krisen-Knast.

Dann hatte es noch ein nächtliches Telefonat gegeben, in dem Fani erzählte, dass Nikes Bruder Vironas und außerdem auch noch Pauls Tochter Chloe bei sich aufnehmen würde. »Er ist ganz anders als Nike – sehr konservativ und wortkarg. Aber das heißt ja nicht, dass er kein guter Ersatzvater sein wird – und immerhin sind dann die beiden Geschwister nicht getrennt«, sagte Fani. Es war offensichtlich, dass das Thema Nike innerlich bei ihr noch nicht abgeschlossen war. Wenn sie allerdings jemanden brauchte, um sich darüber auseinanderzusetzen – er war es nicht. Er hatte seither nichts mehr von ihr gehört.

»Wie heißt du denn, Kleiner?«, wandte sich Fani erneut auf Griechisch an Elias, und dann, als dieser immer noch verständnislos blickte, fragte sie: »Spricht er kein Griechisch?«

Zakos schüttelte ein wenig beschämt den Kopf.

»Macht nichts – er muss ja nicht alles verstehen. Ist vielleicht ganz praktisch«, meinte Fani, und dann: »Ehrlich gesagt verstehe ich nichts von so kleinen Kindern. Ich kann mit ihnen einfach gar nichts anfangen!« Es klang nicht, als würde sie dies in irgendeiner Weise bedauern.

Zakos zuckte die Achseln. »Und was hast du jetzt hier vor?«, fragte er.

»Also denk nicht, ich komme wegen dir!«, sagte sie eilig. »Von Fernbeziehungen halte ich nichts, aber auch rein gar nichts!«

»Natürlich!«, sagte Zakos. »Verstehe!«

»Besonders, wenn die Distanz so groß ist – das wäre ja Wahnsinn! Nein, ich bin nur auf der Durchreise hier.«

»Außerdem hast du doch einen Freund!«, sagte Zakos.

»Entschuldigung – zwei.«

»Puh!«, machte sie. »Geht das wieder los! Fang bitte nicht an, schon wieder auf diesem Thema herumzureiten.«

Sie machte eine Pause. »Außerdem verstehen wir uns in letzter Zeit nicht mehr so besonders gut, mein Freund und ich. Wir ... wir wollen uns erst mal nicht mehr sehen«, fuhr sie fort. »Aber das nur am Rande.«

»Von wem sprechen wir dabei eigentlich – von Freund Nummer eins auf Rhodos oder von Freund Nummer zwei in Athen?«

»Geht das schon wieder los!«, wiederholte sie und verdrehte die Augen, aber als er den Kopf schüttelte, beruhigte sie sich. »Schön grün hier übrigens. Und sehr ruhig! Was machen wir denn heute noch?«

»Tja – ausgehen kann ich heute schlecht«, sagte Zakos.

Er zeigte auf Elias, der mittlerweile davongetrabt war und wieder mit dem Mädchen an der Wasserpumpe spielte.

»Wir könnten später hoch zu mir und uns auf den Balkon setzen. Würstchen grillen.«

»Dann fahr ich jetzt lieber gleich nach Berlin!«, sagte Fani.

»Hm, klar, versteh ich schon«, erwiderte Zakos. »Ist natürlich langweilig hier auf dem Balkon.«

»Nein, Blödsinn – du bist wirklich dumm!«, sagte Fani und lachte laut heraus. »Nein, ich bin sehr gespannt auf deutsche Würstchen. Und ganz allein in Berlin ist es ja auch langweilig. Vielleicht kommst du ja auf ein paar Tage mit?«

Plötzlich wurde ihm erst so richtig klar, dass sie wirklich und leibhaftig hier bei ihm war, seine Fani aus dem gleißenden griechischen Insellicht, hier inmitten des Münchner Grüns, und er umarmte sie und drückte sie an sich.

»Schaun wir mal!«, sagte er. »Warum auch nicht?«

Stella Bettermann

Griechische Begegnung

Ein neuer Fall für Nick Zakos

Taschenbuch.
Auch als E-Book erhältlich.
www.ullstein-buchverlage.de

Nick Zakos' zweiter Fall in seiner Heimat Griechenland

Nick Zakos ist genervt vom Münchner Winter – der Frühling will in diesem Jahr einfach nicht kommen. Außerdem hat er mal wieder Beziehungsprobleme – und dass er versucht, mit dem Rauchen aufzuhören, verbessert seine Laune nicht gerade. Da kommt ein verzwickter Fall auf seinen Tisch, und bald gerät ein afrikanischer Flüchtling ins Visier der Ermittlungen. Dieser befindet sich mittlerweile in Griechenland. Prompt bekommt Zakos seinen Frühling: Der Kommissar reist dem Verdächtigen ins strahlende Athen hinterher und trifft auf seine Kollegin Fani sowie auf eine Menge hochkomplizierter Verwicklungen ...

Ein neuer Urlaubskrimi von Bestsellerautorin Stella Bettermann

Stella Bettermann

Griechisches Geheimnis

Kommissar Nick Zakos ermittelt

Kriminalroman.
Taschenbuch.
Auch als E-Book erhältlich.
www.ullstein-taschenbuch.de

Mehr Urlaubsspannung vom bayerisch-griechischen Ermittlerteam Zakos und Zickler

Schlechte Nachrichten für Kommissar Nick Zakos: Die Frau seines griechischen Vaters wurde verhaftet. Als Anwältin hat Dora in Athen mit den kriminellen Machenschaften einer Reeder-Dynastie zu tun, es geht um Tabakschmuggel und Kunstraub. Der gegnerische Staatsanwalt in der Sache ist tot, und Dora wird beschuldigt. Zakos eilt nach Griechenland, wo ihn Heimtücken und Machtspiele auf die Kykladeninseln führen. Als die geheimnisvolle Reporterin Marina Beou auftaucht, reist sogar Zakos' Kollege Albrecht Zickler für diesen gefährlichen Fall an ...